Yang Selibat

Translated to Indonesian from the English version of
The Celibate

Varghese V Devasia

Ukiyoto Publishing

Semua hak penerbitan global dipegang oleh

Penerbitan Ukiyoto

Diterbitkan pada 2023

Konten Hak Cipta © Varghese V Devasia
ISBN 9789359206646

Seluruh hak cipta.
Tidak ada bagian dari publikasi ini yang boleh direproduksi, ditransmisikan, atau disimpan dalam sistem pengambilan, dalam bentuk apa pun dengan cara apa pun, elektronik, mekanis, fotokopi, rekaman atau lainnya, tanpa izin sebelumnya dari penerbit.

Hak moral penulis telah ditegaskan.

Ini adalah karya fiksi. Nama, karakter, bisnis, tempat, peristiwa, lokasi, dan kejadian merupakan produk imajinasi penulis atau digunakan secara fiktif. Kemiripan dengan orang sebenarnya, hidup atau mati, atau kejadian sebenarnya adalah murni kebetulan.

Buku ini dijual dengan syarat tidak boleh diperdagangkan atau dengan cara lain, dipinjamkan, dijual kembali, disewakan, atau diedarkan dengan cara lain, tanpa izin terlebih dahulu dari penerbit, dalam bentuk penjilidan atau sampul apa pun selain dari yang terdapat di dalamnya. diterbitkan.

www.ukiyoto.com

Saya pikir kali ini akan menjadi kisah cinta yang lengkap, tetapi ternyata hanya berupa puisi.

KE

Orang tua saya, Mary dan Varghese Joseph Vayalamannil, membuatku terpesona tanpa batas dengan cinta mereka satu sama lain,
darinya saya belajar mencintai dan menghormati orang lain.

Ucapan Terima Kasih

Para Jesuit mengilhami saya untuk melihat kehidupan dari sudut pandang yang berbeda, dan interaksi saya dengan mereka, sampai batas tertentu, mengilhami saya untuk menulis fiksi ini. Saya berkesempatan mengamati Aghori Sadhus; tingkah laku mereka yang magis dan misterius membuat saya terpaku untuk menyelidiki makna keberadaan manusia. Saya belajar bahwa Jesuit dan Aghori Sadhus pada dasarnya sama, dengan keyakinan metafisik dan ontologis yang serupa, meskipun secara lahiriah mereka terlihat berbeda; yang satu terobsesi dengan pakaian, dan yang lain memuja ketelanjangan. Saya berterima kasih kepada mereka.

Saya berterima kasih kepada Violet De Monte, Jerome Drinan dan Bob Grib, guru bahasa Inggris saya, karena telah menciptakan kecintaan abadi terhadap sastra. Dalam banyak contoh dalam novel ini, saya telah memasukkan anotasi interaksi sosial dan psikologis siswa dan kolega saya yang rumit untuk menganalisis perilaku manusia dari sudut pandang pengamat partisipan.

Gilsi Varghese, Gracy Johny John, Mary Joseph, Jills Varghese, dan Joby Clement membaca naskahnya, dan saya berhutang budi kepada mereka.

Isi

Seorang Pria Dari Malabar	1
Berkah	16
Sebuah Rumah Di Goa	41
Di seberang Mandovi	62
Lagu Perpisahan	78
Yang Tercinta	96
Diantara Para Selibat	110
Atheis Tuhan	126
Ema	147
Dewi Kamakhya	167
Jembatan Di Atas Hooghly	189
Biksu Prayag Telanjang	206
Tentang Penulis	223

Seorang Pria Dari Malabar

Grace adalah alasan Abe tetap membujang, dan dia tidak pernah menyentuh seorang wanita karena dia sangat mencintai Grace, namun Grace tidak pernah sekalipun memaksanya untuk tidak melakukan hubungan seks. Abe mungkin saja membayangkan hal itu atau gagal membedakan apa yang nyata dan tidak nyata dalam perkataannya, fakta atau mitos. Dia mungkin tidak mampu membaca pikiran kekasihnya, yang memiliki suaranya sendiri.

Seorang wanita yang menikmati kebebasannya, selalu bersemangat, Grace tak pernah lupa merayakan kesetaraannya. Sensitif, cerdas, baik hati, dan perhatian, dia tidak pernah bersikap sopan, karena antusiasmenya menular. Gestur, penampilan, ekspresi perasaan, kata-kata, dan kehadirannya merupakan pengalaman yang menghangatkan hati. Namun Abe hancur ketika dia mendengar dari seorang *Aghori Sadhu*, seorang biksu telanjang, yang mengatakan, "seks adalah satu-satunya kebenaran." Karena tidak bisa merasakan nikmatnya hidup, Abe berkali-kali bermimpi, bahkan saat terjaga, untuk menjalin hubungan intim dengan kekasihnya namun tidak berani menerimanya. Ada dua orang di dalam dirinya, yang satu mendorongnya maju, mengumandangkan selibatnya di tengah sejuta godaan, dan yang lainnya diam-diam menikmati hubungan yang tak terpadamkan. Pertarungan terus-menerus antara keduanya mencabik-cabiknya. Dan Abe mulai memakai banyak masker.

Memberikan pembenaran untuk meninggalkan keinginan dan desakan yang mendalam, Abe dengan rumit merangkai banyak asumsi dengan imajinasinya. Bersatu dengan seorang wanita yang mencintainya, membuatnya takut akan membatasi kebebasannya dan merendahkan martabatnya. Namun *Aghori Sadhu* menghancurkan keyakinannya. Faktanya, seks adalah pengalaman *Tantra*, dan itu menjadikan Anda dewa; ini membantu Anda memperoleh semua kekuatan supernatural dan magis. Itu adalah *mantra*, ramuan , untuk keabadian. Semua dewa dan dewi terlibat erat dalam hubungan yang stabil. Seseorang yang tidak pernah tinggal bersama seorang wanita, ibarat mayat yang ditolak dan dibuang, tidak dibakar di tumpukan kayu, di tepi sungai suci Gangga di Varanasi, untuk dimakan anjing dan burung nasar.

Sadhu duduk di hadapan Abe sambil melukis sosok biksu telanjang itu. Sang pengemis, berpakaian abu, dan rambutnya yang kusut tampak seperti ular kobra yang baru lahir yang mengintip dari telur yang menetas. *Sadhu* berada di kuil Kamakhya untuk memuja vagina dewi Shakti, yang ditempatkan di sanctum sanctorum. Abe yakin biksu itu tidak menyembunyikannya dengan pernyataan yang tidak senonoh. Biksu telanjang itu tampak seperti karakter eponymous dari Mahabharata, dan kata-katanya merupakan pencerahan bagi Abe.

Mengetahui dari *Sadhu* bahwa seks adalah pengalaman mistik yang mengubah dua individu menjadi menyatu, Abe tiba-tiba terdorong untuk memberi tahu Grace, yang sangat ia puja, bahwa ia mencintainya dan telah mencarinya selama bertahun-tahun.

Seorang yang hidup selibat menyangkal berkembangnya kekuatan-kekuatan vital dengan meniadakan kepenuhan keberadaannya. Orang seperti itu tidak akan pernah mengalami *Sayujya*, kebebasan dengan rasa puas. Jiwanya akan mengembara abadi, mencari dewi, namun sia-sia, kata-kata *Sadhu* menggemuruh di lubuk hati terdalam Abe.

Seorang yang hidup selibat adalah orang yang penakut, lemah, dan sombong. Ia menolak menerima hakikat dirinya dengan menampilkan dirinya sebagai orang yang impoten di hadapan seorang wanita. Kepura-puraan tersebut membujuknya untuk terus-menerus mengabaikan kebutuhan eksistensialnya. Selain itu, seorang yang membujang adalah seorang munafik karena ia membiarkan dirinya berkembang menjadi kehancuran emosional. Biksu telanjang di kuil Kamakhya berbicara dengan Abe sambil berpose untuk melukis. Perkataan pengembara berbaju abu itu sangat mengganggu Abe selama berbulan-bulan bersama, bahkan setelah menyelesaikan gambarnya.

Meskipun demikian, dia melukis wanita yang paling dia cintai dalam berbagai suasana hati, warna, tema, dan gaya untuk memujanya seperti seorang *Sadhu* yang memuja dewi Kamakhya.

Tapi, setelah dua puluh tahun, pertemuan mendadak dengan kekasihnya membuat Abe ketakutan.

"Grace," ucapnya. Dia yakin; dia tidak mendengarnya, karena dia tidak ingin dia mendengarkan dia memanggil. Itu hanya untuk memuaskan hasrat yang mendalam dan memadamkan kegembiraan yang tiba-tiba muncul di benaknya karena dia mengira dia adalah dia. Dia adalah kekuatan dalam dirinya untuk mencari makna hidup, tujuan dalam tujuannya, alasan dia tetap membujang, orang yang memintanya untuk tidak menyentuh wanita yang berniat jahat. Karena dia, dia tetap menjadi pria yang tidak pernah berhubungan seks.

Abe menyangkal dirinya memiliki keintiman dengan seorang wanita, kesatuan dengan sang kekasih. Namun secara paradoks, dia menjadi pujaannya ketika dia mengidentifikasi dirinya dengan dia selama dua puluh tahun sebelumnya. Dan ada kerinduan yang sangat besar untuk bertemu, melihat, dan mengamati bagaimana penampilannya. Keinginan yang mendalam memaksanya untuk menatap mata gelapnya yang lesu selama berjam-jam, untuk mendengarkan pembicaraannya yang memesona dan menggugah. Dan dia berubah menjadi seorang somnambulist.

Dia tidak pernah membencinya karena membujuknya untuk tidak melakukan keintiman fisik dengan seorang wanita; dia mencintainya dan menghormatinya karena membujuknya untuk hidup selibat. Abe menyadari bahwa kontinensia memiliki pesona, keindahan yang halus, keaslian, intensitas, kekuatan atas tubuh, kendali atas emosi, dan penguasaan atas pikiran. Kehidupannya di Goa bersamanya benar-benar metanoia, dan dia tahu itu. Kepribadian Grace dan kehadiran mendalam yang dia alami selama dua puluh tahun sebelumnya sungguh tak terduga.

Ketika Anda seorang selibat, mata Anda berbinar, dan ada rasa ringan di setiap langkah Anda, detak jantung Anda memiliki ritme yang berbeda, dan itu berubah menjadi kesehatan yang tiada henti dalam keberadaan Anda. Anda merasakan martabat setiap orang yang Anda temui; Anda menghormati dan mencintai mereka, cinta yang melampaui fisik, bukan metafisik. Gairah membawa Anda ke cakrawala tanpa akhir tanpa keinginan untuk memiliki seorang wanita. Anda tidak ingin menyentuhnya tetapi senang merangkul kepribadian, kecantikan, pesona, dan martabatnya.

Seorang selibat adalah pahlawan yang telah mengatasi kesedihan karena tidak memiliki kedekatan dengan seorang wanita, membuang kekhawatiran karena tidak mengalami keintiman, dan tidak mengembangkan kecemasan untuk menjaga hubungan fisik. Itu membuat Anda bebas dari ikatan kebersamaan dengan orang lain. Kegembiraan muncul dalam penampilan Anda dan kepenuhan dalam visi Anda, yaitu pengalaman merasa puas dengan diri sendiri dan memperlakukan setiap orang yang Anda temui tanpa godaan atau keinginan. Anda memerlukan pelatihan, meditasi, dan pengendalian diri selama bertahun-tahun untuk mencapai tahap tersebut guna mencapai kemuliaan pantang dalam hidup. Akhirnya, Anda menjadi seorang Buddha, seorang Kristus.

Bagi Abe, selibat adalah perayaan hidup.

Kasih karunia adalah sebuah keajaiban, memesona, menarik, benar-benar memikat, namun tidak menggoda. Dia memiliki kekuatan ide-ide baru dan obsesi terhadap kemurnian tubuhnya karena dia mungkin mengira seks mengurangi kecantikan dan ketenangan batin seseorang. Terlebih lagi, cinta harus abadi, abadi, dan mencakup segalanya. Seks tidak bisa untuk kesenangan sesaat; itu tidak boleh menjadi urusan dua menit, pertemuan dekat dengan alat kelamin. Seseorang yang tidak melakukan hubungan seks demi kesenangan sesaat dapat mencapai kekuatan mental. Ada kekuatan dinamis dan vitalitas dalam diri orang seperti itu. Pantang bisa membantunya melayang dan mengendalikan pikiran serta perasaannya dengan semangat dan tujuan hidup yang sering dibayangkan Abe.

Itu adalah sistem nilai; dia tidak pernah berpura-pura tuli menghadapi validitas argumen yang diajukan menentang sentuhan yang tidak diinginkan. Grace siap menghancurkan kekosongan argumen masing-masing tentang ilusi menjalani hidup tanpa menyentuh seseorang hingga bertemu jodoh. Apakah ada wanita lain yang tidak menyukai seks cepat berlalu, keintiman fisik, dan kegembiraan sesaat, Abe sering bertanya-tanya ketika memikirkan tentang Grace. Bukankah ini merupakan mekanisme pertahanan, sebuah dukungan untuk melindungi diri dari lingkungan berbahaya dimana laki-laki berperilaku keji dan brutal? Ide-idenya tidak mengandung sedikitpun kefanatikan. Upayanya sama sekali tidak ada upaya untuk memisahkan dirinya dari laki-laki dan berada di wilayah eksklusif, karena dia menikmati bergaul dengan laki-laki tanpa adanya keterputusan atau ketidaknyamanan. Namun, dia dengan gigih membela privasinya dan tanpa henti berjuang untuk melindungi norma-normanya, meskipun dia memiliki wajah yang tertipu karena dia adalah wanita paling anggun yang pernah ditemui Abe. Hidupnya memiliki keharuman yang unik, diselimuti oleh keyakinan indah yang dinikmati dengan sangat hati-hati, tanpa menimbulkan riak sekecil apa pun. Grace menjadi dewasa, dan dia mencintai hidupnya; jadi, itu adalah contoh bagi Abe.

Wanita itu, pikir Abe dalam hati Grace, berdiri agak jauh darinya, dikelilingi sekelompok kecil elit, tidak kurang dari sejumlah pria, berpakaian elegan. Sepertinya dialah yang menjadi pusat perhatian, orang yang paling penting dan berpengaruh. Lebih dari selusin BMW yang dikemudikan sopir tiba-tiba muncul di teras hotel bintang tujuh itu, dan Abe bisa melihatnya memasuki limusin hitam. Namun, bagaimana dia bisa menjadi Grace, meskipun dia mirip dengannya? Dia juga tidak yakin apakah itu dia, seorang gadis dari daerah kumuh, seseorang yang melakukan pekerjaan serabutan untuk memenuhi kebutuhan sehari-hari dan bertahan hidup, seorang yatim piatu, yang berjalan cepat di tepi pantai sambil membawa keranjang berisi ikan. Dia membantu para petani memilah kubis dan wortel, kembang kol dan selada, kacang-kacangan dan terung, okra, dan bawang bombay di pasar sayur. Dua dekade bisa saja mengubah seseorang secara signifikan, secara fisik dan mental, emosional, dan bahkan status, termasuk nilai-nilai, pandangan dan filosofi hidup, terutama kondisi finansial, dalam masyarakat yang berpusat pada uang. Grace tidak mungkin menjadi dia, sama seperti orang yang tidak berpendidikan tidak akan bisa naik ke puncak tangga, meskipun dia cerdas, pintar di jalanan, dan bisa berbicara dengan fasih. Namun, Grace selalu menuntut rasa hormat; sebagai gadis cantik, dia bukanlah gadis biasa, namun tetap melakukan pekerjaan kasar. Namun cita-citanya yang abadi dan membara tetap melekat di hati Abe bagaikan sebuah scintilla. Dan Abe membangun seraglio tepi sungai di dalam dirinya, senyaman mungkin, untuk menempatkan dan memujanya.

Abe datang ke hotel di Mumbai untuk memamerkan lukisannya *The Kiss* di galeri seni yang menyertainya, yang paling bergengsi di negeri ini, setelah dipresentasikan di Metropolitan Museum of Art di New York. Dia meluncurkan *The Hug* di *The Padro* di Madrid, *Galeri Uffizi* di Florence, dan *Rijksmuseum* di Amsterdam. Lukisannya sudah dikenal secara internasional, dan mendapat sambutan hangat di media Spanyol, Italia, dan Belanda, membandingkan karyanya dengan *The Scream* karya Edward Munch. Setelah dia bersumpah selibat di Serikat Yesus, semua lukisannya dia tanda tangani *Selibat*. Dia menampilkan *The Hug* di Washington, DC, dan seorang teknokrat miliarder dari Rusia membelinya dengan harga mahal. Karya tersebut dibandingkan dengan Tiga Musisi Picasso di AS, meskipun sang seniman mencoba memadukan dua gaya yang kontras, impresionisme dan kubisme, tepi tajam tubuh perempuan dengan guratan lembut sosok laki-laki.

Wanita itu memeluk seorang pria: terlihat mata kanannya, sebagian wajah, dan payudara kanannya yang menonjol, serta tangan yang sedang menggenggam. Pria itu tidak terlihat kecuali tanpa pelana. Suasana erotis meningkatkan emosi saat berfokus pada ruang dan struktur eksplorasi.

Lukisan itu menyoroti apa yang sedang terjadi dan bagaimana hal itu disajikan, yang hampir seperti mimpi. Penonton merasa mereka berdiri di belakang pria dalam gambar, menyaksikan cinta intens wanita tersebut. Suasananya tenang dan luar biasa, dan ada suasana relaksasi dan kedamaian. Hal ini menimbulkan kesan bahwa perempuan dalam lukisan itu sangat mencintai laki-laki dalam posisi diam yang luar biasa dan suasana yang dinamis untuk memadukan dua tahapan alam dan kehidupan yang berbeda.

Bagaimanapun juga , *The Kiss* berbeda. Ada rasa was-was di wajah perempuan yang tergambar di kanvas itu akibat sumbangnya lingkungan di sekitarnya. Pelukis itu menggunakan warna-warna cerah untuk mengekspresikan rasa sakit batinnya, dan perasaan kehilangan terlihat jelas. Ini mungkin merupakan kritik sosial terhadap hubungan antarmanusia dan akibat keterasingan yang dialami oleh perempuan. Keintiman yang tersirat juga terlihat di bibirnya yang melengkung. Emosi indah di matanya dan warna halus di pipinya menciptakan keheningan mendalam di dunia yang penuh kebisingan, dan sang pelukis menarik perhatian pemirsa terhadap perasaannya. Ekspresi dan identitasnya yang tidak diketahui menciptakan rasa ingin tahu, namun cahaya lembut di latar belakang dan wajah wanita tersebut menunjukkan bahwa dia sedang jatuh cinta. Itu adalah pengalaman yang tidak disengaja bagi para penonton.

Pada hari ketiga, wanita itu datang untuk melihat lukisan itu, dan ketika dia berkunjung, Abe tidak ada di galeri; dia sedang tidur siang di kamarnya di lantai tujuh hotel yang sama, dan ketika dia kembali, dia akan pergi. Gambar di kanvas mirip dengannya, dan bagi sang seniman, itu adalah gambar Grace. Gambaran seorang wanita di atas kanvas, mencium sosok tak kasat mata, tampak natural, bersemangat, dan sensual. Lukisan itu menarik banyak orang dari jam sembilan pagi hingga jam delapan malam. Merupakan kegembiraan yang belum pernah terjadi sebelumnya untuk merasakan keindahan dan penderitaan yang tak dapat dijelaskan yang tercermin dalam lukisan itu. Ulasan di surat kabar dan saluran TV memuji karya seni yang indah dan membandingkannya dengan lukisan terbaik. Ada asumsi-asumsi, firasat-firasat mengenai gambar gaib di atas kanvas, dan sosok yang tidak diketahui itu adalah milik Yesus bagi beberapa pengulas. Dalam *Perjamuan Terakhir* karya Leonardo da Vinci, tokoh tersembunyinya adalah Maria Magdalena, yang duduk di samping Yesus. Dalam *The Kiss* , gambar yang tidak terlihat adalah Yesus. Beberapa pengulas mengira lukisan itu menggambarkan Yesus mencium Maria Magdalena setelah kebangkitannya pada siluet makam yang kosong.

Apakah Yesus yang telah bangkit melakukan perjalanan bersama Maria Magdalena ke Timur? Seorang pengulas memposting pertanyaan di surat kabar. Di sisi lain, Yesus yang telah bangkit memberi tahu Maria Magdalena bahwa dia tidak boleh menikah dan berhubungan seks dengannya karena dia seorang selibat. "Bagaimana perasaan Maria?" Pengulas mengajukan pertanyaan. Dia mungkin mengalami rasa sakit yang tak terbayangkan, dan hatinya mungkin hancur berkeping-keping. Meskipun semua murid, kecuali Yohanes, lari dari Yesus, Maria Magdalena berdiri seperti batu selama persidangan dan penyaliban Yesus; dia berada di sisinya selama berhari-hari bersama. Kasihnya kepada Yesus tak terbatas, dan dia menghabiskan tiga hari tiga malam di mulut kubur, percaya bahwa Yesus akan bangkit dari kematian. Kemudian dia bangkit, dan Maria Magdalena adalah orang pertama yang ditemui Yesus, dan dia mencium bibirnya. "*The Kiss* bertemakan kisah cinta Maria Magdalena dan Yesus dari Nazareth," jelas seorang pembawa berita di sebuah studio TV.

"Tuan, Anasuya Jain ada di sini untuk melihat lukisan Anda. Dia bertanya tentangmu," kata manajer arcade seni.

"Anasuya Jain!" seru Abe.

"Ya pak. Dia adalah pemilik hotel dan galeri seni," tambah sang manajer.

Abe tahu Anasuya Jain adalah seorang industrialis kaya di kota; dia memiliki banyak hotel, restoran, rumah sakit, dan perusahaan teknologi informasi. Tapi dia tampak seperti Grace, gadis yatim piatu di pantai Singuerim dekat Benteng Aguada di Goa.

"Abe, kamu percaya tanpa ragu. Segala sesuatu mempunyai dimensi yang berbeda. Ketika saya membeli ikan pada pagi hari di pantai, dan jika harganya terlalu rendah, saya tidak membelinya karena saya tahu saya tidak akan menjualnya, karena ikan di pasaran cukup banyak. Anda perlu mengevaluasi pro dan kontra sebelum memutuskan," kata Grace kepada Abe pada salah satu hari pertama ketika mereka tinggal bersama di sebuah gubuk kecil di daerah kumuh yang berdekatan dengan Benteng Aguada di Singuerim.

"Anda mengatakan kepada saya bahwa saya harus melihat melampaui nilai nominalnya. Apakah itu benar tentangmu juga?" tanya Abel.

"Tentu saja, apa yang saya katakan mungkin memiliki arti yang berbeda. Makna dari sesuatu itu kontekstual," jelas Grace.

Dia tahu Grace sedang berbicara tentang pengalamannya, yang dia peroleh dari berjuang melawan kenyataan hidup yang keras, bekerja dengan pria dan wanita yang berdarah daging dan mentah yang selalu memikirkan keuntungan pribadi dan kelangsungan hidup. Abe belajar banyak hal dari Grace, lebih dari apa yang ia pelajari di Indian Institute of Technology selama empat tahun dan dua tahun pasca sarjana di Nanyang Technological University, Singapura. Penampilan Grace yang anggun sangat mewah; gerakannya yang lincah penuh keindahan, ekspresi musim panasnya seperti kombinasi warna-warna mewah, namun pengetahuan praktisnya bersemangat. Abe mencintainya pada pandangan pertama.

"Berjanjilah padaku kamu tidak akan merendahkan seorang wanita; jangan pernah menyentuhnya tanpa persetujuannya dan jangan pernah memaksanya melakukan apa pun. Maka aku akan menjadi temanmu selamanya," kata Grace di hari pertama.

"Grace, karena kamu, aku menjadi diriku yang sekarang. Aku bisa merasakanmu di dalam diriku. Kamu membantuku mengembangkan kepribadianku," gumam Abe. Grace adalah seorang teman dan dermawan. Dia sangat penyayang dan penuh perhatian, dan kadang-kadang dia berperilaku seperti seorang guru, meskipun dia mungkin satu tahun lebih muda darinya. Malam itu, lama sekali Abe memikirkan Grace. Di Pantai Calangute itulah dia pertama kali bertemu dengannya.

"Tuan-tuan, Anda dipersilakan di bank kami sebagai Kepala Departemen AI. Pada hari Anda mulai bertugas, Anda menjadi salah satu di antara kami, dan Anda akan membentuk masa depan bank bersama kami. Mari kita menjadikannya lembaga yang hebat untuk menentukan perkembangan keuangan dan situasi sosial di negara tempat kita bekerja. Anda ditunjuk ke kantor utama kami di Asia Selatan, di Mumbai, dan Anda dapat mulai bertugas dalam waktu dua puluh satu hari," kata ketua Panitia Seleksi Kampus di akhir wawancara di Universitas Nanyang.

Itu adalah bank internasional bergengsi yang menawarkan remunerasi menarik dan fasilitas fantastis. Abe senang dengan pekerjaannya, karena studi formalnya selama bertahun-tahun telah berakhir, dan fase kehidupan lainnya dimulai. Kantor utama bank berada di Nariman Point, Mumbai, di dekatnya, sebuah apartemen tiga kamar tidur bebas sewa diberikan kepadanya.

Orang tuanya memanggilnya Abe. Dalam catatan sekolah, dia adalah Abraham Lily Thomas Puthen. Menurut tradisi Kristen Suriah di Kerala, nama kakeknya adalah miliknya. Lily adalah nama ibunya, Thomas adalah nama ayahnya, dan Puthen adalah nama keluarganya. Teman dekatnya memanggilnya Abe; semasa di sekolah dan kuliah, dia adalah Abraham Puthen.

Sebelum terbang dari Singapura ke Calicut, dia memberi tahu orang tuanya tentang kabar baik, tawaran pekerjaan menarik dari sebuah bank terkemuka. Orang tuanya sangat senang bertemu dengannya, dan selama sepuluh hari, mereka berjalan bersamanya di pantai yang indah, dekat Sekolah St. Joseph, almamater Abe, pada malam hari. Dia melakukan perjalanan ke Wayanad, rumah leluhur ayahnya dan Ayyankunnu ibunya. Banyak restoran di kota Malabar yang menyediakan makanan terbaik merayakan kebersamaan mereka. "Makanan di Calicut, Thalassery, dan Kannur sama enaknya atau bahkan lebih enak daripada masakan yang Anda dapatkan di restoran terbaik di Italia, Spanyol, atau Prancis," sering kali ayahnya berkata, yang menjadi profesor tamu selama bertahun-tahun di beberapa universitas di Italia, Spanyol dan Perancis. Lily juga menikmati makan di luar bersama Abe dan suaminya, dan daging domba Malabar-Biryani yang disiapkan dengan lezat adalah favoritnya. Thomas dan Lily adalah teman baik, dan mereka memperlakukan Abe sebagai sahabat mereka; dia sering bermain catur dengan orang tuanya, yang merupakan dosen di universitas dan senang menghabiskan waktu berjam-jam bersama mereka.

Thomas Abraham Puthen mengajarkan filsafat eksistensial, terutama dari Soren Kierkegaard, Friedrich Nietzsche, Martin Heidegger dan Franz Kafka. Ia meneliti *Eksistensialisme dan Fenomenologi* dalam tulisan Martin Heidegger dan Edmund Husserl untuk gelar doktornya di Oxford. Lily berspesialisasi dalam *Konsep Kebebasan dalam Sastra Eksistensial*. PhD-nya adalah studi perbandingan *The Stranger* of Albert Camus dan *Mual* oleh Jean-Paul Sartre di Universitas Sorbonne. Thomas dan Lily selalu berbicara tentang pengaruh eksistensialisme, fenomenologi, dan humanisme serta dampaknya terhadap sastra di tanah air. Oleh karena itu, Abe sangat menjunjung tinggi humanisme dan melukis selusin lukisan tentang keberadaan manusia. Ketika ia ingin bergabung dengan Sekolah Tinggi Seni untuk belajar melukis, orang tuanya mendorongnya untuk mengambil jurusan teknologi dengan spesialisasi ilmu komputer. Mereka mengatakan kepadanya bahwa dia bisa melakukan studi lebih tinggi dan penelitian tentang kecerdasan buatan, yang akan membantunya membuat lukisan abstrak namun nyata. Abe meneliti kecerdasan buatan di tingkat pascasarjana di Singapura dan melukis potret postmodern dengan kuas dan warna, didukung oleh AI pada desain luar biasa yang dikembangkan oleh komputernya.

Abe tumbuh dalam lingkungan yang tidak beragama dan sekuler, karena orang tuanya adalah ateis. Mereka tidak pernah berbicara tentang Tuhan atau setan di rumah dan memberikan Abe kebebasan mutlak untuk memutuskan kehidupan pribadinya. Ketika Abe lahir, kakeknya, Abraham Joseph Puthen, memberi tahu istrinya bahwa cucunya tampak seperti bayi Yesus yang telanjang. Dia ingin membaptis bayinya di Gereja Katolik Siro-Malabar, dan nama baptisnya adalah Yesus. Sang kakek bersikeras agar cucunya menjadi seorang Katolik di gereja yang didirikan oleh St. Thomas, sang Rasul, dan dia membawa bayi tersebut ke gereja paroki setempat untuk dibaptis.

Meskipun demikian, pastor paroki memberitahukan kepadanya bahwa tidak ada tradisi memberikan nama Tuhan kepada anak-anak di kalangan umat Katolik Suriah di Kerala. Abraham Joseph Puthen dengan enggan mengizinkan pastor paroki untuk memberi nama bayi itu Abraham. Namun dia terus memanggil cucunya "Yesus". Abe menerima Komuni Kudus Pertama dan Krisma pada usia sembilan tahun, dan kakek-neneknya berada di kedua sisi ketika uskup menggambar tanda salib dengan minyak suci di dahinya. Abe menyayangi kakek dan neneknya dan bepergian bersama mereka ke seluruh Kerala. Kakeknya ingin menunjukkan kepadanya tujuh gereja yang didirikan oleh St. Thomas di pantai Malabar ketika dia datang dari Israel untuk memberitakan Injil Yesus. Secara kanonik, gereja-gereja selang secara bertahap dikenal sebagai Siro-Malabar dan berada di bawah Patriark Antiokhia. Bahasa resmi yang digunakan dalam liturgi adalah bahasa Aram. Sang kakek mengungkapkan keinginannya agar cucunya bisa masuk seminari dan menjadi imam dan uskup. Namun setelah kematiannya, Abe tumbuh tanpa keterikatan apapun pada agama Kristen. Ibunya, Lily dan ayahnya, Thomas Abraham, merasa Abe bisa menikmati lebih banyak kebebasan dan menjalani hidup berdasarkan akal dan sains sebagai orang yang tidak beragama.

Abe mengenyam pendidikan dasar di sekolah yang dikelola oleh Jesuit. Pelatihan mereka menjadi sehat dengan mendorong siswa untuk mengembangkan bakat dan kapasitas bawaan mereka di berbagai bidang kehidupan. Abe menyadari bahwa pendidikan Jesuit berdasarkan Ratio Studiorum membantu dan mengembangkan dirinya; ia mengembangkan kecintaannya pada matematika, fisika, dan melukis. Para Jesuit berkonsentrasi pada pendidikan Abe yang berorientasi pada pribadi, seperti pendidikan terpadu, berbasis nilai, mengejar keunggulan, beradaptasi untuk relevansi, partisipatif, dan menciptakan masyarakat yang adil. Proses pedagogi Ignatian, demikian sebutan Jesuit, dan Abe menginternalisasi semua nilai tersebut dan kerap mengungkapkan kebahagiaannya sebagai siswa sekolah Jesuit. Dia belajar dari mereka, membentuk kepribadiannya sesuai dengan itu, dan selalu menghargai rasa hormat yang diam-diam dan tersirat kepada para Jesuit, terutama atas visi dan misi mereka dalam bidang pendidikan.

Di sekolah menengah, Abe mulai memamerkan lukisannya di galeri seni kota karena dukungan dan dorongan dari guru kelasnya, seorang pendeta Jesuit, yang membantunya mempelajari pelajaran penting dalam melukis. Abe dapat membuat lukisan abstrak modern dalam waktu dua tahun, yang sangat dihargai oleh para pecinta seni, dan para Yesuit membantunya memamerkannya di Bengaluru dan Chennai. Salah satu pamerannya bertajuk "The Naked Jesus" yang menimbulkan banyak diskusi dan kontroversi di kalangan pecinta seni dan masyarakat umum. Abe ingin menamakannya "Tuhan yang Bangkit", namun guru kelasnya, pendeta Yesuit, menyarankan nama "Yesus yang Telanjang".

Di Institut Teknologi India, Abe tidak bisa mengembangkan ketertarikannya pada seni lukis. Namun di Singapura, ia mendaftar kursus melukis selama dua semester di School of Paintings, yang membantunya mempelajari gaya-gaya yang digunakan oleh para Magister Seni Lukis yang hebat, selain dasar-dasar Impresionisme, Kubisme, dan Surealisme. Lebih dari seorang ahli komputer yang sibuk mengembangkan algoritma untuk kecerdasan buatan, Abe menganggap dirinya sebagai pelukis perjuangan manusia dan emosi dari subjeknya, dan seorang pelukis mengintai dalam kesadarannya.

Setelah liburannya di Goa, dalam lukisan esensialnya, hanya satu gambar yang terlihat: Grace, dan dia melukisnya dengan beragam cara untuk mengekspresikan emosi, suasana hati, dan perasaannya. Namun, wajah Anasuya Jain mengganggunya sebagai *The Kiss*, *The Hug*, dan *The Woman Chess Player*; subjeknya mirip dengannya. Dia tidak pernah ingin melukis wanita lain kecuali Grace dan, kemudian, Emma, tetapi Anasuya Jain, yang wajahnya merupakan replika dari subjek yang dilukisnya. Dalam *Woman*

Chess Player, seorang wanita cantik terlihat sedang bermain catur. Lukisan itu terfokus pada seorang wanita di depan papan catur di tepi pantai, di belakangnya ada laut biru yang tenang, menyerupai papan catur raksasa. Namun, segala sesuatu masih ada di sekelilingnya, kecuali dinamisme dan kekuatan yang melekat. Paradoksnya, hanya satu pemain catur yang menyatakan bahwa Grace sedang bermain melawan dunia, dan gerakannya diperhitungkan dengan baik dan akurat. Dia bisa mengalahkan dunia karena dia memiliki kebijaksanaan, kebijaksanaan, kemauan dan stamina untuk mengatasi segala rintangan. Abe memamerkan lukisan itu di *Galeri Nasional di Washington, DC,* selama tiga hari, dan mendapat ulasan bagus mengenai gaya dan dampaknya. Pada hari pertama, seorang miliarder Rusia yang tidak dikenal membelinya dengan harga yang tidak diungkapkan.

Anasuya Jain mengganggu Abe, dan wajahnya tetap ada di pikirannya sepanjang siang dan malam. Keesokan paginya, setelah sarapan, ada telepon dari manajer hotel:

"Pak, surat dari Nona Anasuya Jain, ketua kami. Bolehkah saya datang ke kamar Anda untuk mengantarkannya?" Dia bertanya.

"Ya, silakan," jawab Abe.

Manajer mencapai suite dalam waktu lima menit dan menyerahkan sebuah amplop elegan yang ditujukan kepada *Celibate*. Abe membuka amplop dan mulai membaca surat yang ada di kop suratnya, bukan di kepala Jain Industries. Tanpa embel-embel apa pun, kata-katanya tepat sekali, memanggilnya dengan sebutan "Tuan Selibat", yang telah ia masukkan dalam Daftar Hotel. Dia telah menulis bahwa dia menyukai lukisan itu, yang menciptakan "getaran yang tak dapat dijelaskan di hatinya, karena lukisan itu terlihat unik dan indah, dan membawanya ke masa lalunya." Dia lebih lanjut memberi tahu dia bahwa jika lukisan itu belum dimiliki oleh seseorang, dia akan dengan senang hati membelinya sebagai "harta pribadinya, karena lukisan itu adalah permata yang tak ternilai di antara lukisan modern". Dia menulis bahwa dia ingin bertemu dengannya, memintanya untuk memberinya janji pada sore berikutnya di kamarnya untuk membahas formalitas pembelian. Dia memintanya untuk memberi tahu dia tentang pertemuan itu melalui telepon atau pesan melalui manajer hotel. Surat itu ditandatangani oleh "Anasuya Jain."

Anasuya Jain, apakah kamu Grace? Abe bertanya dalam benaknya. Kalau tidak, kenapa lukisan itu harus membawamu ke masa lalumu, bantah Abe.

Dia memberi tahu manajer hotel bahwa Anasuya Jain dipersilakan untuk menemuinya keesokan harinya pada jam empat sore sambil minum teh di kamarnya.

Abe ingin tahu lebih banyak tentang Jain Industries dan Anasuya Jain. Dia meminta manajer hotel mengirimkan kepadanya salinan Direktori Jain Industries dari perpustakaan hotel. Ada banyak halaman yang didedikasikan untuk asal mula dan perkembangan Jain Industries. Pendirinya adalah Aatman Jain, seorang anak yatim piatu dari Udaipur di Rajasthan yang bermigrasi ke Bombay. Dia mulai bekerja di toko perhiasan dan membuka toko perhiasannya di seberang Terminal Victoria dalam waktu lima tahun. Dalam sepuluh tahun, dia mendirikan tiga toko perhiasan lagi di seluruh kota. Ketika dia mungkin berusia dua puluh delapan tahun, putra satu-satunya, Aadinath, lahir pada tahun sembilan belas empat puluh sembilan. Dia mengambil alih bisnis dari ayahnya setelah kematiannya pada tahun seribu sembilan ratus enam puluh lima. Aadinath sangat dinamis dan berani. Dia memperluas perdagangannya ke industri perhotelan, memulai tiga hotel bintang tujuh dalam waktu sepuluh tahun di Bombay, dan secara bertahap membuka restoran dan rumah sakit yang sangat sukses. Pada tahun seribu sembilan ratus tujuh puluh tiga, putranya Ajey lahir.

Pada tahun seribu sembilan ratus tujuh puluh lima, Anasuya lahir. Dia mengenyam pendidikan sekolah dasar dan menengah di sebuah sekolah yang dikelola oleh biarawati Katolik di kota dan lulus dari St. Xavier's College. Dia bergabung dengan London School of Economics untuk gelar masternya dan mengambil MBA dari Wharton dalam waktu dua tahun. Sekembalinya ke India, dia tinggal dan bekerja di daerah kumuh di Goa dengan penyamaran selama satu tahun, melakukan pekerjaan manual. Itu adalah proses pembelajaran tentang taktik bertahan hidup. Abe tiba-tiba berhenti membaca.

Grace, kamu sudah banyak berubah. Tapi Anda bukan Yang Mulia, yang saya temui di Calangute dan tinggal bersama Anda di Singuerim dekat Benteng Aguada selama sekitar sembilan bulan. Saya tidak pernah berpikir Anda adalah orang yang berbeda. Anda cerdas, cerdas, dan berani, tetapi Anda tidak pernah mengungkapkan bahwa Anda berpendidikan tinggi. Anda tidak berbicara apa pun tentang keluarga, keuangan, dan latar belakang pendidikan Anda, dan saya berasumsi Anda adalah seorang gadis tanpa pendidikan tinggi, seorang yatim piatu. Betapa menipunya hal itu. Padahal kalian tidak pernah berbuat apa-apa terhadap saya, tidak pernah menyusahkan saya, tidak pernah menghalangi karir saya atau menghancurkan masa depan saya. Semua keputusan yang saya ambil adalah milik saya sendiri karena saya tidak pernah mengatakan apa pun tentang latar belakang saya, karena kami tidak tertarik pada masa lalu atau masa depan kami, hanya tentang masa kini. Saya merasa tidak enak karena Anda gagal mengungkapkan identitas asli Anda, padahal saya tidak bisa menunjukkan identitas saya. Kita bermula dari tempat kita bertemu dan berakhir di tempat kita berpisah. Aku tahu aku tidak seharusnya menyalahkanmu atau mencari-cari kesalahanmu. Anda selalu bermartabat, penuh perhatian dan lembut terhadap saya; kamu mencintaiku, dan aku bisa merasakannya di banyak kesempatan. Anda menikmati kebersamaan dengan saya sebagaimana saya menyukai kehadiran dan kedekatan Anda.

Anasuya Jain tetap tinggal di daerah kumuh Goan untuk merasakan kenyataan hidup yang nyata dan belajar bagaimana menghadapi kehidupan dalam situasi ekstrim. Dia tidak membawa uang dan tidak mengoperasikan rekening bank; dia tidak pernah mengungkapkan keberadaannya kepada siapa pun, bahkan orang tuanya. Dia tidak mengirim email kepada siapa pun dan berkomunikasi di media sosial apa pun. Itu adalah pembelajaran sekaligus pengembangan keterampilan, dan pengalaman satu tahun itu mengajarkannya untuk menghadapi orang lain dan membantunya berjuang mencapai kesuksesan tanpa menerima kekalahan. Hal ini merupakan internalisasi nilai-nilai dan standar-standar masyarakat, sekaligus melindungi nilai-nilai dan standar-standarnya sendiri. Bagi Anasuya Jain, itu adalah pengalaman paling berharga dalam hidupnya. Setelah membaca lebih lanjut, Abe berhenti sejenak.

Grace, aku adalah kelinci percobaanmu; Anda memanfaatkan saya untuk pembelajaran dan pengembangan keterampilan, tidak pernah memikirkan individualitas, kepribadian, dan martabat saya. Anda memanfaatkan saya.

Tidak, Grace, kamu tidak pernah memperlakukanku sebagai pion. Anda menunjukkan rasa hormat dan perhatian kepada saya. Saya menerima undangan Anda untuk tinggal bersama Anda; itu adalah keputusan seorang pria sejati, dan saya tidak seharusnya menyalahkan Anda atas konsekuensinya.

Ketika ayahnya meninggal pada tahun dua ribu sepuluh, Anasuya Jain menjadi Ketua Industri Jain. Kakaknya Ajey menolak dunia sebagai *Digambar sanyasi* , seorang pengemis Jain telanjang yang mengembara . Anasuya Jain mengikuti jejak ayahnya dan mengakuisisi dua hotel lagi, mendirikan satu rumah sakit super khusus, jaringan supermarket, dan dua perusahaan teknologi informasi di bagian barat India.

Grace brilian. Pada bulan Juni sembilan belas sembilan puluh sembilan, Abe bertemu dengannya; dia tidak akan pernah bisa melupakan hari itu atau wajahnya. Menghabiskan sekitar dua minggu bersama orang tuanya di Kalikut, Abe pergi ke Goa selama lima hari, berpikir untuk pergi ke Mumbai setelah liburan singkat di sana. Dia mengambil penerbangan ke bandara Dabolim di Goa dari Kalikut, dan setelah mendarat, dia pergi melihat pantai emas di Calangute untuk bermalam di sana. Abe naik bus dari bandara ke Calangute, menyimpan ranselnya di bawah jok. Dompet berisi uang tunai, kartu kredit, kartu debit, telepon genggam, SIM, dua pasang pakaian dan kebutuhan sehari-hari ada di dalamnya. Sesampainya di Calangute, Abe menyadari ranselnya hilang dan semuanya hilang. Kondektur bus tidak berdaya dan mengatakan kepada Abe bahwa dialah yang bertanggung jawab mengurus barang-barangnya; Perusahaan bus tidak bertanggung jawab atas pencurian tersebut, karena Abe ceroboh dengan ranselnya.

Berkah

Abe tidak pergi ke kantor polisi untuk mengeluh karena dia tidak punya uang untuk menyuap inspektur polisi dan polisi. Tidak ada gunanya mengajukan klaim karena tidak mungkin mendapatkan kembali uang tunai, kartu kredit dan debit, serta SIM-nya. Belakangan, dia mengetahui dari Grace bahwa kelompok mafia lokal dan internasional yang beroperasi di Goa biasa mencuri barang milik wisatawan dan menyalahgunakan kartu kredit, kartu debit, dan SIM mereka.

Sejak siang Abe berjalan-jalan di pantai, berpikir untuk mencapai Mumbai untuk bergabung dengan bank. Sekitar pukul tiga, dia pergi ke tempat parkir truk untuk menentukan apakah dia bisa mendapatkan tumpangan gratis ke Mumbai, meyakinkan seorang pengemudi, tetapi tidak ada yang mau membawanya, takut dia mungkin anggota geng kriminal. Setelah itu, Abe berangkat ke terminal bus sekitar pukul enam sore. Tidak ada pengemudi yang mau membawanya ke Mumbai tanpa membayar tiket, meskipun ia berbicara dengan setengah lusin orang. Abe memperhatikan seorang wanita muda sedang mengamatinya.

"Apakah kamu akan pergi ke Mumbai?" tanyanya.

"Ya," katanya.

"Kenapa kamu tidak bepergian pada siang hari? Itu lebih aman," katanya.

"Benarkah?"

"Ya tentu. Jaraknya sekitar lima ratus sembilan puluh km; jika Anda naik bus, bus mungkin akan sampai ke Mumbai dalam waktu lebih dari dua belas jam," tambahnya.

"Tetapi saya meminta beberapa pengemudi untuk memberi saya tumpangan gratis."

"Mengapa?" Dia bertanya.

"Bagasi saya dicuri. Saya kehilangan uang tunai, kartu kredit dan debit, SIM dan pakaian saya," ceritanya.

"Itu sangat buruk. Jadi, Anda tidak punya uang untuk membeli tiket," kata perempuan itu.

"Ya."

"Jadi kalau hari ini kamu tidak berangkat, kamu khawatir tidak punya tempat untuk tidur," ujarnya sambil bertanya.

"Kamu mengerti masalahku," jawabnya.

"Jangan khawatir. Anda bisa tinggal bersama saya selama satu malam, dan saya akan memberi Anda ongkos bus; kamu bisa mengembalikannya kepadaku nanti," katanya sambil tersenyum.

"Tinggal bersamamu? Di mana?"

"Apakah kamu takut?" Dia mengajukan pertanyaan balasan.

"Tidak. Saya tidak takut pada siapa pun. Saya menghadapi kenyataan dan situasi apa adanya dan mencoba mencari solusi untuknya."

"Itu hebat. Saya mengapresiasi orang-orang seperti bapak-bapak yang menghadapi permasalahan apa adanya, mencari solusi tanpa menunjukkan rasa takut, tidak menerima kekalahan, tidak lari dari kesulitan," jelasnya.

"Sepertinya kamu praktis. Anda punya kemampuan memecahkan masalah," kata Abe.

"Tentu. Saya belajar menghadapi situasi sulit. Saya harus melupakan banyak hal; Saya perlu melihat keadaan dari sudut pandang baru, mengevaluasinya, dan mencari solusi," kata-kata remaja putri tersebut memancarkan keyakinan.

Abe memandangnya untuk memahami arti dan konteks penjelasannya. Dia merasa penasaran pada saat yang sama, berhati-hati. Dia dapat memahami situasi di mana dia tinggal dan menggambarkannya dengan jelas. Dia bukan gadis biasa, cerdas berbicara tanpa hambatan.

"Apakah kamu? Di mana Anda tinggal?" Dia bertanya.

"Saya tinggal di dekat Benteng Aguada. Ayo, aku akan menunjukkan kepadamu Benteng dari tempat tinggalku dan besok pagi, kamu bisa pergi ke Mumbai, dan malamnya kamu akan berada di kota yang tidak pernah tidur," katanya dengan percaya diri.

"Aku percaya padamu," katanya.

'Tidak ada yang bisa dipercaya. Aku tidak akan memakanmu. Kamu bisa makan malam bersamaku dan tidur nyenyak," Grace berusaha meyakinkan Abe.

Dia agak tinggi, mengenakan celana jins kasar dan kaos oblong. Dia memiliki topi coklat, dan rambutnya tidak terlihat di luar, yang memberinya penampilan yang aktif secara fisik dan percaya diri secara psikologis. Usianya mungkin sekitar dua puluh empat tahun; dia mungkin satu tahun lebih muda darinya.

"Aku ikut denganmu," katanya.

"Bagus, ayo kita naik bus lokal, yang hanya membutuhkan waktu lima belas hingga dua puluh menit untuk mencapai tempatku."

Dia berlari menuju bus, dan dia mengikutinya. Itu adalah bus pribadi, dan mereka mendapat dua kursi terakhir. Tampaknya pengemudi tersebut sedang terburu-buru karena ingin mengumpulkan lebih banyak penumpang dan komisi yang lebih tinggi dari perusahaannya. Dalam waktu lima menit, bus itu dipenuhi penumpang, banyak di antaranya berdiri. Karena terlalu penuh sesak, mereka merasa sulit untuk berbicara saat berada di dalam bus. Dalam waktu dua puluh menit, mereka mencapai Benteng Aguada.

"Ayo turun. Kita sudah sampai di pantai Singuerim," katanya di telinganya. Dengan susah payah, mereka keluar dari bus. Dia menunjukkan kepadanya Benteng Aguada raksasa di langit gelap ketika mereka turun.

"Aku tinggal di sisi lain Benteng. Kita perlu berjalan sekitar sepuluh menit. Berjalanlah di sisiku," katanya.

Dia lincah dan berjalan sangat cepat. Ada tekad kuat dalam setiap langkahnya, kata Abe.

"Setiap pagi dan sore, saya melewati jalan ini. Soalnya, jalannya tidak diaspal dengan baik, akibatnya banyak lubang di mana-mana. Tapi itu tidak menjadi masalah. Kami harus berjalan dan menempuh jarak; itulah tujuan kami," dia berbicara dengannya, dan dia mendengarkannya dalam diam.

Penerangan di jalan tidak mencukupi. Namun banyak orang yang pergi dan pulang, terutama para buruh.

Tiba-tiba mereka sampai di sebuah perkampungan kumuh yang dipenuhi gubuk-gubuk kecil namun agak bersih.

"Aku tinggal di sini, dan itu adalah rumahku. Ada sekitar seratus rumah di sini," dia menunjuk ke arahnya, sebuah gubuk kecil yang ditutupi lembaran plastik.

"Selamat datang di rumahku," sambil membuka kunci, katanya sambil tersenyum.

Abe terkejut. Dia tidak pernah mengira dia tinggal di gubuk seperti itu, dan dia tidak akan pergi bersamanya jika dia mengetahuinya. Tapi dia tidak mengatakan apa pun karena sudah terlambat untuk kembali.

Itu adalah ruangan kecil. Ada dipan besar yang terbuat dari batang bambu. Dapur berada di sampingnya, dengan lembaran granit diletakkan di atas kaki kayu dan kompor gas. Dia bisa melihat keran air mengalir di dekat meja dapur dan kulkas kecil menyentuh meja dapur. Ruangan itu tidak memiliki perabotan, kecuali dua kursi plastik.

"Siapa namamu?" Sambil melepas topinya, dia bertanya.

'Saya Abe.'

"Saya Grace," katanya.

Dia memperhatikan dia memiliki rambut hitam pendek, hanya sampai daun telinganya, dan wajahnya seperti patung marmer dewi Yunani yang dipahat. Dia belum pernah melihat wanita yang bertubuh bagus dan cantik seperti itu.

"Saya selalu memakai topi ini setiap kali saya pergi keluar. Itu melindungiku," kata Grace sambil mengamati tatapan mata Abe.

"Hal-hal tertentu yang sengaja kami gunakan memberi kami tampilan berbeda," komentar Abe.

"Kamu benar. Sulit untuk menyadari kenyataan pada pandangan pertama, dan ini menarik. Selain itu, setiap orang membuat kebenaran yang berbeda-beda karena masing-masing menciptakan apa yang dilihatnya," kata Grace.

Abe memandang Grace dengan heran. Kata-katanya memiliki arti yang mendalam. Ia berbicara berdasarkan pengalaman, yang mengandung banyak hikmah, namun tepat.

"Ada toilet dan kamar mandi di sudut itu, kamu bisa mandi, dan aku bisa membuatkan air panas untukmu," katanya sambil memanaskan air di kompor gas.

'Terima kasih, Grace".

Dia menatapnya ketika dia mendengar dia memanggil namanya.

"Kedengarannya bagus. Hanya sedikit orang yang mengetahui namaku. Yang lain memanggil saya "gadis bertopi coklat", Grace tersenyum sambil menceritakan kisahnya.

"Kamu mempunyai nama yang indah dan topi yang gagah".

Dia menatapnya dan tersenyum lagi.

"Tidak ada keran air di dalam kamar mandi, ambillah seember air dari keran ini," katanya sambil menuangkan air hangat ke dalam ember.

"Tentu saja," jawabnya.

"Kamu bisa memakai *lungi* dan kaos ini setelah mandi. Keduanya milikku, sudah dicuci dan dikeringkan," katanya sambil menyerahkan pakaian itu padanya.

"Terima kasih, Grace; kamu sangat perhatian," komentarnya.

"Jangan terlalu cepat membuat opini tentangku," Grace tertawa sambil menjawab.

"Itu fakta".

"Kamu boleh mencuci pakaianmu dan menaruhnya di gantungan hingga kering. Aku bisa menyetrikanya besok pagi sebelum kamu berangkat," kata Grace.

Abe mandi air hangat. Meski kamar mandinya sangat kecil, dia merasa nyaman dan nyaman. Grace tertawa terbahak-bahak ketika dia keluar setelah mandi, mengenakan lungi dan kaos oblong.

"Kamu terlihat berbeda ya, tiba-tiba kamu berubah. Seberapa cepat orang berubah dan menyesuaikan diri dengan situasi baru," komentarnya.

"Bener sih, tapi aku merasa nyaman dengan *lungi* dan kaosmu, padahal kaosnya agak ketat dan pendek buatku. Tapi itu adalah fakta; ini pertama kalinya aku memakai pakaian wanita".

"Kamu lebih tinggi dariku. Lagipula, pakaian yang kubelikan untukku tidak pernah terpikir akan ada pria yang memakainya suatu hari nanti. Tapi sekarang kamu melihat dunia melalui pakaianku," sambil membawa seember air hangat ke kamar mandi, Grace mengamati.

Abe duduk di kursi plastik. Agak lucu berada di sana. Abe tidak pernah membayangkan tempat dan situasi seperti itu. Berada bersama seorang remaja putri di sebuah gubuk kecil di tengah perkampungan kumuh, mengenakan pakaiannya dan memikirkannya bukan hanya lucu tapi juga konyol. Abe berpikir untuk naik bus pagi ke Mumbai, yang akan sampai di sana sekitar dua belas jam kemudian. Apartemen yang diberikan kepadanya berada di dekat bank, dan pengurus rumah tangga akan ada di sana dan dia akan membukakan rumah untuknya. Makan malam di restoran terdekat, tidur sampai jam delapan keesokan harinya, dan melapor ke bank pada jam sembilan, meskipun dia akan sampai di bank tiga hari sebelumnya, tidak apa-apa.

"Hai, bagaimana perasaanmu?" Grace bertanya sambil keluar dari kamar mandi.

"Bagus sekali," jawabnya.

Abe memperhatikan Grace mengenakan lungi warna-warni dengan kemeja semak. Dia tampak menawan, bahkan cantik, dalam balutan gaun sederhana itu.

"Mari kita makan malam," katanya sambil mengambil beberapa makanan dari kulkas kecilnya.

Dia menghangatkan makanan satu per satu di atas kompor gas. Ada potongan ayam, ikan goreng, salad sayur, dan *Chapati*.

"Makan secukupnya; kamu mungkin kelaparan," katanya sambil menyerahkan piring padanya.

Grace dan Abe mengambil daging dan ikan dari penggorengan. *Chapati* ada di casserole dan salad di piring salad.

Sambil memegang piring berisi makanan di tangan, mereka duduk berhadap-hadapan di kursi. Abe terpesona dengan kecepatan Grace melakukan pekerjaannya. Dia juga memperhatikan rumahnya rapi; dapur yang dia gunakan terawat dengan baik dan bersih.

"Bagaimana makanannya?" Sambil makan, Grace bertanya.

"Mewah dan enak," jawabnya.

"Biasanya, saya makan malam enak karena sarapan saya dilakukan di pagi hari sebelum berangkat kerja, dan rasanya tidak terlalu mengenyangkan. Makan siangnya selalu hemat karena saya makan apa pun yang tersedia di trotoar karena saya tidak mampu membeli makanan dari restoran setiap hari. Tapi saya sangat teliti tentang pola makan yang benar dan bersih".

Abe mendengarkannya dengan penuh minat.

Makanlah lebih banyak ayam dan ikan," katanya sambil meletakkan kaki ayam goreng dan ikan di piringnya.

"Terima kasih, Grace," jawabnya.

"Aku kelaparan, dan sekarang, aku kenyang. Makan malam yang kamu masak sungguh luar biasa, yang terbaik yang pernah aku makan akhir-akhir ini," dia memujinya.

"Kamu banyak memuji, itu tanda kepolosan dan keramahan," jawab Grace.

"Kata-katamu lembut," komentarnya.

"Sepertinya kamu lembut dalam menilai," kata Grace.

"Kamu tidak mengenalku. Kadang-kadang saya bisa menjadi sangat gegabah, keras kepala, dan tidak rasional," katanya.

"Adalah baik untuk memiliki opini obyektif tentang diri sendiri. Tapi kebanyakan orang tidak rasional dalam kehidupan sehari-hari," komentarnya.

Usai makan malam, Abe bergabung dengan Grace mencuci piring, sendok, garpu, dan piring. Kemudian dia membersihkan meja dapur dan menyapu serta mengepel ruangan, termasuk kamar mandi.

Biasanya tidurnya jam berapa," tanyanya sambil mengepel lantai.

"Saya tidur sekitar pukul sepuluh tiga puluh," jawabnya.

"Saya tidur jam sepuluh dan bangun sekitar jam empat pagi, jadi saya bisa memasak, mencuci pakaian, dan berangkat kerja sekitar jam tujuh," tambah Grace.

"Aku juga bangun sekitar jam empat pagi dan menyelesaikan semua pekerjaanku," sambil menatap Grace, katanya.

Tapi dia tidak menanyakan pekerjaan apa yang dia lakukan. Dia tidak penasaran tentangnya.

"Abe, kamu mungkin bertanya-tanya di mana kamu tidur. Tapi jangan khawatir, kamu tidur denganku," ucapnya sambil mencuci kain pel usai membersihkan lantai.

"Denganmu?" Dia terkejut.

"Tidak ada tempat lain selain dipan ini. Tapi dengan satu syarat: jangan sentuh aku dengan sengaja. Maksud saya, tidak ada perilaku yang tidak diharapkan dari seorang pria yang diterima saat Anda tidur, begitu juga saat Anda bangun," kata Grace sambil duduk di kursi dan menatap matanya.

Abe dapat merasakan bahwa dia serius, sangat serius.

"Percayalah padaku; aku tidak akan pernah menyentuhmu dengan jahat," jawabnya.

"Saya mengharapkan itu. Mari kita hormati martabat satu sama lain," kata Grace tegas dan tajam.

"Sejak kecil, saya belajar menghargai kebebasan orang lain dan tidak pernah mencampuri urusan orang lain. Kamu tidak perlu takut padaku," tegas Abe.

"Itu keputusan yang bagus, keputusan yang berani," katanya sambil melepas bed cover dan meletakkan satu bantal lagi yang diperuntukkan bagi Abe.

"Tutuplah tubuhmu agar tidak kedinginan, Tidurlah di ranjang dekat dinding agar aku bisa bangun tanpa mengganggumu," nasehatnya sambil menyerahkan sprei katun dan selimut wol tipis.

"Tentu," jawabnya.

Grace mengunci pintu dari dalam, mematikan lampu, dan menyalakan lampu nol. Dan kemudian mereka berbaring berdampingan.

"Selamat malam, Abe," dia mendoakan agar dia tidur nyenyak.

"Terima kasih, Grace, untuk makan malam dan pengaturan tidurnya. Selamat malam".

Abe tidur nyenyak. Ketika dia bangun sekitar pukul setengah empat, dia melihat Grace sedang menyetrika pakaiannya, membentangkannya di atas tempat tidur, yang telah dia cuci malam sebelumnya dan menaruhnya di gantungan untuk dikeringkan.

"Selesai," katanya sambil melipat celananya.

"Selamat pagi Grace, dan terima kasih sudah menyetrika bajuku. Tapi saya bisa melakukannya. Biasanya saya tidak mengharapkan orang lain melakukan pekerjaan saya," komentarnya.

"Selamat pagi, Abe. Saya menyetrika saat Anda berangkat di pagi hari. Jika kamu tetap bersamaku, aku tidak akan pernah mengulanginya lagi," jelasnya.

Dia memandangnya tetapi tidak mengatakan apa-apa.

"Kamu lebih suka makan apa, teh atau kopi," dia bertanya.

"Apa pun boleh; aku suka keduanya," jawabnya.

"Kalau begitu, ayo kita minum kopi," ajaknya.

Grace menyiapkan kopi panas yang mengepul dan menuangkannya ke dalam dua cangkir besar.

"Abe, minumlah kopimu," katanya.

'Enak sekali,' komentarnya sambil menyeruput kopi panas.

"Terima kasih Abe atas apresiasinya".

"Saya suka kopi panas seperti ini," tambahnya.

"Aku juga suka kopi panas. Saya menyiapkan mug setiap pagi segera setelah saya bangun dan menikmatinya secara menyeluruh, dan saya merencanakan jadwal kerja saya sambil menyeruput minuman yang luar biasa ini," kata Grace sambil tersenyum.

Abe menyukai caranya tersenyum. Itu memiliki keindahan dan daya tarik yang langka, dan dia senang melihatnya tersenyum lagi, karena memiliki pesona yang mempesona. Dia memegang cangkir kopi di tangan kirinya dan perlahan menyesap kopinya.

Kemudian dia membuka dompetnya, mengambil lima lembar uang seratus rupee, menaruhnya di tangan kanan Abe, dan berkata: "Ini uang untuk tiket busmu," sambil tersenyum lagi.

"Grace," panggilnya tiba-tiba.

"Ya, Abe," jawabnya sambil menatapnya.

"Saya punya waktu empat hari sebelum mencapai Mumbai. Jadi, saya akan bekerja dengan Anda selama tiga hari dan menghasilkan cukup uang untuk ongkos bus saya. Izinkan aku tinggal bersamamu selama tiga hari lagi. Saya akan membiayai makan dan biaya lainnya," sambil mengembalikan uang, jelasnya.

Grace memandangnya dengan heran. Apakah kamu ingin tinggal bersamaku? Di gubuk ini, di daerah kumuh ini?"

"Iya, Grace. Biarkan saya menghasilkan uang untuk pengeluaran saya. Seharusnya aku tidak menjadi bebanmu. Karena saya sehat, saya dapat melakukan pekerjaan apa pun dan menikmati pekerjaan. Saya bisa mendapat penghasilan sekitar dua ratus rupee per hari," tegasnya.

"Kamu benar. Saya menghasilkan sekitar dua ratus lima puluh rupee dalam sehari, yang cukup bagi saya untuk hidup bahagia," jelasnya.

"Jadi, izinkan aku tinggal bersamamu selama tiga hari lagi," pintanya.

'Terserah kamu,' katanya.

Setelah menyimpan air dalam wadah, Grace dan Abe menyiapkan sarapan, sandwich sayur, omelet, dan bubur. Mereka kemudian makan pagi, mencuci piring, membersihkan meja dapur dan kamar mandi, dan berangkat kerja sekitar pukul setengah enam. Grace mengunci rumah dari luar, menyimpan kunci di saku bagian dalam celana jeans-nya, dan menyesuaikan topinya agar dia bisa menggerakkan kepalanya dengan nyaman. Dia memberikan kunci rumah cadangan kepada Abe dan memintanya untuk menyimpannya dengan aman.

Grace berjalan cepat seperti seorang atlet, dan Abe berada di sisinya ketika dia ingat Grace memintanya untuk melangkah di sisi kanannya daripada berjalan di belakang. Dia memahami hal itu membantu mereka berbicara lebih baik sambil berjalan, saling memandang wajah kapan pun diperlukan.

"Jalan pagi dan sore merupakan olahraga yang baik. Ini membantu otot menjadi kuat dan sehat. Ini juga membantu kita bernapas dengan baik, menjaga tubuh agar tahan terhadap penyakit umum," kata Grace,

"Grace, kamu berjalan seperti tentara," kata Abe.

"Saya melakukannya dengan sengaja, dan topi saya membantu saya tampil menarik," jelasnya.

Mereka sudah berada di terminal bus, dan sebuah bus sedang menunggu untuk berangkat.

"Kita akan sampai di pantai Calangute dalam waktu lima belas sampai dua puluh menit," sambil memasuki bus, katanya.

"Apa yang akan kita lakukan hari ini?" Dia bertanya sambil duduk di sisinya.

"Kemungkinan besar, kami akan bekerja di tempat penyimpanan ikan dingin. Kami harus mendorong gerobak berisi ikan segar ke cold storage. Pada hari-hari tertentu, para nelayan mendapatkan hasil tangkapan yang lebih baik dan tidak bisa menjual semuanya di pasar. Jika semuanya terjual pada hari yang sama, maka harga akan anjlok dan nelayan, perantara, pengusaha, dan pengecer ikan akan rugi besar, sehingga harus dilakukan cold storage. Ikan segar bisa disimpan bersama di sana berhari-hari," jelas Grace.

"Apakah kamu menyukai pekerjaan ini?" tanya Abe.

"Tentu. Saya telah memilihnya. Ini memberi saya penghidupan, dan saya menjalani kehidupan yang bermartabat karena pekerjaan ini. Selain itu, setiap pekerjaan itu hebat dan menjadikan kita manusia, karena kita mengubah diri kita sendiri karena pekerjaan kita. Lihatlah sekelilingmu, dan apa yang kamu lihat adalah hasil usaha manusia; kita menyatukan otak dan tangan kita untuk membangun dunia yang layak huni bagi semua orang, sehingga menciptakan lingkungan sekitar kita. Pekerjaan adalah hasil dari cinta, kepercayaan, dan keyakinan kami. Saya menantikan pekerjaan hari berikutnya ketika saya sampai di rumah setiap malam. Apakah kamu tidak merasakannya?" Dia mengajukan pertanyaan kepada Abe.

"Tentu, saya menikmati melakukan pekerjaan saya, tapi saya memilih pekerjaan itu. Tapi sekarang aku mungkin menikmati bekerja denganmu," sambil memandang Grace, katanya.

"Tentu saja, aku setuju denganmu. Secara bertahap kita perlu memilih pekerjaan kita. Namun kita perlu memiliki pengalaman dalam segala jenis pekerjaan, yang memberikan kita keberanian, keyakinan dan kepercayaan untuk menghadapi masa depan. Kemudian Anda bisa memilih pekerjaan sesuai kemampuan dan kapasitas Anda," jelas Grace.

"Kamu benar," komentarnya.

"Ayo, kita sudah sampai di Calangute," kata Grace sambil bangkit.

Tak lama kemudian mereka sampai di pantai.

Saat ini, hasil tangkapannya luar biasa. Lihat, ikannya banyak, jenis ikannya banyak," lanjutnya.

Jadi, pekerjaan kita cukup, katanya.

"Ya, kami bisa menghasilkan lebih banyak uang hari ini, setidaknya tiga ratus rupee per orang," dia bersemangat.

Manajer gudang pendingin berada di pantai, dan setengah lusin pekerja berada di sekitarnya.

"Selamat pagi, Tuan D'Souza," Grace menyapanya.

"Selamat pagi, gadis bertopi coklat. Kami membutuhkan lebih banyak pekerja untuk memindahkan hasil tangkapan ke tempat penyimpanan dingin; setidaknya lima lagi," kata D'Souza sambil menatap Abe.

"Dia Abe, temanku, dan akan bekerja bersama kita selama tiga hari," kata Grace.

"Selamat datang Pak Abe," sapa D' Souza sambil berjabat tangan dengan Abe.

"Tuan D' Souza, kami membutuhkan gaji yang lebih tinggi hari ini, karena kami akan melakukan lebih banyak pekerjaan," tuntut Grace.

"Berapa banyak yang kamu harapkan," tanya D'Souza.

"Minimal tiga ratus lima puluh rupee," kata Grace.

"Sangat tinggi," kata D'Souza.

"Ada lebih banyak pekerjaan, jadi gajinya lebih tinggi," dia bersikukuh.

"Tiga ratus aku bayar, tapi kamu harus membantuku di dalam cold storage setelah memindahkan ikannya," kata D' Souza.

"Setuju," kata Grace.

Kemudian Grace berbicara dengan semua pekerja lainnya. Ada enam dari mereka. Dia ramah dan sopan kepada semua orang, dan mereka menunjukkan rasa hormat yang jelas kepadanya saat berbicara.

'Kalian semua mendapat gaji lebih tinggi hari ini,' katanya kepada mereka.

"Itu karena kamu," kata mereka.

Segera mereka mulai bekerja. Grace menugaskan dua orang pekerja untuk mengisi ikan ke dalam keranjang-keranjang kecil sesuai dengan jenisnya, dan dua orang pekerja membawa keranjang dan mengisi ke dalam gerobak dorong yang disimpan di jalan semen, sekitar lima puluh meter dari bibir pantai. Dua pekerja bersama Abe dan Grace mendorong gerobak tersebut ke ruang pendingin yang jaraknya sekitar dua ratus meter. Abe merasa kesulitan mendorong gerobak berisi ikan, sedangkan Grace memindahkannya dengan mudah. Saat Grace melihat Abe kesulitan dengan kereta dorong, dia mendemonstrasikan cara mengendalikan kendaraan tanpa banyak tekanan.

"Kamu perlu mempelajari keterampilan mendorong kereta dorong, tetapi kamu akan mendapatkannya dengan beberapa latihan, dan dalam waktu satu jam, kamu akan menjadi ahli dalam mendorong kereta dorong," kata Grace sambil menunjukkan trik menggesernya dengan mudah.

"Jika saya menggunakan cara yang benar untuk mendorongnya, saya akan mengembangkan keterampilan untuk melakukannya dengan mudah," kata Abe.

"Untuk semuanya, kita perlu menjalani pengembangan dan praktik keterampilan yang sesuai, dan semua posisi dalam kehidupan memerlukan hal itu," kata Grace.

"Sekarang saya bisa melakukannya," kata Abe dengan percaya diri.

"Itulah semangatnya. Anda memiliki keinginan untuk mempelajarinya dan kemampuan untuk menguasainya. Ketika kemampuan dan keterampilan bersatu, Anda mencapai hal-hal hebat," jelas Abe Grace.

Mereka mendorong sekitar seratus kereta dorong berisi berbagai jenis ikan ke tempat penyimpanan dingin pada pukul satu siang, dan tidak ada ikan tersisa di pantai yang dilelang oleh D'Souza.

"Kami bekerja selama enam jam tanpa istirahat. Anda semua telah melakukan pekerjaan dengan baik. Setelah makan siang, kami akan bekerja di cold storage selama tiga jam. Ayo, kita makan siang," kata Grace kepada rekan-rekan kerjanya.

Grace dan Abe membeli chapati hangat dengan kentang tumbuk dan ikan goreng. Mereka duduk di gorong-gorong dan memakannya perlahan. Ada empat *chapati* dengan sayuran dan dua potong ikan yang dikemas dalam folio perak. Grace membuka ranselnya, mengambil dua botol air yang dibungkusnya sebelum berangkat rumah, dan memberikan satu botol kepada Abe.

"Abe, bagaimana perasaanmu? Bagaimana pekerjaanmu?" Grace bertanya.

"Ini berat, sesuatu yang asing bagiku. Tapi aku bisa mengambilnya," jawab Abe.

"Ini adalah proses pembelajaran," komentarnya.

Abe memandangnya seolah mempertanyakan kata "belajar".

"Belajar untuk apa?" Dia mengajukan pertanyaan.

"Belajar untuk hidup. Setiap tindakan membantu Anda menjadi orang yang lebih baik dan mengatasi rintangan yang mungkin Anda hadapi dalam hidup. Pekerjaan yang kita lakukan sekarang adalah sebuah pengaturan kecil untuk situasi, posisi atau lingkungan yang lebih besar yang mungkin kita temui di kemudian hari. Jadi, setiap tindakan, setiap perkataan adalah alat pengembangan keterampilan," memandang Abe, ujarnya.

Dia memiliki orientasi tujuan. Perkataan dan tindakannya selalu memiliki tujuan, mengarah pada sesuatu yang lain untuk mencapai puncak hasil baru saat ia bersiap menghadapi kancah kehidupan yang lebih luas.

"D' Souza adalah orang yang praktis. Dia menjalankan penyimpanan dingin ini untuk menghasilkan uang. D' Souza melelang ikan dalam jumlah besar jika hasil tangkapan lebih baik dan membayar harga sedikit lebih tinggi meskipun banyak dan nelayan senang. Dia memberikan upah yang sedikit lebih baik kepada para pekerjanya, yang senang bekerja dengannya. Dia adalah pilihan pertama mereka. Hari ini, dia mempekerjakan kami, memberi kami bayaran lebih tinggi, dan meminta kami membantunya di ruang pendingin pada sore hari. Kami bisa saja menolak, tapi kami melakukannya karena dia memberi kami gaji yang lebih tinggi. Sekarang kami bahagia, dan dia bahagia. Itulah rahasia bisnis yang menguntungkan, memberikan keuntungan bagi semua pihak. Itu adalah perasaan yang tulus, ketertarikan alami bagi semua orang. Ada faktor manusia dalam pekerjaan; kesejahteraan setiap orang menjalankan bisnis, dan para pekerja bekerja untuk pemiliknya dan mengharapkan penghasilan yang lebih tinggi. Itulah makna untung yang merupakan jembatan dua arah," jelas Grace tentang rahasia sukses bisnis.

Abe terkejut mendengarkan kebijaksanaannya. Grace jauh melampaui pengetahuan dan aspek praktis kehidupan daripada yang dia pikirkan tentangnya. Dia bijaksana pada saat yang sama. Selain berpijak pada nilai-nilai yang teguh, dia juga analitis dalam pengalaman dan keprihatinan kemanusiaannya.

"Dalam kehidupan nyata, kita harus waspada dan objektif. Tawar-menawar keuntungan adalah bagian dari kewaspadaan dan objektivitas ini. Segala sesuatunya tidak akan terjadi sebagaimana adanya, karena kita harus memulainya. Segala sesuatunya tidak akan tumbuh secara spontan; kita harus menyiraminya. Kami menawar gaji yang lebih baik hari ini karena kami harus melakukan lebih banyak pekerjaan. D'Souza siap membayar lebih tinggi karena dia menyadari bahwa dia harus menyelesaikan pekerjaan dan memindahkan ikan ke tempat penyimpanan dinginnya sedini mungkin. Jadi, dia siap membayar kami masing-masing tiga ratus dolar. Jika kami tidak menawar, D'Souza hanya akan membayar kami dua ratus lima puluh. Bahkan dalam situasi seperti itu, kami akan merasa bahagia karena kami mengira kami mendapat imbalan atas kerja sehari itu. Membayar lebih sedikit bukanlah suatu kecurangan, karena pihak lain tidak menuntut bayaran yang lebih tinggi. Jadi, kita perlu mengklaim bagian kita dalam situasi apa pun. Itu adalah hak bawaan kita. Gaji yang baik merupakan kebutuhan intrinsik pekerja, dan tuntutan ini berubah sesuai dengan situasi, tempat, dan orang karena tidak ada sesuatu pun yang bersifat statis. Kita menciptakan makna, tujuan, dan tujuan, dan masing-masingnya adalah untuk kesejahteraan manusia dan kemaslahatan kita sebagai rakyat," kata Grace, dan perkataannya menimbulkan reaksi halus di benak Abe.

Mereka mulai mengerjakan cold storage dengan membantu teknisi menyimpan ikan sesuai jenis dan ukurannya mulai pukul dua siang. Pekerjaan berlanjut sampai jam empat sore. Setelah itu, mereka membersihkan lantai cold storage selama satu jam, mencucinya dengan deterjen, menyapu dan membuang sampah, mendisinfeksi, dan terakhir mengepel. Grace menghentikan pekerjaannya pada pukul lima dan meminta para pekerja untuk menagih upah mereka dari manajer. Dia memverifikasi apakah setiap buruh mendapat tiga ratus rupee, dan akhirnya dia meminta Abe untuk mengambil uangnya. Dia sangat senang mendapatkan tiga ratus rupee seolah-olah dia mengira itu adalah harta karun dan tidak pernah membandingkannya dengan imbalan kotor sebesar tujuh digit yang akan dia peroleh dari bank. Akhirnya Grace mengambil gajinya.

"Terima kasih perempuan berpeci coklat itu, atas kerja bagusnya," kata D'Souza.

"Terima kasih Pak D'Souza karena telah memberi kami pekerjaan," jawab Grace.

Sampai jumpa besok, dia mengingatkannya pada pekerjaan hari berikutnya.

"Sampai jumpa," kata Grace

"Ayo, kita bergerak," ajaknya pada Abe.

Mereka berjalan cepat. Menyeberangi banyak jalan sampailah seorang pria yang menjual baju baru kualitas ekspor dengan harga murah di trotoar.

"Ayo, kita belikan baju kerja untukmu, karena kamu tidak bisa memakai celana panjang dan kemeja lengan panjang di pasar ikan," ajak Grace.

Grace mencari ukuran yang sesuai untuk Abe dan memisahkan empat pasang celana jins dan kaos dalam jumlah besar.

"Pilih yang terbaik untukmu," dia bertanya padanya.

Abe memilih satu pasang darinya.

Kemudian Grace mengambilkan satu set piyama dan baju tidur untuk Abe.

"Berapa harganya?" Grace bertanya kepada penjaga toko

"Sembilan ratus delapan puluh," jawabnya.

"Kami bayar lima ratus lima puluh," kata Grace.

"Bayar enam ratus; itu final," kata penjaga toko.

"Selesai," kata Grace.

Abe menyaksikan proses tawar-menawar antara Grace dan pemilik toko dengan geli.

Grace mengeluarkan uang kertas senilai enam ratus rupee dari dompetnya dan memberikannya kepada penjaga toko.

"Grace, aku akan membayarnya dari gajiku," desak Abe.

"Ini hadiah dariku," jawab Grace.

"Tapi aku tidak punya imbalan apa pun padamu," kata Abe.

"Kamu sudah memberikannya," kata Grace.

Tiba-tiba Abe memandangi wajahnya, dan ia bisa melihatnya tersenyum, senyumnya yang paling menawan, seperti senyum Mona Lisa.

"Bagaimana kalau kita pergi ke pasar untuk membeli perbekalan," dia bertanya padanya.

"Tentu saja," katanya.

Mereka pergi ke toko dan membeli dua kg olahan ayam dan ikan.

"Saya yang bayar," kata Abe sambil mengambil dua lembar uang kertas.

"Kamu adalah tamuku selama empat hari. Jadi, biarkan aku yang membayarnya," desak Grace.

Dari pasar sayur, dia memilih beberapa okra, kubis, dan kembang kol. Kemudian mereka berjalan ke terminal bus dan naik bus ke pantai Singuerim, dan Grace membayar tiket dan duduk di sebelah Abe.

"Apakah kamu merasa baik-baik saja, Abe?" Grace bertanya.

"Aku baik-baik saja, Grace. saya tidak merasa lelah; Saya merasa segar. Itu adalah pengalaman yang luar biasa. Menghasilkan uang setelah kerja keras adalah pengalaman yang luar biasa, dan nilai uang itu tinggi, dan Anda tidak dapat menghitungnya dengan angka. Ini adalah pengalaman kualitatif."

"Kamu benar, Abe. Uang orang miskin jauh lebih bernilai dibandingkan uang orang kaya. Penghasilan sehari seorang buruh harian, sejumlah dua ratus rupee, setara dengan dua ratus ribu rupee yang diperoleh seorang miliarder. Jadi, uang tidak mempunyai nilai skala rasio, karena penghasilan orang miskin jauh lebih berharga dibandingkan penghasilan orang kaya," jelas Grace.

Hal ini merupakan sebuah pencerahan baru bagi Abe, ketika dia menghitung uang dalam nilai absolut, dan sekarang, dia menyadari bahwa satu tambah satu bagi orang miskin adalah sepuluh dan satu tambah satu bagi orang kaya selalu dua.

Ketika mereka sampai di perhentian, mereka melihat Benteng Aguada bersinar karena penerangannya yang baik.

"Beberapa perayaan?" Abe melontarkan pernyataan seperti sebuah pertanyaan.

"Pertemuan para anggota partai politik yang berkuasa. Mereka sering mengadakan perayaan di sana," sambil berjalan menuju kawasan kumuh, Grace bereaksi.

"Lihat, hari ini penerangan di jalan ini cukup karena cahaya yang dipantulkan dari Benteng," lanjut Grace.

"Kita bisa melihat jejaknya dengan jelas," kata Abe.

Mereka bisa melihat banyak orang di luar gubuk ketika sampai di rumah.

"Mereka juga merayakannya karena sekarang ada cukup cahaya. Biasanya daerah kumuh berada dalam kegelapan setelah pukul enam sore. Karena ini adalah tempat paling gelap, tidak ada yang peduli dengan orang-orang yang tinggal di sini," kata Grace.

Hai, Laxmi, Susheela, Aisha," Grace menyapa tetangganya di luar gubuk mereka.

"Hai," jawab mereka.

"Hai, gadis bertopi coklat," beberapa anak memanggilnya.

Hai Krishna, Hai Pallavi," dia mendoakan mereka semua.

"Apa kabar, Grace," Nyonya Vivian Monteiro memanggilnya dari dua rumahnya.

'Saya melakukannya dengan baik, Nyonya Monteiro; Apa kabarmu?" kata rahmat.

Abe mencuci pakaiannya dengan air panas, mengoleskan sedikit deterjen, lalu mandi dengan air hangat yang menyegarkan.

"Piyama dan baju tidurnya cocok sekali denganmu," kata Grace ketika dia keluar dari kamar mandi.

"Ini hadiahmu," jawabnya.

Grace tersenyum. Abe bisa melihatnya tersenyum sambil berdiri di depan kompor. Nyala api terpantul di pipinya dan menari-nari di seluruh wajahnya, dan dia tampak mulia. Grace adalah satu di antara jutaan.

"Abe, mari kita makan nasi, kari ayam, dan *daal* dengan okra untuk makan malam. Bagaimana menurutmu?" Saran Grace.

"Tentu saja," jawab Abe.

"Sekarang biar aku mandi, setelah itu kita mulai masak," ajak Grace.

Abe membuka paket pakaiannya dan menyukai jeans dan kaosnya karena terlihat bagus. Ini untuk tiga hari, pikirnya. Bagaimana dia bisa melihatnya, dia bertanya-tanya? Belum pernah seumur hidupnya dia begitu terpesona dengan satu set pakaian baru. Betapa berharganya penampilan mereka,

Pintu kamar mandi terbuka, dan Grace ada di sana. Dia mengenakan baju tidur warna-warni dengan bunga mawar merah dan kuning serta daun hijau.

"Grace, kamu tampak memukau," sambil memandangnya, kata Abe.

"Terima kasih Abe atas apresiasinya. Terkadang ada rasa rindu mendengar kata-kata seperti itu. Namun, seringkali tidak ada orang yang diapresiasi, tidak ada orang yang bisa diajak jalan-jalan bersama," reaksinya.

"Benar, Grace," kata Abe sambil berjalan menuju kompor. Dia memperhatikan dengan penuh semangat bagaimana dia membuat kari ayam. Aroma masala menyebar ke seluruh ruangan.

"Saya adalah seorang vegetarian. Tiga tahun yang lalu, ketika saya berada di tempat lain, saya mulai makan daging, ikan, dan telur, menyadari bahwa itu penting bagi kesehatan saya untuk menjaga kekuatan saya," Grace menceritakan sepotong masa lalunya di hadapannya.

"Saya adalah pemakan daging sejak awal. Ayah dan ibu saya biasa memasak segala jenis dan jenis daging, ikan, dan telur. Saya menikmati makanan yang mereka masak. Saya suka berdiri di sisi ibu saat dia memasak," kata Grace Abe yang berdiri di samping.

"Apakah itu alasan kamu berdiri di sisiku?" Grace bertanya sambil tersenyum.

Mereka saling memandang, dan keduanya merasakan getaran di antara mereka yang bisa mereka alami tetapi tidak bisa mereka jelaskan. Itu seperti arus listrik, tak terlihat namun kuat, saling berhubungan, berdenyut, dan penuh kehidupan. Itu menghubungkan mereka dan tidak membiarkan mereka berpisah seolah-olah itu adalah kekuatan yang menyatukan mereka tanpa batas. Ada kegembiraan saat berdiri bersama, berdekatan, namun tidak saling bersentuhan. Pada tahap itu, sentuhan adalah kutukan. Bersentuhan satu sama lain bukanlah hal yang penting, karena kedekatan dapat meningkatkan kehidupan, menstimulasi, dan merupakan suatu kebetulan. Mereka merasakan rayuan, sebuah pencarian yang menghasut untuk bersama seseorang yang dapat memancing ekspektasi abadi yang diselimuti oleh kepuasan.

Kemudian penanak nasi bersiul dan Abe tertawa.

Seolah hatinya bersiul, merayakan, dan memberitakan. Peluit itu adalah sebuah proklamasi, sebuah pertanda bahwa dia menikmati keberadaannya, keberadaannya dalam dirinya sendiri dan bersama Grace. Keindahan dan kesatuan kesadaran itu tidak terbatas, dan dia melakukan perjalanan dari penjuru alam semesta bersama Rahmat. Mereka terbang berdampingan menuju angkasa yang tak terduga, berkilauan dengan kerlap-kerlip bintang. Mereka menghindari Lubang Hitam dan menuju kebahagiaan abadi. Abe bisa menyentuh dan merasakan galaksi, planet, lautan, gunung, hutan, sungai, padang rumput, dan lembah yang penuh bunga. Dia tidak tahu harus berkata apa kepada Grace atau bagaimana menjelaskan perasaannya padanya.

"Haruskah aku memotong okranya?" Tiba-tiba dia bertanya padanya.

"Tentu saja, tapi jangan minta izin padaku; ini rumah kami, dan kami sedang memasak makanan kami," kata Grace.

Ketika Abe memotong okra menjadi potongan-potongan kecil, Grace mulai memasak *daal* dalam panci, dan ketika sudah setengah matang, Abe menuangkan potongan okra ke dalamnya dan menambahkan sedikit minyak, irisan tomat, jahe dan pasta bawang putih serta sedikit garam. .

"Sepertinya kamu memasak dengan baik," komentar Grace.

'Saya mempelajarinya dari ibu saya. Dia mengajari saya banyak hal, terutama bagaimana bersikap terhadap perempuan," jelas Abe.

"Anak laki-laki yang belajar dari ibu akan tumbuh menjadi laki-laki yang beradab dan berbudaya," demikian pernyataan Grace.

"Saya setuju dengan kamu. Sosialisasi dan internalisasi nilai sebagian besar karena perempuan, padahal saya tidak percaya pada peran spesifik gender," jelasnya.

"Makan malam sudah siap," Grace mengumumkan.

Mereka duduk di kursi dan mulai makan nasi, kari ayam, dan okra cum daal goreng.

"Kari ayammu sangat menarik dan enak," kata Abe.

"Aku suka goreng *okradaalmu*," jawab Grace.

"Grace, bagaimana caranya agar wajahmu selalu ceria?" tanya Abe.

"Saya mencintai kehidupan. Saya menyukai segala sesuatu yang berhubungan dengan kehidupan. Bagi saya, hidup itu ringan. Filosofi saya adalah menjadi terang bagi orang lain di hari-hari tertentu dan tidak merasa malu meminjam terang dari orang lain ketika saya berada dalam kegelapan. Cahaya menuntun pada harapan, dan harapan mengarah pada cinta. Ketiadaan cinta adalah neraka, dan itulah sebabnya kami mengatakan bahwa tidak ada cahaya di neraka," Grace tersenyum, dan gigi putihnya berkilau. Abe bisa melihat cahaya langka di matanya.

'Itu filosofi yang hebat dan izinkan saya meminjamnya dari Anda,' katanya.

"Aku siap memberikannya padamu seumur hidup," Grace berterus terang, dan dia menatap Abe dan tersenyum lagi.

"Ketika ada harapan, hidup menjadi lebih mudah. Hidup ini sulit tanpa harapan, dan kelangsungan hidup menjadi tugas yang serius. Jadi cahaya, harapan dan cinta, ketiganya adalah hakikat hidup bahagia dan memuaskan, dan yang paling berharga adalah cinta, karena mengandung cahaya dan harapan," Grace berpikir.

"Aku setuju denganmu, Grace."

Setelah makan malam, mereka mencuci piring dan menyapu serta mengepel rumah. Ada banyak cahaya di daerah kumuh dan di dalam gubuk mereka.

"Abe, apakah kamu bermain catur? Aku memainkannya sendirian sesekali setelah makan malam," tanya Grace.

"Yang pasti, dulu aku sering memainkannya bersama orang tuaku, di sekolah, dan jarang ketika aku masih kuliah," jawab Abe.

"Pada hari-hari ini, saya bermain sendirian. Menarik sekali bermain untuk kedua belah pihak," sambil mengeluarkan papan catur dan bidak catur dari kotak yang disimpan di bawah dipan, kata Grace.

Dia membentangkan papan catur di atas dipan dan duduk di sisi yang sama dari tempat tidur, menatap Abe.

"Karena kamu adalah tamuku, kamu bermain dengan warna putih, dan aku dengan warna hitam," desak Grace.

"Apa pun bisa dilakukan untuk saya," kata Abe.

Potongannya terbuat dari kayu, dan papannya terbuat dari plastik tebal, yang bagian tengahnya bisa dilipat Abe.

Abe menggerakkan pion sisi rajanya dua kali, dan Grace menggerakkan pion sisi ratunya sebanyak dua petak. Kemudian mereka mendorong pion berikutnya, satu spasi mempertahankan pion pertama. Setelah itu, Abe memindahkan kesatrianya, dan Grace memindahkan uskupnya. Pada langkah keenam, Abe menyadari Grace adalah pemain yang tangguh, saat dia menangkap pion pertamanya dengan kesatrianya. Pada langkah kesepuluh, Abe merebut pionnya. Namun pada langkah berikutnya, Grace melakukan cek dengan uskupnya, dan Abe bertahan dengan kesatrianya. Pada langkah kedelapan belas, Grace menyerang raja Abe dengan ratunya, dan Abe tidak dapat melindungi rajanya, dan itu adalah skakmat.

Abe duduk diam, merenungkan lima gerakan terakhir yang dia lakukan, dan dia tidak percaya Grace bisa melakukan skakmat dengan ratunya karena dia tidak menduganya. Tindakannya tiba-tiba namun terencana dan penuh perhitungan.

"Selamat, Grace, kamu adalah pemain yang bagus, dan aku tidak pernah menyangka kamu akan memainkan permainan yang begitu elegan dan cerdas," kata Abe sambil mengapresiasi Grace.

Grace bermain dengan warna putih pada permainan berikutnya dan menggerakkan dua pion secara bersamaan. Abe melakukan gerakan ganda pada pion sisi ratunya. Grace menangkap pionnya pada langkah ketujuh, dan Abe memenangkan pion Grace pada langkah kedelapan. Abe bisa menangkap ksatria lawannya pada gerakan kedua belas, yang menurutnya tidak terduga bagi Grace dari ekspresinya. Pada langkah keempat belas, Grace menangkap pion Abe lainnya. Abe melakukan rokade pada langkah berikutnya, dan Grace memindahkan ratunya secara diagonal empat kotak. Itu membuka ruang bagi Abe, dan dia melakukan skakmat dengan kesatrianya, dilindungi oleh pion dan uskupnya.

"Selamat Abe, kamu bermain bagus. Seranganmu bagus sekali, tapi pertahananku lemah," kata Grace. Tapi Abe punya keraguan bahwa Grace telah mengorbankan kesatrianya dengan sengaja.

"Sekarang sudah jam sepuluh; ayo tidur. Besok lagi kami akan bekerja sama dengan D' Souza dengan memindahkan ikan ke cold storage atau di dalam cold room, tergantung hasil tangkapannya," kata Grace.

"Selamat malam, Grace, katanya lalu pergi tidur. Namun sebelum tertidur lelap, dia kembali menganalisis tujuh gerakan terakhir yang telah dia lakukan. Apakah Grace mengorbankan kesatrianya, membantunya menang?

Keesokan harinya, mereka berangkat pukul tujuh dan mencapai pantai Calangute dalam waktu setengah jam, dan D' Souza sudah menunggu mereka dengan segudang kecil ikan yang ditangkap di pagi hari.

"Kalau minggu depan tidak ada tangkapan, saya sudah jadi orang kaya," kata D' Souza.

"Jika tidak ada tangkapan, kemana kami akan bekerja?" Grace mengajukan pertanyaan balasan.

"Saya akan memberikan pekerjaan untuk kalian berdua untuk dua hari ke depan, setelah itu kalian harus mencari tahu pekerjaan itu untuk kalian jika tidak ada hasil tangkapan untuk minggu depan," jelas D' Souza.

"Tidak apa-apa. Mari kita mulai pekerjaan kita. Berapa banyak buruh hari ini?" Grace bertanya.

"Jumlahnya sama seperti kemarin," jawab D' Souza.

"Jadi, sama besarnya dengan gaji, tapi hari ini tidak ada pekerjaan di cold storage," kata Grace.

"Setuju," kata D'Souza.

Segera mereka mulai bekerja. Dua pekerja mengisi keranjang dengan ikan, dua orang membawanya ke gerobak dorong, dan empat orang, termasuk Grace dan Abe, mendorong trolli ke dalam gudang pendingin.

Abe merasa mudah untuk mendorong kereta dorong karena ia memperoleh pengalaman dalam menanganinya. Selain itu, bekerja dengan jeans dan kaos jauh lebih nyaman dibandingkan dengan celana panjang dan kemeja lengan panjang. Kini Abe tampak seperti seorang buruh sungguhan. Yang terpenting, dia menikmati bekerja dengan Grace dan tahu bahwa dia tidak akan mendapatkan kebahagiaan murni seperti itu di tempat lain, bahkan di kantornya yang nyaman di bank internasional tersebut. Dan Abe senang bersama Grace.

"Abe, kamu tampak cemerlang hari ini dengan celana jins dan kaus oblongmu," kata Grace sambil mendorong kereta dorong berisi ikan.

"Itu pilihanmu, dan aku menyukainya," kata Abe.

Saat istirahat makan siang, mereka berjalan ke restoran tradisional Portugis di seberang jalan dekat gereja Xavier.

"Hari ini, aku akan memberimu hadiah," kata Grace.

"Mengapa kamu ingin memberiku hadiah?" tanya Abe.

"Karena lusa akan menjadi hari terakhirmu bekerja bersamaku," kata Grace.

"Kalau begitu, izinkan aku memberimu hadiah," Abe mencoba meyakinkannya.

"Tapi kamu adalah tamuku," jawab Grace.

Kemudian Grace memesan *Caldo Verde* , sup yang terbuat dari kentang, irisan sawi hijau, potongan chourico, dan sosis Portugis pedas. Setengah porsi *Cozido* , hidangan Portuguesa dari semua jenis daging untuk hidangan utama, dan setengah bagian *Arroz Caldoza com Peixe* , nasi sayur kekar dengan ikan segar babak belur.

"Kelihatannya luar biasa," saat disajikan, kata Abe.

"Abe, kamu pria yang baik, dan aku sangat menyukaimu. Kamu lembut dan penuh perhatian serta menghormati martabat orang lain," kata Grace sambil menyantap makanannya.

Kata-katanya lembut dan hangat, dan Abe merasa senang mendengarnya berbicara. Namun dia tidak mengomentari apa yang dikatakannya.

"Lusa akan menjadi hari terakhirku bekerja bersamamu, dan setelah itu aku akan pergi. Aku tidak tahu apakah aku bisa bertemu denganmu lagi. Tapi aku pasti akan memikirkanmu, hadiah dan keramahtamahanmu. Tidak ada tempat lain di mana pun saya bisa mendapatkan hadiah yang begitu berharga atau bertemu orang seperti Anda. Anda memiliki keberanian yang luar biasa untuk membantu orang asing seperti saya, mengundang saya ke rumah Anda, tempat Anda tinggal sendirian. Selain itu, Anda mengizinkan saya tidur di ranjang yang sama dengan tempat Anda tidur, dan tidak ada seorang pun di dunia ini yang akan mempercayai kesederhanaan, kejujuran, dan keterbukaan tindakan seperti itu. Itu adalah puncak kepercayaan yang memancar dari cahaya, harapan, dan cinta. Kamu memasak makanan untukku, membuatkan air hangat untuk mandi, memberiku pakaian untuk dipakai, bermain catur denganku, dan dengan sengaja kalah dalam permainan untuk menyelamatkan mukaku."

"Tidak, Abe, kamu adalah pemain catur yang hebat dan luar biasa. Aku senang bermain denganmu lagi dan lagi," kata Grace sambil tersenyum.

"Hari ini, kami akan bermain seperti profesional. Tidak ada ekspresi emosi, tidak ada pengorbanan untuk membantu pihak lain menang," saran Abe.

"Abe, kamu benar-benar profesional, jujur. Senang sekali bisa bersamamu," kata Grace.

Setelah makan, mereka minum kopi panas.

Pukul dua siang, mereka mulai bekerja lagi, dan pada pukul tiga tiga puluh, mereka dapat menyelesaikan pemindahan seluruh ikan ke tempat penyimpanan dingin.

Kemudian mereka mengumpulkan masing-masing tiga ratus rupee dari D' Souza. Grace sangat teliti bahwa dia membayar jumlah yang sama kepada semua pekerja lainnya.

Grace dan Abe pergi ke toko perbekalan untuk membeli beras, bubuk gandum, minyak goreng, dan masala. Grace meminta penjaga toko untuk mengemas bekal tersebut dalam dua tas jinjing terpisah agar lebih mudah dibawa.

"Enak rasanya memegang tas jinjing karena itu menandakan kita akan pulang, rumah kita sendiri," kata Abe. Dan Grace tersenyum mendengar apa yang dikatakan Abe.

Seperti biasa, mereka naik bus lokal ke Singuerim, dan bus itu hampir kosong, dan mereka mendengar pengemudinya memarahi dirinya sendiri karena tidak mendapatkan cukup penumpang dalam perjalanan itu. Tidak ada penerangan di Benteng Aguada, jalanan gelap, dan lubang berlubang sulit terlihat. Permukiman kumuh itu sunyi, dan anak-anak mengerjakan pekerjaan rumah mereka di bawah cahaya redup di dalam gubuk mereka.

Abe mencuci pakaiannya dengan air panas dengan deterjen dan mandi air hangat. Lalu giliran Grace. Setelah itu, mereka menyiapkan makanan vegetarian sederhana untuk makan malam. Duduk berdampingan, piring di tangan, mereka membicarakan banyak hal, dan Abe senang mendengarkan Grace berbicara. Kebersamaan mereka memiliki keindahan, kesederhanaan, dan keaslian yang luar biasa. Dia ingin bertanya pada Grace mengapa dia tinggal sendirian dan membuatnya begitu berkomitmen pada tugasnya. Apa yang memaksanya menjadi begitu aktif, dan mengapa ia dipenuhi dengan begitu banyak energi positif? Tapi dia tidak menanyakannya karena pertanyaan itu tidak relevan.

Abe merindukan seseorang dan tidak bisa menjelaskan siapa orang itu. Namun ia merasakan ketenangan dan kegembiraan di hadapan Grace. "Grace, kamu berbeda; kamu unik," katanya dalam hati.

Sebuah Rumah Di Goa

Grace dan Abe tidak bermain catur setelah makan malam karena Grace memberitahunya bahwa dia akan menyanyikan beberapa lagu film Hindi lama untuk menghormati Abe. Dia duduk di ranjang bayi, menopang punggungnya di dinding, merentangkan kakinya ke arahnya. Dia memperhatikan dia memiliki cincin perak di kedua jari telunjuknya, dan dia ingin menyentuh cincin itu, tapi dia menahan godaannya.

"Abe, aku akan menyanyikan dua lagu untukmu; yang pertama adalah "Kabhi Kabhi Mere Dil Mei," yang ditulis oleh Sahir Ludhianvi, musik dibawakan oleh Khayyam dan dinyanyikan oleh Mukesh," Grace memperkenalkan lagu tersebut kepadanya.

Kemudian dia menarik napas dalam-dalam dan, setelah jeda, mulai bernyanyi. Tiba-tiba Abe memasuki dunia baru yang penuh romansa dan kepedihan halus akan perpisahan dan kenangan. Suaranya merdu; itu menggerakkan hati dan kepalanya, dan dia duduk diam. Abe terpesona, dan ketika nyanyiannya selesai, dia menatap Grace selama beberapa waktu tanpa mengatakan apa pun.

"Saya menikmatinya. Kamu penyanyi yang bagus," kata Abe.

Lagu kedua adalah "Tujhe Dekha Toh Yeh Jana Sanam."

"Lagu ini dari film *Dilwale Dulhaniya Le Jayenge*. Anand Bakshi menulis lirik yang dinyanyikan oleh Lata Mangeshkar dan Sonu Nigam," Grace memperkenalkan. Kemudian dia mulai bernyanyi, dan dia merasa itu sangat mulia, dan Abe mengira dia dan Grace adalah karakter utama dalam lagu tersebut.

"Penampilannya merdu sekali," kata Abe setelah nyanyian selesai.

Grace memandang Abe, dan matanya berbinar, dia memperhatikan.

"Grace, aku mengagumimu," memberitahu Abe membuka hatinya.

"Oh, Abe," serunya.

"Grace, izinkan saya mengajukan pertanyaan," kata Abe.

"Tentu saja, Abe," jawab Grace.

"Mengapa kamu memakai cincin ini di jari telunjukmu?"

"Tolong jangan berpikir aku percaya takhayul. Cincin-cincin ini melambangkan aku dan calon suamiku; yang kiri adalah aku, dan yang kanan adalah kekasihku. Ketika saya menikah dengan pria yang saya cintai, orang yang paling saya kagumi dan hormati, saya akan melepas cincin ini," Grace berterus terang dan tepat.

Abe ingin bertanya apakah dia sudah menemukan kekasihnya, tapi dia tidak melakukannya.

Lalu mereka tidur. Dan ketika Abe bangun, dia melihat Grace sedang menyetrika pakaiannya.

"Karena ini jeans, keringnya lebih lama, jadi saya terpikir untuk menggulungnya," ujarnya.

"Terima kasih, Grace, dan selamat pagi," ucapnya pada Grace.

"Selamat pagi, Abe sayang," sapanya.

Tiba-tiba, Abe menyadari Grace menambahkan satu kata lagi untuk mendoakannya, "sayang".

"Haruskah aku menyiapkan kopi untuk tidur untuk kita berdua?" Dia bertanya.

"Tentu saja, Abe," jawabnya.

Abe menyiapkan kopi saring Coorg yang dikukus dan menyajikannya dalam mug berukuran besar. Mereka duduk di kursi saling berhadapan dan menyesapnya perlahan.

'Kopimu menstimulasi dan aromatik,' komentar Grace.

"Terima kasih, Grace sayang," jawabnya, dan Grace memperhatikan kata baru itu, *sayang*, dan dia tersenyum.

Mereka sampai di pantai Calangute pada pukul delapan pagi, dan pantai itu sepi karena tidak ada tangkapan pada malam dan dini hari. Kelompok nelayan berikutnya akan sampai pada pukul enam sore jika mereka bisa mendapatkan ikan. Jika tidak, mereka akan tetap berada di laut lebih lama. Grace dan Abe pergi ke gudang pendingin D' Souza. Duduk di luar kantornya di atas kursi, dia tampak tidak terikat ketika mereka menyapanya dan tidak membalas salam mereka.

"Tidak ada tangkapan hari ini, dan tidak ada pekerjaan," katanya.

"Tetapi kemarin Anda mengatakan bahwa jika tidak ada tangkapan, Anda akan memberi kami pekerjaan di gudang pendingin Anda selama dua hari," kata Grace.

"Tidak apa-apa. Ada pekerjaan di gudang pendingin untuk dua orang, tapi saya tidak akan membayarmu tidak lebih dari dua ratus rupee," D' Souza terdengar keras.

'Itu upah yang terlalu rendah. Abe, ayo, ayo pergi," Grace berbalik untuk kembali.

"Tunggu, gadis bertopi coklat, aku akan membayarmu dua ratus lima puluh dolar, tapi kamu harus bekerja sampai jam lima sore,"

"Setuju," kata Grace," sambil mengatakan mereka memasuki gudang pendingin.

"Ikan perlu disortir dan disimpan secara terpisah, dan perlu waktu untuk memisahkannya," suruh D' Souza keluar.

Ada lima nampan besar berisi ikan dalam jumlah besar dari berbagai jenis. Grace dan Abe mengikatkan celemek di sekeliling mereka, mengenakan sarung tangan karet, dan menyortir ikan ke dalam keranjang. Mereka memilah lima puluh lima ember salmon, mackerel, sarden, ikan pelihat, Barramundi, bebek Bombay, dan Bawal pada siang hari. Mereka makan siang hangat di trotoar dan kopi panas dari kedai kopi pinggir jalan karena merasa kedinginan. Pada pukul lima sore, Grace dan Abe telah menyelesaikan seluruh pekerjaan, dan terdapat tujuh puluh dua keranjang ikan dari berbagai jenis. D' Souza begitu bahagia, dan ia membayar mereka masing-masing tiga ratus rupee untuk pekerjaan hari itu, lima puluh rupee lebih banyak dari yang ia janjikan. Grace dan Abe berlari ke kedai teh dan mengambil cangkir teh panas karena mereka merasa kedinginan bekerja di gudang pendingin selama sekitar sembilan jam.

Kemudian Grace mengajak Abe ke toko pakaian pria.

"Mengapa kita disini?" Abe bertanya

"Aku senang memberimu dasi," katanya.

"Oh tidak!" seru Abe.

"Tolong, Abe, kamu akan meninggalkanku besok. Saya ingin mengucapkan terima kasih kepada Anda atas kebahagiaan Anda yang menawan, persahabatan yang jujur, dan kehadiran yang ramah, yang saya nikmati sepenuhnya. Kamu seperti emolien dalam hidupku akhir-akhir ini," katanya, dan matanya berbinar.

"Grace…" panggil Abe.

Grace memilih dasi sutra berwarna merah muda, serta merek kemeja dan celananya dengan kualitas terbaik.

"Ini adalah pilihanku. Cocok dipadukan dengan kemeja dan celana brandedmu," sambil menatap Abe, katanya.

Grace memperhatikan kemeja dan celana mahalnya, Abe sadar.

"Terima kasih, Grace sayang. Bagaimana aku akan mengungkapkan rasa terima kasihku padamu?" Dia bertanya.

"Tidak perlu," katanya.

Ketika mereka sampai di rumah, dia meminta dia mengenakan kemeja dan celana panjang dengan dasi. Ketika dia keluar dari kamar kecil setelah memakainya, Grace menatapnya lama sekali, lalu dia berkata: "Kamu tampak luar biasa, seperti yang saya lihat dalam mimpi saya."

Namun Abe tidak menanyakan kapan dia memimpikannya.

Dan kemudian dia mendekatinya, menyentuh ujung dasinya, dan berkata: "kamu terlihat sangat bagus, dan aku menyukai penampilanmu."

Abe tersenyum sambil menatapnya. Dia ingin memeluknya dan mengungkapkan rasa terima kasih dan cintanya. Dia berpikir untuk menekannya ke dadanya, menjaganya tetap dekat dengannya selamanya. Ada perasaan cinta yang begitu besar di hatinya. Awalnya seperti riak, tetapi tumbuh seperti ombak. Grace, dia memanggil namanya berulang kali di dalam hatinya. Aku mencintaimu; Aku senang membuatmu tetap bersamaku sampai akhir hidupku. Aku telah jatuh cinta padamu. Saya belum pernah melihat wanita yang ramah, menyenangkan, dan menarik seperti Anda. Anda membuat saya melihat dunia dengan indah, menawan, dan penuh semangat; Aku mencintaimu, Grace; selalu bersamaku. Itu adalah suara hatinya yang bersemangat.

Grace menyiapkan makan malam mewah untuk mereka berdua. Ada ayam bakar, bawal goreng, nasi sayur *Pulao* , kembang kol *masala,* dan *kari daal tomat* . Makanannya mewah. Mereka berbicara seolah-olah mereka sudah saling kenal selama bertahun-tahun dan merupakan teman dekat. Setelah membersihkan dan mencuci pakaian, mereka tidur jam sepuluh.

Abe tidak bisa tidur, dan dia memikirkan kehidupannya bersama Grace, dan sekitar pukul sebelas, dia menyadari Grace belum tidur.

"Abe, kamu tidak tidur," Grace bertanya dengan lembut.

"Tidak, Grace," jawabnya.

"Mengapa?" Dia bertanya.

"Aku sedang memikirkanmu,"

"Aku juga memikirkanmu. Kamu akan berangkat besok, dan aku mungkin tidak akan bertemu denganmu lagi. Anda datang ke sini sebagai orang asing, dan sekarang Anda pergi sebagai teman dekat, seseorang yang sangat disayangi," katanya.

"Itulah masalah dalam hidup," komentarnya.

"Kami berjuang untuk mencapai kesuksesan dalam hidup. Namun ada pertarungan antara pikiran dan tubuh Anda, dan siapa pun yang menang, kemenangan akan terbagi. Keduanya harus menang, tapi itu tidak mungkin," jelasnya.

"Mengapa tidak mungkin?" Dia bertanya.

"Karena pikiran Anda mengambil keputusan tertentu tanpa berkonsultasi dengan tubuh Anda, tetapi tubuh tidak memiliki pikiran, dan tubuh tidak dapat mengambil keputusan apa pun tanpa pikiran," jelasnya.

"Itulah tragedi yang sering kita hadapi sebagai manusia. Badan lemah, tapi pikiran tidak membiarkan tubuh berperilaku sesuai keinginan," ujarnya.

"Tanpa pikiran, tubuh selalu berada dalam kegelapan. Kontradiksinya adalah dalam terang, Anda tidak akan melihat semuanya; kecerahan merusak penglihatan Anda karena membatasi fokus dan cakrawala Anda. Di malam hari, Anda dapat melihat langit, bintang, dan galaksi dengan lebih baik serta mengamati alam semesta yang sangat luas. Anda dapat menampung keagungan Kosmos di dalam mata kecil Anda, bagian dari tubuh Anda. Pikiran tanpa tubuh adalah kayu mati." kata rahmat.

"Grace, kamu menjadi filosofis. Jadi, mari kita bermain catur sebentar untuk mengatasi kesedihan, kelesuan, dan kegelapan," saran Abe.

"Tentu saja, membatasi kelesuan dengan bermain catur adalah ide yang bagus," kata Grace dan tiba-tiba melompat dari tempat tidur dan menyalakan lampu. Permainan catur berlangsung intens dan Grace bertekad untuk memenangkan permainan tersebut. Game pertama berlangsung lima puluh menit, dan Grace memenangkannya dengan skakmat menggunakan pionnya.

"Grace, sulit mengalahkanmu," kata Abe. Saya harus belajar dari Anda bagaimana memiliki pertahanan yang lebih baik. Saya bisa menyerang, tapi pertahanan saya lemah," aku Abe.

'Abe, kamu bermain bagus. Tapi saya perhatikan Anda kehilangan konsentrasi di tengah-tengahnya," dia mengamati.

"Kamu benar, Grace. Tiba-tiba aku memikirkanmu, dan itulah kelemahanku. Pikiran Anda mendominasi rasionalitas dan pola pikir saya; akibatnya, kamu menskakmatku dengan pionmu. Ayo kita mainkan satu pertandingan lagi," kata Abe.

Game kedua berlangsung satu jam sepuluh menit, dan pada akhirnya, Abe melakukan skakmat terhadap Grace dengan ksatrianya.

"Permainan yang brilian, Abe; kamu bermain seperti Kasparov," komentar Grace.

"Terima kasih, Grace sayang," Abe mengungkapkan kegembiraannya karena memenangkan pertandingan tersebut.

Saat itu sudah jam satu pagi.

"Grace, tolong nyanyikan lagu film Hindi, lalu kita akan tidur." Abe mengajukan permintaan.

'Tentu,' katanya.

Dia duduk di dipan, menyandarkan punggungnya ke dinding, dan kakinya menyentuh tepi ranjang tempat Abe duduk. Dan sekali lagi, dia melihat cincin perak di jari telunjuknya. Mereka terlihat sangat cantik, tapi dia akan melepasnya ketika dia menikah dengan kekasihnya suatu hari nanti. Jimat itu akan membawa keberuntungan baginya.

"Saya akan menyanyikan lagu lama. Itu dari film *Awara* oleh Raj Kapoor, dan lagu "Awara Hoon" ditulis oleh Shailendra dan dinyanyikan oleh Mukesh."

Kemudian dia mulai bernyanyi, dan kata-kata serta maknanya meresap jauh ke dalam hati Abe. Tiba-tiba Abe mulai bernyanyi bersama Grace, dan dia bisa melihat kilatan cahaya di matanya.

"Grace, ini adalah lagu film Hindi terindah yang pernah saya dengar, dan Anda menyanyikannya dengan sangat baik."

"Kau juga ikut bersamaku menyanyikannya. Saya menikmatinya."

"Mari kita tidur sekarang," usulnya.

"Ini sudah jam setengah satu dan waktu yang tepat untuk tidur," sambil mematikan lampu, katanya.

Ketika dia bangun sekitar jam lima pagi, dia melihat Grace sedang membuat kopi di tempat tidur

"Selamat pagi, Abe. Apakah kamu tidur dengan nyenyak?"

"Hai, Grace, selamat pagi; Saya tidur nyenyak. Sepertinya permainan catur dan lagumu banyak membantuku."

Mereka duduk berhadap-hadapan dan menyeruput kopi.

"Grace, aku ingin memberitahumu sesuatu."

"Silakan," jawab Grace.

"Saya telah membatalkan pergi ke Mumbai.," katanya dengan suara rendah.

"Tapi kenapa?" Grace mengungkapkan keterkejutannya.

"Saya sedang tidak ingin pergi sekarang, tetapi ketika saya merasa ingin pergi, saya akan pergi."

"Apakah kamu memikirkannya dengan serius?"

"Ya. Saya serius memikirkan keputusan saya," kata Abe.

"Apakah ini keputusan yang cerdas? Apakah kamu akan merasa kecewa nanti?" Dia ingin mendapatkan jawaban yang bijaksana darinya.

"Saya sudah memikirkannya selama dua hari terakhir, mengevaluasi pro dan kontra, dan siap menghadapi konsekuensinya," jelas Abe.

"Abe, kita mengambil keputusan tertentu dalam hidup dan kemudian menyadari bahwa itu adalah sebuah kesalahan besar, seperti sebuah langkah dalam permainan catur. Tapi hidup lebih dari sekedar permainan catur. Beberapa keputusan mempunyai konsekuensi yang luas, dan seseorang tidak dapat memperbaikinya di kemudian hari. Saya tahu Anda adalah pria dewasa, dan Anda memiliki kebebasan untuk mengambil keputusan sendiri yang memengaruhi hidup Anda," Grace menjelaskan sudut pandangnya.

"Aku memahaminya, Grace."

"Kamu tidak boleh merasa tertipu, dan kamu tidak boleh merasa kecewa ketika menghadapi kenyataan hidup; dalam situasi lain, di masa depan, aku mungkin tiba-tiba pergi, dan kamu mungkin ditinggalkan sendirian," Grace memberikan pernyataan tegas.

"Saya menyadarinya," Abe bersikeras.

"Dengan menyangkal hal-hal tertentu, Anda tanpa sadar mengundang kemungkinan lain, dan Anda harus memiliki keberanian dan keterbukaan untuk menghadapinya."

"Tetapi aku akan tinggal di sini bersamamu dan senang berada bersamamu," kata Abe, seperti meminta izin pada Grace.

"Tetapi saya tidak mendorong Anda untuk melakukannya; Aku tidak menyarankanmu untuk melompat ke masa depan yang tidak diketahui," Grace mencoba membujuknya dan menyadarkannya akan bahaya yang mungkin dia hadapi nanti.

"Biarkan aku tinggal di sini, Grace," pintanya.

"Resikonya ditanggung sendiri," katanya.

Lalu terjadilah keheningan yang lama.

Untuk sarapan, mereka membuat sandwich dengan telur dadar dan bubur. Ketika mereka sampai di pantai Calangute, D' Souza memberitahu mereka bahwa otoritas pantai telah melarang para nelayan melaut karena gempa bumi di Yaman. Kemungkinan terjadinya tsunami di Laut Arab sangat besar. Jadi, Grace dan Abe pergi ke pasar sayur. Pekerjaan yang berhubungan dengan bongkar muat cukup banyak, dengan banyaknya petani yang membawa sayurannya ke pasar. Setiap petani membayar empat puluh hingga lima puluh rupee untuk bongkar muat, dan Grace serta Abe dapat memperoleh jumlah total enam ratus lima puluh rupee hingga pukul lima sore.

"Sabtu dan Minggu adalah hari libur," sekembalinya ke rumah, Grace bercerita kepada Abe.

"Apa yang kamu lakukan pada hari Sabtu dan Minggu," tanya Abe pada Grace.

"Sebulan sekali, pada hari Sabtu, dari jam delapan pagi hingga siang hari, kami membersihkan kawasan kumuh yang kami sebut dengan organisasi kemasyarakatan. Biasanya sekitar lima puluh orang bergabung dalam tugas itu, dan setiap orang menganggapnya serius. Usai bersih-bersih, kami semua berbagi teh dan makanan ringan, yang biayanya dari dana bersama. Setiap keluarga menyumbang sejumlah kecil setiap bulan untuk pengeluaran umum. Pekerjaan bersih-bersih, pesta teh, makanan ringan, dan berkumpul membantu orang membangun ikatan yang kuat, bertemu satu sama lain, dan berbagi keprihatinan sosial dan ekonomi mereka. Ada rasa kebersamaan yang tulus di antara masyarakat," kata Grace.

"Saya suka pertemuan seperti itu," jawab Abe.

"Pada hari Minggu, saya membersihkan rumah, mencuci seprai dan pakaian lainnya, menyetrikanya, dan membuat rencana untuk minggu depan. Setelah makan siang, saya biasanya pergi piknik atau mengunjungi beberapa tempat pedalaman di Goa dan kembali sekitar pukul tujuh malam. Tapi besok, daripada hari Minggu, kita bisa pergi bersama, segera setelah bersih-bersih dan kerja komunitas, untuk melihat Goa," saran Grace.

"Itu hebat. Goa adalah tempat yang menakjubkan," kata Abe.

Sekitar pukul delapan pada hari Sabtu pagi, kerumunan pria, wanita, remaja, dan anak-anak yang cukup banyak berkumpul di depan gubuk Grace. Mereka membawa berbagai perkakas, sapu, pengki, kain pel besar, keranjang, ember, sekop, sekop, dan cangkul. "Seorang gadis bertopi coklat," mereka memanggil Grace. Dan Abe dan Grace sudah siap dengan sapu panjang.

"Kami akan membagi diri menjadi empat kelompok kecil dan mulai membersihkan dari berbagai sudut," usul Grace.

Kelompok tersebut memutuskan siapa yang menjadi organisator kelompok, bukan pemimpin yang mengendalikan pekerjaan tersebut. Abe menyadari bahwa Grace adalah orang pertama yang memimpin program organisasi masyarakat sebulan sekali di daerah kumuh. Pada tahap awal, masyarakat enggan mengikuti kegiatan tersebut. Namun minat yang diperlihatkan Grace dan sifat pekerjaan yang ia lakukan memberi semangat kepada banyak orang. Pada awalnya, Grace sendirian dalam pekerjaan pembersihan, namun setelah satu bulan, beberapa pemuda dan perempuan bergabung dengannya dan kemudian, beberapa laki-laki juga, dan dalam waktu tiga bulan, upaya ini menjadi upaya komunitas. Dia bukan seorang pemimpin tetapi seorang organisator komunitas. Orang-orang memilihnya, dan setengah lusin anak muda mengatur seluruh pekerjaan. Mereka, sambil minum teh, memutuskan siapa yang akan menjadi pengurus komunitas selama tiga bulan ke depan. Jadi, setiap tiga bulan ada tim baru, jadi hampir semua orang mendapat kesempatan menjadi pengorganisir komunitas.

Mereka segera memulai pekerjaan. Para lelaki membersihkan sistem pembuangan limbah terbuka dengan sekop, sekop, dan cangkul. Beberapa yang lain mengumpulkan sampah dan membawanya dengan kereta dorong ke tempat pembuangan sampah sekitar setengah km dari daerah kumuh agar pekerja kota dapat membuangnya kapan pun mereka datang dengan truk pengumpul sampah. Para perempuan menunjukkan antusiasme yang besar dalam menyapu dan mengepel jalan dan jalan kecil. Para pemuda mengumpulkan sampah plastik, kayu, dan potongan logam yang berserakan di sana-sini dan membuangnya secara terpisah ke dalam kantong goni di lubang sampah agar petugas kota dapat membuangnya. Anak-anak pun bersemangat membantu orang tua dan saudaranya dengan membawa dan menyediakan berbagai peralatan yang dibutuhkan.

Itu adalah upaya masyarakat, kegiatan yang tidak bisa dihentikan, dan terus berlanjut hingga siang hari. Abe bekerja dengan laki-laki dan pemuda untuk membersihkan saluran pembuangan terbuka dan mengumpulkan sampah plastik. Grace bergabung dengan semua kelompok dengan membagi waktunya bekerja di berbagai sudut daerah kumuh. Ada semangat pesta; mereka menyelesaikan semua pekerjaan dalam waktu empat jam, dan daerah kumuh itu tampak bersih, rapi, dan segar.

Kemudian mereka semua berkumpul di ruang terbuka dekat Benteng, di seberang perkampungan kumuh mereka. Banyak yang duduk di tanah setelah membersihkan diri di keran air umum. Vivian Monteiro bertugas menyediakan teh dan makanan ringan untuk semua orang. Grace mengapresiasi kualitas teh dan makanan ringan yang disediakan, dan Vivian merasa senang. Anak-anak menyanyi dan menari, dan beberapa remaja memainkan gitar dan drum kecil. Para remaja putri menampilkan tarian tradisional *Dekni* yang banyak diiringi musik. Sepasang gadis memainkan *Fugdi* dan menari bersama Grace. Setelah itu, tarian rakyat suku yang disebut *Kunbi* oleh pria dan wanita dan Abe menari bersama mereka dengan diiringi tabuhan genderang.

Para pemuda penanggung jawab dana mengumpulkan sumbangan, dan Abe menyumbangkan dua ratus rupee. Tepuk tangan meriah ketika seorang anak membacakan nama dan jumlah uang yang diberikan, dan semua orang mengapresiasi kemurahan hati Abe. Bulan itu, seluruh koleksinya berjumlah sembilan ratus empat puluh lima rupee. Kegiatan hari itu berakhir setelah diputuskan acara bulan berikutnya pada pukul dua siang.

Usai mandi air hangat dan mencuci pakaian, Grace dan Abe memasak makan siang berupa sayur *Pulao*, ayam, ikan goreng, dan masala kembang kol dengan yoghurt.

"Grace, Anda telah melakukan pekerjaan yang baik dalam mengorganisir program kebersihan masyarakat," kata Abe.

"Sangat menyenangkan bahwa Anda berpartisipasi aktif dengan semua orang, dan orang-orang menyukai kehadiran Anda, karena Anda dapat menginspirasi generasi muda," kata Grace mengapresiasi Abe.

"Ini memang merupakan kegiatan yang diperlukan untuk sebuah koloni perumahan, yang telah mengabaikan fasilitas infrastruktur. Tampaknya pemerintah kota tidak peduli dengan kesejahteraan sembilan puluh delapan keluarga di daerah kumuh ini. Jadi, kita harus mengambil inisiatif untuk membersihkannya. Dorongan dari belakang anda merupakan sebuah pertanda positif dalam bekerja tanpa menunjukkan semangat yang tidak perlu," puji Abe pada Grace.

"Manusia memerlukan kebersamaan, kesatuan, dan keramahan; mereka tidak memerlukan nasehat. Alih-alih memberikan instruksi, telinga yang mendengarkan, sikap yang memberi semangat, dan senyuman sudah cukup. Hal ini dapat menghasilkan keajaiban, dan orang-orang senang berada dalam kelompok kecil, bekerja demi kebaikan bersama, yang mencakup kebaikan individu, dan komunitas," kata Grace.

"Ini adalah inisiatif yang luar biasa dalam organisasi masyarakat. Orang melakukan pekerjaannya sesuai dengan kebutuhannya. Mereka mengaturnya, merencanakannya karena ini adalah pekerjaan rakyat," komentar Abe.

"BENAR. Sekitar lima puluh orang bekerja selama empat jam dengan semangat, dedikasi, dan komitmen. Mereka punya orientasi dan tujuan karena saling memiliki, dan kebersamaan itu penting dalam organisasi masyarakat," Grace menganalisis.

"Aku setuju denganmu, Grace. Yang dibutuhkan adalah partisipasi masyarakat, yang terlihat dalam pekerjaan kami, karena mereka melihat manfaatnya bagi dirinya sendiri dan masyarakat. Mereka menerima pelatihan untuk melakukannya sendiri tanpa menyadari Anda melatih mereka. Itu tersirat".

"Sekarang, mereka bisa terus maju tanpa partisipasi aktif saya. Kalaupun saya tidak ada di sana, perempuan dan laki-laki itu bisa melakukan pekerjaan itu, karena mereka punya kepercayaan diri," tambahnya.

Tiba-tiba Abe menatap Grace. Akankah ada situasi ketika Grace tetap absen? Dia mengajukan pertanyaan dalam benaknya, yang sangat mengganggunya.

Sore harinya, mereka keluar untuk melihat Benteng Aguada.

"Abe, aku senang berjalan-jalan bersamamu," katanya ketika mereka sampai di Benteng.

"Benar-benar!" Dia bereaksi.

"Pasti. Ini adalah pengalaman yang menyenangkan. Anda memperlakukan saya setara dengan Anda; dari tindakan kecilmu, aku sadar kamu menghormatiku dan menghargai harga diriku," jelas Grace.

"Aku merasa bebas bersamamu; kebebasanku ada untuk tidak menyalahgunakannya. Saat menciptakan nilai-nilai, kami menghormatinya lebih dari nilai apa pun yang diberikan orang lain. Saat pertama kali bertemu dengan Anda, saya memikirkan orang yang benar-benar berminat dan memikirkan keselamatan dan kesejahteraan saya. Dan Anda memercayai saya, dan kepercayaan Anda tidak boleh palsu. Ya, Grace, aku tidak akan pernah bisa melawan keyakinanmu, dan itulah aku."

"Bagi saya, setiap orang yang saya temui adalah unik, dan Anda juga unik bagi saya. Namun, keunikan tidak memberikan rasa percaya diri dalam menghadapi seseorang. Tapi dalam kasusmu, aku yakin saat bertemu denganmu. Anda adalah orang pertama yang berbagi kamar dengan saya, secara harfiah adalah tempat tidur saya. Dalam hidup, kita tidak perlu berbagi segalanya sampai kita merasakan kebutuhannya yang mutlak dan utama," jelas Grace.

"Aku berterima kasih padamu, Grace. Namun saya sadar bahwa kedekatan tidak memberikan izin untuk menggunakan seseorang, dan dalam kasus saya, saya tidak pernah memiliki kedekatan mutlak dengan siapa pun, dan saya tidak pernah berbagi tubuh saya dengan siapa pun," kata Abe.

"Berbagi tubuh dengan seseorang tergantung pada nilai yang Anda kembangkan. Hal ini melampaui kebutuhan untuk berbagi; ini adalah berbagi kepribadian, dan keinginan terdalam, yang tidak bersifat sementara dan bergantung pada seberapa jauh seseorang menghargai diri sendiri," tambah Grace.

Mereka sudah berada di pintu masuk Benteng.

"Kata *Aguada* berasal dari bahasa Portugis, yang berarti "tempat berair", dan Benteng ini mencerminkan masa keemasan Portugis di Goa. Pembangunan struktur megah ini dimulai pada tahun seribu enam ratus sembilan dan selesai dalam waktu tiga tahun. Tujuan utama benteng ini adalah untuk mempertahankan Goa dari Belanda dan suku Maratha," kata Grace.

"Portugal adalah negara kecil, yang mungkin tidak bermimpi untuk mengakuisisi beberapa wilayah di India," kata Abe.

"Prestasi kami selalu bergantung pada impian kami. Tapi Portugis ulet. Goa adalah permata di mahkota mereka, dan mereka menyukainya seperti Lisbon. Saat kamu mencintai sesuatu seperti hatimu, kamu tidak akan pernah membiarkannya lepas darimu," sambil menatap Abe, Grace membuat pernyataan.

Abe tertawa terbahak-bahak. Dia memahami intensitas kata-katanya, karena bersifat sugestif, simbolis, dan bersifat pribadi. Itu juga berlaku untuknya. Mereka menunjukkan kedekatannya dengan suaminya dan keinginannya untuk melanjutkan statusnya saat ini. Kemudian dia ingin bertanya padanya apakah dia akan membiarkan hubungan spesialnya hilang tetapi tidak bertanya.

"Apa yang kamu pikirkan, dan apa yang ingin kamu katakan," tanya Grace padanya.

"Saya ingin menjadi seperti orang Portugal; saya harus gigih untuk mencapai tujuan saya," katanya.

"Kamu gigih, Abe sayang. Anda telah membuang masa depan yang berharga untuk mencapai hal-hal tertentu, yang Anda anggap sebagai mutiara yang sangat berharga. Anda sudah di depan gawang, tapi tetap saja, Anda perlu membuktikan stamina dan keberanian Anda seperti orang Portugis, "berterus terang Grace.

"Tentunya saya tidak boleh gagal dalam mencapai tujuan saya," ujarnya.

Ratusan turis berada di seluruh penjuru Benteng, dan Abe menyadari bahwa Benteng Aguada adalah tujuan wisata yang bagus. Mendaki mercusuar merupakan pengalaman yang mendebarkan bagi mereka berdua.

"Mercusuar empat lantai yang luar biasa ini dibangun pada tahun seribu delapan ratus enam puluh empat untuk memandu kapal-kapal dari Eropa mencapai pelabuhan dengan selamat," kata Grace sambil memanjat struktur yang tidak biasa itu.

Pemandangan panorama dari puncak menara sungguh menakjubkan. Abe dapat melihat daerah kumuh dan gubuk mereka sebagai sebuah tempat kecil.

"Grace, lihat rumah kami, tempat paling berharga dalam hidup kami," kata Abe pada Grace sambil mengarahkan jarinya ke tempat tinggal mereka.

"Ya. Itu adalah rumah kita, tempat detak jantung kita memiliki nada ajaib yang menghasilkan musik abadi. Disana, impian kita mempunyai nilai abadi, dan keinginan kita mendambakan kebersamaan di hari lain. Kami makan dan tidur, bermain catur dan menyanyikan lagu pengantar tidur kami, memvisualisasikan suatu hari, yang mencakup kehangatan, cinta, dan kepercayaan," Grace sedikit liris.

"Grace, kamu jadi puitis," komentar Abe.

"Wajar kalau hati merasa senang, dan dalam situasi seperti itu, ia menulis lirik," analisanya.

Usai turun, mereka duduk di rerumputan hijau bersama ratusan orang lainnya sambil menyaksikan matahari terbenam. Piringan emas berwarna merah tua itu bermain petak umpet di atas Laut Arab.

"Ini adalah tontonan yang luar biasa," kata Grace.

"Memang benar," Abe menyetujui.

Mereka berjalan ke Gereja St. Lawrence, dan dari nyanyian itu, Abe menyadari bahwa itu adalah persembahan, dan pendeta mempersembahkan roti dan anggur. Tiba-tiba dia teringat Komuni Pertama. Karena orang tuanya menolak untuk hadir, kakek dan neneknya berada di kedua pihak. Hidup juga merupakan sebuah persembahan bagi seseorang, namun tidak boleh diabaikan atau ditolak.

"Benteng ini sangat terkenal di Dunia Barat karena merupakan pusat kekuasaan Portugis di Timur. Arus kapal mencapai pelabuhannya untuk mengisi kembali wadah air mereka dari sumber air tawar abadi di Benteng," sambil memandangi sungai Mandovi, kata Grace.

Hari mulai gelap, dan wisatawan secara bertahap meninggalkan koridor dalam yang panjang menuju dunia luar.

"Grace, mari kita makan masakan Goa di salah satu restoran pantai," Abe memberi saran.

"Tentu saja," jawabnya.

"Aku senang memberimu hadiah," kata Abe.

"Dengan senang hati," jawab Grace.

Mereka memesan nasi goreng, *ambot tik* , kari pedas dan asam yang diolah dengan ikan, *arroz doce,* puding nasi manis, *balchao,* olahan udang juicy dan *bebinca,* makanan penutup Portugis. Makanan penutupnya eksotis, dengan tujuh lapis tepung terigu, gula pasir, mentega, kuning telur, dan santan. Mereka banyak berbincang tentang berbagai topik, khususnya perjalanan Vasco de Gama ke Kalikut.

"Gama menemukan masyarakat yang sejahtera dan bahagia di pesisir Malabar. Raja Kalikut menerima dia dan krunya dengan hormat. Mereka adalah tamu negara dan diperbolehkan membeli lada hitam, kapulaga, kayu manis, dan barang berharga lainnya di Malabar. Gama dan krunya beruntung bisa mengisi keempat kapal mereka sebelum berangkat ke Lisbon," kata Abe kepada Grace

"Saya mendengar bahwa Portugis kemudian mendirikan banyak pusat perdagangan di Kannur, Kochi, dan Goa," kata Grace.

"Tetapi merupakan suatu misteri bahwa mereka hanya dapat membangun dan mempertahankan wilayah kecil di banyak lokasi di pesisir Malabar," tambah Abe.

"Secara perbandingan, Goa cukup besar," kata Grace.

"Kemudian, Goa dikelilingi oleh India Britania yang perkasa. Bagaimana Portugis bisa hidup damai dengan Inggris?" Abe bertanya-tanya.

"Penting bagi Portugis untuk mempunyai hubungan damai dengan Inggris, meskipun mereka mempunyai konflik berdarah dengan Belanda. Memiliki hubungan persahabatan dengan Inggris adalah kebutuhan mereka," kata Grace.

"Maksudmu hubungan adalah faktor penting dalam hidup," Abe bertanya.

"Tentu saja, Anda perlu mengembangkan dan memelihara hubungan; pada saat yang sama, kamu harus berhati-hati," jawab Grace.

Abe memandang Grace. Dia punya banyak hikmah, pikirnya.

"Ini sudah larut. Bagaimana kalau kita bergerak?" Grace bertanya.

"Tentu," kata Abe.

"Abe, terima kasih banyak atas makan malam mewahnya. Saya menikmatinya," Grace berterima kasih kepada Abe.

"Makan bersamamu adalah suatu kebahagiaan. Tentu saja saya melakukannya setiap hari," kata Abe.

"Aku menikmati makan malam bersamamu, Abe sayang," komentar Grace.

"Terima kasih, Grace, telah menerima undanganku. Suatu kehormatan menerima Anda sebagai tamu saya," kata Abe.

"Saya menghargai kehadiran Anda," jawab Grace.

Dari pantai, mereka berjalan menuju rumah mereka. Meskipun Abe bisa melihat cahaya bermain petak umpet di wajah Grace, dia tampak seperti seorang dewi dengan matanya yang bersinar di balik siluet Benteng Aguada. Tiba-tiba, dia merasa ingin melukis gambar Grace dan memutuskan untuk membeli kanvas, cat, dan kuas saat mereka pergi ke pasar nanti. Abe menikmati setiap langkah bersama Grace dan berpikir untuk berjalan bersamanya selamanya. Dia belum pernah merasakan kegembiraan seperti ini saat menghabiskan waktu bersama orang lain.

Sesampainya di rumah, mereka dapat melihat cahaya redup dari perkampungan kumuh, dan Grace membuka kunci.

Abe mencuci pakaiannya dan mandi air hangat. Giliran Grace ketika dia keluar. Mengenakan baju tidur warna-warni dan piyama, dia kembali. Grace terlihat sangat cantik, pikir Abe.

"Mari kita bermain catur sebentar," ajak Abe, kata Grace.

Itu adalah permainan yang bagus, yang berlangsung selama lima puluh lima menit. Dengan gerakan pion yang cerdas, Grace melakukan skakmat. Ksatria dan ratunya mendukung pionnya, sebuah kejutan bagi Abe. Dia mengucapkan selamat kepada Grace.

Pertandingan berikutnya berlangsung seru. Abe bisa melakukan skakmat Grace dengan seorang ksatria dalam waktu empat puluh menit.

"Kamu bermain sangat bagus," mengapresiasi Abe, kata Grace.

"Kamu adalah pemain yang lebih baik; aku perlu belajar banyak gerakan darimu. Catur adalah permainan yang indah dan membantu saya berpikir," reaksi Abe.

"Catur adalah permainan yang menarik karena pikiran manusia itu indah. Kami menciptakannya. Kami membuat aturannya yang rumit dan memberikan jutaan kemungkinan. Tanpa kecerdasan, catur tidak akan ada," kata Grace.

Abe memandangnya dengan heran; dia mengucapkan kebijaksanaan sejati dan mengisi kata-katanya dengan kecerdasan.

"Apa yang Anda jelaskan adalah bahan pemikiran," kata Abe.

"Ya, tidak ada yang bisa mengalahkan kecerdasan manusia. Kecerdasan kita memberi makna pada keberadaan. Hanya dengan mengetahui sesuatu bisa ada. Itulah sebabnya mengetahui adalah keberadaan, dan keberadaan adalah mengetahui. Itu sebabnya kecerdasan manusia jauh lebih unggul dari apa pun yang kita amati," komentar Grace.

Sekali lagi Abe menatap Grace. Itulah teori yang ia kembangkan di Universitas Nanyang; dia ingat

"Grace, bagaimana kamu mengembangkan semua kebijaksanaan ini?"

"Pengamatan ini berasal dari hidup saya. Tidak ada realitas yang ada di luar pengamat jika tidak ada observasi. Tapi itu tidak menyangkal objeknya. Kami mengetahuinya melalui analisis kami, dan ini memberikan maknanya. Saya dapat mengatakan kenyataan itu bersifat pribadi, seperti ketika saya mengatakan, saya mencintaimu, konsep cinta adalah sebuah pengamatan, pengalaman saya sendiri; tidak ada orang lain yang mungkin mempunyai arti kecuali orang yang dicintai. Lebih dari itu, ketika Anda mencintai seseorang, Anda mencintai diri Anda sendiri". Grace menganalisis.

"Apa yang Anda katakan dapat dimengerti dan bermakna bagi saya karena kami berbagi konsep. Tidak ada kenyataan jika Anda tidak mengamatinya. Ibarat matematika, yang tidak ada di luar kecerdasan manusia, karena tidak mempunyai eksistensi yang mandiri. Kami mengembangkan semua nilai, teori, dan teoremanya. Semua ilmu pengetahuan ada dalam batas-batas yang kita ciptakan. Kami mengamati Alam Semesta menggunakan model tertentu yang kami kembangkan. Jika kita gagal menciptakan paradigma atau malas mengamati, kita akan tetap berada di dalam gua." jelas Abel.

Dia bisa melihat Grace mendengarkannya dengan penuh perhatian dan merenung secara mendalam. Tapi Grace bisa mengerti apa yang dia katakan. Dia mengamati otak yang sangat berkembang, karena analisisnya meyakinkan.

"Abe, bicaramu masuk akal, dan aku mengagumimu," kata Grace.

"Alam Semesta kita dapat dipahami; manusia dapat mengetahuinya. Hanya ketika kita mengetahui Alam Semesta barulah alam semesta itu ada." kata Abe.

"Apakah Alam Semesta mengetahui dirinya sendiri?" Grace bertanya.

"Mungkin iya; jika tidak, ia tidak bisa menjadi sumber segalanya. Alam Semesta mungkin sadar diri; kami mengetahuinya, dan itu memang ada," jawab Abe.

"Sekarang mari kita tidur; sekarang sudah jam sebelas, dan dalam tidur kita, pikirkan semua ini," kata Grace.

Abe melihat Grace membuat kopi di tempat tidur ketika dia bangun sekitar jam setengah empat.

Selamat pagi, Grace sayang, "sapanya.

"Selamat pagi, Abe sayang," sambil memberikan secangkir kopi di tangannya, Grace mengucapkan selamat padanya.

Grace duduk di kursi, menghadap Abe, duduk di tempat tidur.

"Apakah kamu tidur nyenyak," dia bertanya.

"Aku tidur nyenyak," jawab Grace.

"Apakah kamu punya mimpi?" Dia bertanya.

"Ya, aku memimpikanmu. Kami bepergian bersama, ke negeri yang jauh, mungkin di Rajasthan," kata Grace.

"Jadi, kamu bermimpi, dan kamu memimpikan kita bisa bersama. Itu luar biasa," komentar Abe.

"Kamu dan aku pernah bersama. Saya senang bepergian bersama Anda, dan saya berdoa perjalanan kita akan berlanjut selamanya dan tidak pernah berakhir,' jelas Grace.

Abe mendengarkannya sambil menatap Grace. Dia menyukai cara bibirnya bergerak; pipinya muncul. Saat berbicara, giginya yang indah berkilau, dan matanya seperti bintang di langit malam di atas Benteng Aguada. Abe ingin bepergian bersamanya selamanya, dan dia tahu dia bepergian bersama Grace.

"Saya senang berlayar bersama Anda selama berhari-hari, berbulan-bulan, dan bertahun-tahun, dan ekspedisi kita tidak akan pernah berakhir. Kebersamaan adalah rahasia cinta yang hakiki," kata Abe.

"Indah sekali. Mari kita ciptakan realitas untuk menjalani perjalanan kita," kata Grace.

"Ngomong-ngomong, apakah kita naik kereta, berangkat dari Jaipur ke Udaipur atau Jodhpur ke Ajmer?"

"Kami berdua berada di atas seekor unta, dan ia berjalan dengan sangat anggun, lonceng-loncengnya bergelantungan, dan suara loncengnya sungguh luar biasa. Saya menyukainya," cerita Grace.

"Grace, kamu seharusnya membangunkanku agar aku bisa melihat unta dan kita berdua menungganginya."

"Abe, kamu duduk di atas unta bersamaku. Aku duduk di depan, dan kamu memegangiku dari belakang agar aku tidak terjatuh, atau aku tidak pergi, meninggalkanmu sendirian."

"Kedengarannya luar biasa," dan Abe tertawa, dan kopinya tumpah ke baju tidurnya.

Tiba-tiba Grace bangkit dan membawa sehelai kain. Dia membungkuk ke arahnya dan membersihkan baju tidur, tempat kopi jatuh ke kain. Dahinya dekat dengan dadanya. Abe merasakan kehadirannya yang menenangkan. Rambutnya memiliki aroma tertentu, dan dia berpikir untuk menyentuhkan hidungnya ke rambutnya. Abe ingin mencium aromanya dengan menyembunyikan hidungnya di rambutnya. Dia mempunyai keinginan yang mendalam untuk memeluknya, merasakannya, mendekatkannya pada tubuhnya untuk merasakan detak jantungnya, untuk menikmati aroma yang dipancarkannya.

"Grace, aku mencintaimu, selalu bersamaku," ucapnya berulang kali dalam hati. Dia ingin dia selalu bersamanya, menunggangi unta itu, melintasi Rajasthan, melintasi hamparan seluruh gurun.

Perasaannya begitu kuat dan menggetarkan.

"Abe, sekarang tidak apa-apa," katanya sambil mengangkat wajahnya. Dan dia tersenyum, dia memperhatikan.

"Terima kasih, Grace sayang, katanya.

"Aku senang kamu memanggilku, Grace sayang. Ia memiliki pesona, keterikatan khusus, makna khusus. Jika kamu tidak meneleponku, sayang, aku tidak disayangi siapa pun. Jadi, perkataanmu menciptakan pribadi baru dalam diriku, yang begitu disayangi seseorang," kata Grace.

Abe tersenyum sambil menyeruput kopinya.

Setelah minum kopi di tempat tidur, mereka duduk di tempat tidur, berdampingan, punggung ditopang oleh dinding dan kaki dijulurkan ke tepi tempat tidur. Abe bisa melihat cincin di kedua jari telunjuknya. Kemudian mereka menyanyikan beberapa lagu film Hindi lama bersama-sama. Grace menjelaskan latar belakang dan nama film, siapa yang menulis lirik, memberi musik, menyanyikannya, dan menyutradarainya. Abe kagum dengan pengetahuannya tentang film Hindi.

Abe suka bernyanyi bersama Grace. Dia berpikir untuk berdansa dengan Grace di taman, padang rumput, lereng bukit, tepi sungai, pantai, dan bahkan jalan raya seperti pahlawan bersama kekasihnya dalam film-film Hindi. Ini akan menjadi pengalaman yang paling mempesona.

"Grace, aku suka nyanyianmu. Saya suka cara Anda melakukan segalanya."

Mendengar pujian Abe, Grace pun ikut tertawa.

"Aku suka menyanyi dan tertawa bersamamu, berjalan-jalan dan makan bersamamu, bekerja, dan bepergian bersamamu. Saya suka unta Anda dan duduk di belakang Anda di atas unta, "sambil memandang Grace, tambahnya.

"Itu saling menguntungkan, Abe sayang," kata Grace, dan dia tersenyum, dan Abe menyukai senyumannya.

Abe berdiri di sisinya di ruang dalam ketika dia sedang membuat sarapan. Dia menyukai cara dia menyiapkan telur dadar, memasak bubur, dan membuat irisan daging sayuran, dan hatinya penuh dengan perasaan misterius.

Abe memperhatikan dengan rasa ingin tahu dan tertarik pada kecepatan Grace menggerakkan tangannya dan menyiapkan sandwich. Berdiri di dekat meja dapur, mereka mengambil makanan langsung dari penggorengan dan mulai makan. Dia merasakan kegembiraan khusus saat melakukan hal itu dan menyaksikan bagaimana Grace menggigit sandwichnya yang berisi potongan sayuran dan telur dadar. Dia menyukai cara dia mengunyah.

"Abe, makanlah," kata Grace sambil memasukkan sepotong kecil sandwich ke dalam mulutnya dengan jari-jarinya.

"Aku menyukainya," setelah gigitan pertama, katanya. Lebih dari sekedar sandwich, cara dia memasukkannya dengan jari ke dalam mulutnya adalah pengalaman yang disukai Abe. Dan hatinya dipenuhi dengan sukacita.

"Grace, aku mencintaimu," katanya dalam hati. Itu adalah pertanda kabar baik.

Setelah sarapan, mereka membersihkan rumah dan mencuci seprai dan linen. Bergerak di sekitar rumah dan melakukan setiap pekerjaan dengan Grace, dia merasakan hidupnya bersama Grace adalah sebuah puisi indah yang ditulis oleh seorang penyair pesulap.

Di seberang Mandovi

Abe dan Grace memutuskan untuk berenang di sungai Mandovi malam itu, dan sekitar pukul empat, mereka sampai di tepi sungai. Banyak turis, ada yang berenang, memancing, dan bermain pasir. Grace dan Abe berjalan ke hulu menuju tempat yang hanya terdapat beberapa perenang. Abe mengenakan celana pendek yang dipinjamnya dari Grace, tapi celana itu ketat untuknya. Grace mengenakan celana pendek warna-warni dan kaos hitam.

Airnya segar, dan mereka berenang berdampingan menuju pantai seberang. Arusnya tidak kuat karena letaknya tidak jauh dari muara sungai tempat Mandovi bertemu dengan Laut Arab. Berenangnya agak mudah. Gerakan Grace anggun dan anggun, dan Abe melayang di sisinya; dia berhati-hati Grace merasa nyaman.

Abe punya banyak pengalaman berenang di Barapuzha, sungai di desa leluhurnya di Ayyankunnu, Malabar. Ia bisa melihat banyak anak muda berenang agak menjauh dari mereka dan bermain lempar air di seberang sungai.

"Abe".

"Ya, Grace."

"Saya belajar berenang di kolam. Tapi ini pertama kalinya aku berenang di sungai. Meski begitu, tampaknya menyenangkan. Airnya sejuk namun segar," kata Grace.

"Berenang di sungai memiliki daya tarik tersendiri; kamu merasa kamu bergerak mengikuti arus. Anda tidak akan mendapatkan perasaan seperti itu di kolam," komentar Abe.

"Itu benar. Kolam adalah badan air buatan. Sungai itu alami dan membawa kehidupan di dalamnya. Anda merasa segar kembali di sungai, dan saya merasakan hal yang sama di sini. Sungai Mandovi luar biasa. Seharusnya aku menyadarinya lebih awal. Butuh waktu untuk memahami arti sebenarnya dari banyak hal dalam hidup. Atau, kita mungkin terlambat memberi makna pada sesuatu. Butuh pengalaman," sambil menatap Abe, jelasnya.

"Pengamatanmu akurat," kata Abe sambil mencapai seberang sungai bersama Grace.

Mereka berbaring di atas pasir dengan posisi terlentang, memandang langit cerah, merentangkan tangan dan kaki, serta beristirahat beberapa saat. Kesendiriannya sangat fasih, dan petrichor yang meresap ke dalam pasir setelah membasahinya dari tubuh basah mereka sungguh memikat.

"Grace, izinkan aku menanyakan sesuatu padamu?" Abe memberitahunya.

"Ya, Abe, sama-sama."

"Bagaimana caramu membina hubungan dengan orang lain?"

"Jangan berinvestasi pada satu orang kecuali Anda yakin bahwa satu orang itu tidak dapat dipisahkan," komentar Grace.

"Lalu mengapa kamu berinvestasi begitu banyak pada saya?" Abe berterus terang.

"Jika Anda mengamati bahwa saya berinvestasi pada Anda sendiri, firasat Anda benar; itu tidak memerlukan tes apa pun."

Abe terdiam beberapa saat. Dia memandang ke arah Grace, dan sepertinya dia sedang menghitung serpihan awan yang sepi di langit biru, yang hanya sesaat.

"Grace, bagaimana kamu selalu tetap tenang?"

"Jangan stres karena orang yang egois. Mereka tidak pantas menjadi masalah dalam hidup Anda. Jangan amati mereka, sehingga mereka tidak ada lagi bagi Anda," kata Grace.

Abe kembali terdiam.

"Abe, pelajaran terbaik apa yang kamu pelajari dalam hidupmu," Grace bertanya.

"Belajarlah hidup tanpa rasa khawatir dengan menciptakan tujuan hidup dan tidak mengharapkan apa pun dari orang lain. Berdirilah di atas kakimu sendiri."

"Itu adalah konsep yang kaya. Saya percaya bahwa kita menciptakan makna pada benda dan orang ketika kita berdiri sendiri," reaksi Grace.

"Kita berada di dunia yang tidak sempurna," tambah Abe.

"Tentu saja tidak ada yang sempurna, termasuk Anda dan saya. Jika aku sempurna, aku tidak bisa mencintaimu karena aku tidak membutuhkanmu, dan ketidaksempurnaanku adalah alasan aku mencarimu, menemukanmu, dan menempatkanmu di dalam diriku. Jika Anda sempurna, Anda tidak membutuhkan cinta, dan yang terpenting, Anda tidak ada. Ketidaksempurnaan kita adalah rahasia keberadaan dan hubungan kita yang kuat," sambil memandang Abe, kata Grace.

"Aku setuju denganmu, Grace."

"Biar aku ambilkan bola lempar air," kata Grace sambil berjalan ke sebuah kios, dan dalam beberapa menit, dia kembali dengan membawa bola lempar berwarna putih seukuran bola basket. Mereka mulai saling melempar bola sehingga pemain lain bisa menangkapnya dan melemparkannya kembali. Abe kagum dengan antusiasme Grace yang tiada batasnya. Dia berteriak, bertepuk tangan seperti anak kecil, dan dengan gembira berenang menuju bola. Merupakan pengalaman kebahagiaan yang sempurna untuk bermain bersama Grace. Mereka bermain hingga matahari terbenam, dimana Laut Arab memeluk sungai Mandovi. Lalu mereka berjalan kembali ke rumah.

Setelah makan malam, Grace dan Abe menyanyikan beberapa lagu film Hindi.

Minggu berikutnya, keduanya bekerja di pasar sayur, karena pekerjaan di sana mencukupi. Grace dan Abe dapat menghasilkan rata-rata tiga ratus rupee sehari. Di hari Abe menyelesaikan satu bulan bersama Grace, mereka memutuskan untuk berlibur ke Suaka Burung Salim Ali untuk merayakan kebersamaan mereka. Usai sarapan, mereka mengemas botol air minum dan papan catur ke dalam ransel.

Grace dan Abe naik bus dari Benteng Aguada ke kota kecil Panaji yang indah, ibu kota Goa. Mereka berkeliling labirin dan mengunjungi museum, gereja, kuil, dan vila kuno Portugis hingga tengah hari. Grace mengungkapkan kegembiraannya bisa berjalan-jalan bersama Abe dan mengunjungi berbagai tempat menarik yang tersebar di kota, khususnya di tepian Mandovi. Abe merasa seperti sedang mengalami saat-saat paling membahagiakan dalam hidupnya. Baginya, Panaji bukanlah apa-apa, namun Grace adalah segalanya.

Mereka makan siang di sebuah restoran yang menghadap ke sungai, yang memiliki taman yang indah, dan dia memperhatikan meja-meja yang ditata secara estetis di taman. Ada turis di sana, tapi Grace dan Abe tidak peduli dengan orang lain. Mengambil meja dengan dua tempat duduk di sudut restoran, mereka menikmati udang, ayam panggang, *pulao* , dan *bebinca* . Sambil makan, mereka banyak mengobrol, dan keduanya menikmati kedekatan satu sama lain dan saling menatap mata ekspresif.

Setelah makan siang, mereka berlayar dengan kapal feri menuju suaka burung. Sungai Mandovi tampak menakjubkan, dan kapal kecil itu bergerak perlahan. Grace dan Abe berdiri memegangi pagar dan mengamati hutan bakau di kedua sisi sungai. Grace berdiri sangat dekat dengan Abe sehingga dia bisa merasakan napasnya. Abe mengira hidungnya akan menyentuh pipinya ketika kapal feri itu sesekali terombang-ambing di atas arus. Dia memiliki alis tipis, panjang, sempit, mata gelap, pipi merah tua, dan bibir berbentuk bagus dan indah. Dia ingin memeluknya dan mendekapnya di dadanya untuk merasakan detak jantungnya. Dia menahan keinginannya, karena dia telah berjanji padanya bahwa dia tidak akan menyentuhnya tanpa persetujuannya.

"Grace," panggilnya tiba-tiba.

"Ya, Ab."

"Apa yang kamu pikirkan," dia bertanya.

"Aku memikirkanmu," katanya sambil tersenyum padanya.

Abel tertawa.

"Hari ini, aku menyelesaikan satu bulan bersamamu. Dalam bulan ini, Anda telah mengubah seluruh persepsi hidup saya. Saya dapat menulis ulang banyak rencana, yang saya gambar dengan cermat. Kalian telah membawa banyak kebahagiaan, rasa kesatuan dan kebersamaan," jelasnya.

"Benarkah?" Katanya, dan Abe sangat senang mendengar jawabannya, seperti sebuah pertanyaan.

"Tentu saja, Anda adalah manusia sejati, yang dengannya saya senang berinvestasi," sambil memandangnya, katanya.

"Berinvestasi, apa?" Dia bertanya.

"Tunggu dan lihat," jawabnya.

Abe senang berdiri dekat dengan Grace. Faktanya, dia setinggi dia, mungkin sedikit lebih pendek. Dia memiliki mata yang bersinar, tubuh yang sehat, pikiran yang sehat, dan kecerdasan yang tajam. Grace selalu tampil cantik dan mempesona dalam balutan jeans, kaos oblong, dan topi coklat. Tapi tanpa topi, dia terlihat sangat menawan dan bersemangat. Sambil berdiri, tanpa sadar pipinya mengusap rahangnya, dia membayangkan. Grace, aku mencintaimu, tiba-tiba Abe berkata dalam hati.

Perjalanan feri seharusnya belum berakhir; itu harus berlanjut selama-lamanya. Dia berharap hal itu bisa menyebar ke seluruh dunia melalui sungai, danau, dan lautan. Itu akan menjadi pengalaman terbaik, perasaan paling gembira, menegangkan, eksotik, dan memperkaya yang pernah ia dapatkan.

"Abe, lihat, kita sudah sampai di Suaka Burung," kata Grace dengan suara lembut, sangat dekat dengan telinganya, seolah-olah dia akan menggigit daun telinganya dengan penuh cinta.

Tiba-tiba kesedihan membayangi Abe seolah hendak berpisah dari Grace. Dia tidak akan pernah meninggalkannya; Abe mengambil keputusan. Keterikatannya pada wanita itu sangat kuat, tidak dapat dipisahkan, tidak dapat disangkal, dan tidak dapat dipisahkan. Bahkan sedetik pun tanpa Grace, Abe tidak bisa membayangkan betapa Grace telah menjadi bagian penting dalam hidupnya. Dia merasa wanita itu adalah kekuatan pemberi kehidupannya; tanpa dia, dia tidak akan menjalani kehidupan yang memiliki tujuan.

"Abe, ayo kita turun dari feri; kita berada di dermaga," kata Grace.

Ada hutan bakau yang luas di semenanjung yang menjorok ke arah sungai Mandovi. Mereka tidak ingin bersama turis lain, jadi mereka mengambil jalan sempit menuju bagian terdalam hutan, yang terlihat sangat indah. Abe merasa sulit untuk berjalan di samping Grace, jadi dia memintanya untuk berjalan di depannya. Seluruh hutan bergema dengan kicau jangkrik, kicauan tupai, celoteh kera, dan kicauan berbagai jenis burung.

"Senang rasanya berada di hutan hujan ini," kata Grace setelah berjalan sekitar setengah jam.

"Saya suka tanaman hijau. Sungguh mempesona," jawab Abe.

Mereka dapat menemukan burung-burung eksotik dengan ekor panjang, bulu cerah, paruh besar, dan jengger berwarna merah, coklat atau gelap. Di kolam terdekat, ratusan burung air dan Grace serta Abe menghabiskan banyak waktu mengamati mereka masing-masing dan dapat melihat sepasang burung merak di bawah bayangan pohon.

Kemudian mereka duduk di atas batu datar dekat kolam.

"Abe, mari kita bermain catur di tengah burung-burung cantik ini," kata Grace.

Abe bermain dengan si putih. Itu adalah pertandingan seru yang berlangsung lebih dari satu jam. Mereka tidak berbicara dan berkonsentrasi sepenuhnya pada papan catur. Pada akhirnya, Abe melakukan skakmat terhadap Grace dengan bentengnya, didukung oleh ratunya. Itu adalah serangan yang hebat, dan Grace terkejut dengan langkah terakhir Abe.

"Selamat, Abe sayang. Itu adalah pertandingan yang hebat. Saya sangat menikmatinya," katanya.

"Terima kasih, Grace sayang. Kamu tajam dan cerdik."

"Abe, ini harimu. Izinkan saya menyanyikan lagu film Hindi untuk menghormati Anda," kata Grace.

"Ya, silakan, Grace sayang."

Grace menyanyikan sebuah lagu dari film The *Guide*. Abe memandang Grace bernyanyi dan merasakan perasaan, kata-kata, lirik, dan musik Grace masuk ke dalam hatinya.

"Grace, kamu menyanyikannya dengan sangat baik," Abe memberi selamat kepada Grace.

"Itu untukmu, Abe sayang. Itu adalah salah satu lagu yang paling saya sukai. Saya selalu menyanyikannya di mana-mana sebelum Anda datang ke rumah kami. Sekarang, tidak perlu bernyanyi karena kamu ada di sini."

Mendengarnya, Abe tertawa terbahak-bahak. Namun jantungnya berdebar kencang. Dia merasa gembira mendengar Grace menyanyikannya sejak lama untuk mencari kekasihnya yang tidak dikenal, dan sekarang dia berhenti menyanyikannya karena dia telah menemukannya.

"Ngomong-ngomong, Dev Anand dan Waheeda Rahman berperan utama dalam *Panduan* ini. Film ini disutradarai oleh Vijay Anand dan berdasarkan novel *The Guide* karya RK Narayan. Shailendra Singh menulis lirik *Gata Rahe Mera Man*, musik oleh SD Burman, dinyanyikan oleh Lata Mangeshkar dan Kishore Kumar, Grace memberikan latar belakang lagu tersebut.

Mereka kembali berlayar dengan kapal feri ke Benteng Aguada untuk perjalanan pulang. Abe menyaksikan dengan kagum juru mudi yang mengemudikan feri melewati Mandovi menuju matahari terbenam seolah-olah dia sedang mencoba memetik buah ceri merah dari cakrawala.

"Matahari, langit, sungai Mandovi bahkan kapal feri, masing-masing memiliki eksistensi dan makna tersendiri jika diamati, jika diketahui," sambil memandang Abe, komentar Grace.

"Saat aku mengenalmu, kamu ada untukku, dan aku ada untukmu," kata Abe.

"BENAR. Aku ada untukmu hanya ketika kamu mengenalku. Itu adalah rahasia terbesar dalam hidup kita, dan harus ada seseorang yang mengenal saya dan saya kenal, "tambah Grace.

"Ketika Anda mengenal seseorang, maka orang itu akan menjadi Anda," kata Abe.

"Kamu benar. Mengetahui selalu menjadi. Dan ketika Anda menjadi sesuatu, Anda tidak ingin dipisahkan. Anda tidak bisa memisahkan diri dari orang yang mengenal Anda," kata Grace.

"Jadi, maksud Anda ada perbedaan antara pengamatan dan penjelmaan, karena penjelmaan itu lebih dalam, lebih tinggi, dan tidak dapat dipisahkan?" saran Abe.

"Ya, ada keterikatan, kebersamaan emosional, ikatan dalam penjelmaan, yang kurang di observasi," kata Grace.

Maksudmu kita berdua menjadi seperti itu? tanya Abel.

"Tentu. Untuk kita masing-masing." Grace menjawab sambil tersenyum.

Abe bisa melihat pantulan matahari terbenam di pipinya, dan senyumannya seindah matahari.

Hal ini merupakan sebuah pencerahan bagi Abe; Kasih karunia selalu menghubungkan aturan-aturan universal dengan hubungan antarmanusia. Dia menghargai ikatan pribadi, yang memberinya kebahagiaan dan kepuasan abadi. Bagi Abe, Grace adalah sosok yang unik.

Dalam perjalanan pulang, Abe membeli setengah lusin kertas kerajinan berukuran besar dengan berbagai warna, tabung cat air, pensil warna, dan kuas.

"Apakah kamu melukis Abe?" Grace bertanya.

"Saya suka melukis, terutama potret," jawabnya.

"Aku senang melihatmu melukis," kata Grace.

Sepulang kerja, Abe mengerjakan potret Grace selama enam minggu. Setelah makan malam, ia membentangkan selembar kertas kerajinan di tempat tidur pada malam hari dan melukis, setidaknya selama satu jam setiap hari. Grace duduk di dekatnya dengan topi Nelayan Yunani dengan pelindung sebagai subjek gambarnya. Seni itu dalam gaya impresionis. Dalam potret tersebut, wajah Grace memancarkan keyakinan dan harapan serta memancarkan emosi yang halus. Ketika gambarnya selesai, Abe menamainya *Seorang Gadis Bertopi Coklat,* dan di bawah judulnya, dia menulis dengan huruf kecil: *Kepada Grace yang Tersayang dengan Cinta* dan menandatangani *Abe*.

Setelah lukisannya selesai, Abe menyerahkan potret tersebut kepada Grace di hari yang sama. Lama sekali ia memandangi kanvas itu dan mencium tanda tangan Abe.

"Abe, kamu telah membuat lukisan yang menakjubkan. Itu sangat berharga; Aku akan menyimpannya bersamaku selamanya. Saya menyukainya," kata Grace.

"Saya senang Anda menyukainya," komentar Abe.

Selama lima belas hari berikutnya, Abe dan Grace bekerja di gudang pendingin D' Souza dan, setelah itu, selama sebulan di restoran mencuci peralatan makan dan piring. Mereka selalu bepergian dan bekerja bersama, seolah-olah mereka adalah teman yang tidak dapat dipisahkan, dan mendiskusikan segala hal. Siang dan malam melingkupi mereka, dan mereka menantikan untuk lebih banyak berbagi. Mereka semakin mengenal satu sama lain, namun hal itu tetap menjadi misteri di beberapa aspek keberadaan mereka. Tidak ada pembagian masa lalu dan rencana masa depan mereka. Keduanya tidak pernah menganggap hal itu sebagai bahan diskusi. Sejarah dan masa depan tidak pernah ada, seolah-olah hanya ada masa kini. Itu adalah kehidupan tanpa kekhawatiran, kecemasan, dan impian.

Abe meneruskan lukisan potretnya, dan Grace adalah subjeknya. Lukisan selanjutnya, ia beri nama *Para Pemain Catur Aguada* . Itu adalah seni surealistik yang presisi; pion besar sedang memakan ratu. Meskipun lukisan itu tampak tidak masuk akal, namun menimbulkan perasaan yang menakutkan, tiba-tiba, dan tidak jelas. Dua sosok manusia dengan kepala besar, mata menonjol, dan batang tubuh mungil muncul di sudut kanvas. Sepertinya mereka secara tidak sadar menciptakan realitas permainan catur, namun mereka tidak memiliki kendali atas hal tersebut dan tidak dapat mengarahkan kejadiannya. Pion perkasa itu sangat berkuasa dan ratunya adalah produk kebetulan. Lukisan itu menggambarkan realitas super yang menakutkan dari dunia tempat manusia hidup.

Dia menandatangani gambar itu sebagai *Abe,* dan di bawah tanda tangannya dengan tulisan tangan kecil, Abe menulis: *Kepada Grace yang terkasih dengan Cinta* . Abe menyerahkannya kepada Grace segera setelah dia menyelesaikan pekerjaannya. Grace sangat senang mendapatkan foto itu.

"Abe, itu lukisan yang bagus. Kamu akan menjadi terkenal, menjadi ikon internasional," prediksi Grace.

Mendengar Grace Augury, Abe pun tertawa.

"Terima kasih, Abe; Saya akan menyimpannya selamanya," tambahnya.

"Sebuah lukisan menciptakan lingkungan yang penuh kejutan mengenai manusia dan ciptaannya. Catur juga merupakan ciptaan manusia, dan sekakmat mengungkapkan kejutannya. Di sini catur merupakan representasi simbolik dari situasi manusia, di mana manusia menjadi pion ciptaannya," analisis Abe.

Abe dan Grace merupakan anggota rutin organisasi masyarakat, membersihkan daerah kumuh bersama tetangga mereka. Penduduk mengagumi kebersamaan mereka dalam pekerjaan dan perayaan mereka. Abe dan Grace menghadiri pernikahan, upacara pemberian nama bayi baru lahir, dan perayaan keluarga dan komunitas lainnya. Kehadiran mereka merupakan suatu kehormatan bagi semua orang, terutama pada Deepawali dan Ramadhan, karena pesta adalah bagian penting dari masyarakat. Anak-anak dan remaja mengundang mereka bermain kriket dan sepak bola di ruang terbuka yang berdekatan dengan Benteng Aguada, di seberang perkampungan kumuh mereka. Grace dan Abe selalu hadir jika acara diselenggarakan pada hari libur atau di luar hari kerja.

Mereka selalu bersama dan berbicara tanpa henti. Namun Grace dan Abe tidak pernah membahas soal seks, seolah-olah itu bukan bagian dari kehidupan mereka. Seks adalah hal yang asing bagi mereka. Namun Abe sering bertanya-tanya mengapa dia diam saja saat membahas seks dan pentingnya seks dalam kehidupan sehari-hari. Dia ingin memberi tahu Grace berkali-kali bahwa dia sangat mencintainya, menikmati kebersamaannya, menghormati kebebasannya, menghargai kesetaraannya, dan menghargai martabatnya sebagai seorang wanita. Tapi dia takut untuk mengatakan padanya bahwa dia mencintainya dan senang bersamanya. Dia suka memeluknya, menciumnya dan berhubungan seks dengannya. Abe seringkali merasa tingkah laku Grace memiliki makna yang halus, perkataannya penuh simbol, namun ia gagal menguraikan definisi sebenarnya.

Abe tahu Grace adalah orang yang penyayang. Pada saat yang sama, dia mencintai kebebasan, kesetaraan, dan martabatnya. Grace merawat Abe yang menjadi pusat aktivitasnya sehari-hari.

Mereka bermain catur dan senang membela rajanya serta menyerang pion, ksatria, uskup, benteng, dan ratunya. Kegembiraan bermain catur memberikan sensasi yang luar biasa, dan mereka pun ikut merasakannya. Abe belajar banyak gerakan dan gaya dari Grace karena dia adalah pemain yang lebih baik. Meski begitu, Grace menolak asumsi Abe bahwa dia sengaja kalah dalam banyak game di tahap awal untuk memberinya pukulan positif.

Grace suka menyanyikan lagu-lagu film Hindi untuk menghormati Abe, dan dia lebih suka duduk di dipan, menyandarkan punggungnya ke dinding dan merentangkan kakinya di tepi tempat tidur. Abe duduk di depannya, menghadapnya. Dia selalu bisa melihat kaki dan jari telunjuknya dengan cincin yang akan dilepas Grace ketika dia menikah dengan kekasihnya. Grace mengetahui ratusan lagu dan relevan dengan latar belakang lagu yang dinyanyikannya. Abe mendengarkannya dengan kagum dan heran, dengan cinta dan kekaguman.

Pada hari Abe menyelesaikan enam bulan bersama Grace, dia mengajaknya menonton film *Kuch Kuch Hota Hai,* yang dibintangi Shahrukh Khan dan Kajol.

"Ini untuk kedua kalinya; saya menonton film ini. Saya menyukainya, jadi saya berpikir untuk mengundang Anda untuk menontonnya. Kami senang memberikan hal terbaik dalam hidup kami kepada orang yang paling kami cintai. Makanya kalian memberi saya lukisan kalian yang sangat berharga dan unik," kata Grace saat mereka berada di teater. Mereka duduk di kursi yang bersebelahan, dan Abe senang ditemani. Dia ingin memegang tangannya, membelai jari-jarinya, dan mencium telapak tangannya. Dia sering mencoba menyentuhnya dengan lembut dan memberi tahu Grace bahwa dia adalah bintang film Hindi, tema lukisannya, ratu permainan caturnya, teman menunggang unta, dan rekan ekspedisinya. Dia ingin berenang bersamanya di sungai Mandovi dan melakukan perjalanan melalui gurun dan hutan.

Saat film dimulai, Grace memandang Abe untuk menentukan apakah dia menyukai setiap adegan, merasa menyatu dengan karakternya, dan menikmati ceritanya.

Setelah menonton film, mereka berjalan menuju restoran pantai. Abe memandang Grace, dan dia tersenyum.

"Abe, kuharap kamu benar-benar menikmati filmnya," tanya Grace.

"Saya menyukai film ini karena sutradaranya melakukan pekerjaan luar biasa, fotografinya luar biasa, alur ceritanya menawan, para aktornya memikat. Semua aspek dalam film ini luar biasa, dan yang terpenting, memberikan harapan," jawab Abe.

"Saya senang Anda menyukainya," komentar Grace.

"Tentu saja," katanya.

"Saya menyukainya karena mewakili kepekaan mendalam dari karakter perempuan. Seseorang membutuhkan indra keenam untuk memahami seorang wanita dan menghargai cintanya," Grace mengevaluasi film tersebut.

"Kalian menyentuh inti filmnya," Abe mengutarakan pendapatnya.

"Alur cerita sangat erat kaitannya dengan pemahaman perempuan terhadap orang-orang di sekitarnya, pandangan dunia, permasalahan, keinginan, nilai-nilai, dan titik fokus dalam hidup," kata Grace saat memasuki sebuah restoran.

"Saya bisa merasakannya," kata Abe

"Sebelum kematiannya, seorang istri yang penuh kasih menulis surat kepada putrinya, memintanya untuk menjadi mak comblang bagi ayahnya dan teman kuliahnya. Wanita ini memahami perasaan dan kebutuhan psikologis suaminya. Sepeninggalnya, ia sadar bahwa suaminya tidak seharusnya menjalani kehidupan sebagai duda, melainkan menikmatinya secara utuh, merasakan sentuhan lembut seorang perempuan. Dia juga menyadari suaminya harus menikah setelah kematiannya dan menyarankan kepada putrinya bahwa teman lama ayahnya di kampus akan menjadi pasangan hidup terbaiknya," Grace menceritakan dan menganalisis jalan cerita.

"Temanya bagus, sesuatu yang baru, sesuatu yang dinamis. Dekat sekali dengan psikologi perempuan," jawab Abe.

"Di luar itu, film itu penuh dengan simbol dan tanda. Seseorang membutuhkan indra ekstra untuk memahami dan merasakan nilai dirinya," jelas Grace sambil menyantap makanan tersebut.

"Ini memberikan kesempatan kepada penonton untuk berpikir dan berefleksi," kata Abe.

"Ini seperti di kehidupan nyata. Kamu perlu memahami makna di balik kata-kata dan niat wanita yang sedang jatuh cinta," usul Abe Grace.

Abe memandang Grace, melihat senyuman di sudut bibirnya.

Sambil berjalan menuju gubuk mereka, Grace menyenandungkan sebuah lagu dari film tersebut. Hatinya penuh kegembiraan seolah mencintai keberadaannya dan kehadiran Abe. Dia dekat dengannya, sangat dekat.

Grace dan Abe bekerja dengan kontraktor yang bergerak di bidang pembangunan jalan pada minggu berikutnya. Gaji mereka ditetapkan empat puluh rupee per jam, dan mereka harus bekerja dari jam delapan pagi sampai jam lima sore, dengan istirahat satu jam di sore hari. Minimal delapan jam kerja adalah wajib. Sekitar seratus buruh bekerja dengan kontraktor di sana. Sore harinya, ketika pekerjaan selesai, kontraktor memberi tahu Grace dan Abe bahwa dia hanya akan membayar pada akhir minggu setelah lima hari kerja. Grace mengatakan kepadanya bahwa dia tidak mengungkapkan sebelum merekrut mereka bahwa dia akan membayar hanya setelah lima hari. Namun setelah jeda, dia berkata bahwa mereka siap bekerja selama seminggu penuh. Dan mereka bekerja dengannya selama empat hari lagi. Kontraktor hanya membayar mereka seribu lima ratus rupee pada akhir minggu. Grace dan Abe memberi tahu kontraktor bahwa menurut perjanjian, dia seharusnya membayar mereka tiga ratus dua puluh rupee sehari selama delapan jam; Oleh karena itu, selama lima hari, mereka masing-masing harus menerima seribu enam ratus rupee. Namun kontraktor tersebut menolak melakukan pembayaran, dan mengatakan kepada mereka bahwa jumlah dua puluh rupee sehari adalah komisinya untuk menyediakan pekerjaan bagi mereka. Grace dan Abe memprotes dan menolak menandatangani daftar tersebut, yang menunjukkan bahwa kontraktor membayar tiga ratus dua puluh rupee setiap hari. Mereka mengatakan kepadanya bahwa mereka akan mempertimbangkannya jika dia memberi tahu mereka tentang komisi tersebut sebelum merekrut mereka untuk bekerja.

Kontraktor menjawab bahwa pada awalnya tidak perlu menceritakan semuanya. Mendengar alasan kontraktor tersebut, Grace dan Abe pergi ke kantor polisi terdekat dan menceritakan kisah tersebut kepada inspektur polisi, dan mereka pergi menemui kontraktor tersebut. Melihat inspektur itu berjalan ke arahnya, kontraktor tersebut lari dari kantornya, meninggalkan masing-masing seribu enam ratus rupee di mejanya. Saat mengumpulkan uang tersebut, Abe dan Grace mengucapkan terima kasih kepada inspektur. Petugas polisi memberi tahu Abe dan Grace bahwa ada orang-orang yang mencurigakan di mana-mana dan kita perlu melawan orang-orang seperti itu. Dalam jawabannya, Grace mengatakan bahwa ada juga inspektur polisi yang jujur di masyarakat.

Sepanjang bulan berikutnya, Abe dan Grace bekerja di Panaji, ibu kota Goa, menyapu dan membersihkan jalan saat ada rapat umum tahunan partai yang berkuasa di kota tersebut. Ratusan pekerja partai dari berbagai penjuru negeri berkumpul untuk berbagai kegiatan, seperti evaluasi kebijakan dan kinerja partai, seminar, dan pertemuan selama lebih dari dua minggu. Jalanan, restoran, bar, tempat umum, kuil, dan rumah bordil dipenuhi oleh para pekerja pesta di malam hari.

Sepulang kerja, sekitar pukul setengah lima, ketika Grace dan Abe berada di halte bus, menunggu bus, dua pria berbadan besar, politisi, menghampiri mereka. Mereka berdiri di dekat Grace dan melontarkan komentar yang menyinggung tentang celana jins, kaos oblong, dan topinya. Grace dan Abe menjauh dari mereka dan berdiri di sudut terminal bus. Orang lain yang menunggu di gudang mengawasi mereka dan para politisi.

"Jangan khawatir; Saya akan mengaturnya jika mereka datang dan mengganggu saya sekali lagi. Kamu tidak melakukan apa-apa, berhenti saja." Ucap Grace dan meyakinkan Abe.

Setelah beberapa saat, kedua pria itu mendatangi Grace dan berdiri di sampingnya, mencoba menyodoknya dengan bahu mereka.

"Hai, Chhokkari," sapa salah satu dari mereka sambil mencoba melepaskan topi Grace. Tangannya yang lain bergerak ke payudaranya. Abe memperhatikan gerak-gerik pria itu dengan jijik.

Begitu tangannya menyentuh payudaranya, Grace menendang sela-sela kaki politisi itu dengan kaki kirinya. Dalam sekejap, dia menariknya dengan tangan kanannya, sehingga dia terjatuh ke tanah, wajahnya membentur lantai dengan suara keras. Semuanya terjadi dalam sepersekian detik.

"Dasar jalang," teriak kepala bandana lainnya, mencoba menampar Grace, dan dalam sekejap, dia juga jatuh ke tanah dengan suara keras, membenturkan wajahnya ke lantai.

Mereka yang berdiri di sana menyaksikan seluruh kejadian itu dengan sangat tidak percaya. Tiba-tiba ada bus di sana, dan Grace serta Abe menghilang di dalamnya.

"Para politisi ini membutuhkan pelajaran tentang bagaimana berperilaku terhadap perempuan," kata Grace kepada Abe sambil tersenyum.

Abe memandangnya dengan kagum dan kagum.

"Bagaimana caramu mengaturnya?" tanya Abe.

"Sederhana saja. Tetap tenang dalam situasi seperti itu. Amati baik-baik mereka yang berperilaku buruk terhadap Anda. Kemudian, merasa kuat dan berpikir Anda bisa mengelola situasi tersebut. Ketika seseorang menyerang Anda, gunakan kaki dan tangan Anda secara maksimal dengan kecepatan kilat dan keganasan untuk mempertahankan diri. Saya mendapat pelatihan bela diri dari seorang wanita. Saya sangat jarang menggunakannya, hanya ketika seseorang mengancam harga diri saya." Sambil tersenyum, kata Grace.

Setelah makan malam, mereka menyanyikan banyak lagu film Hindi sebelum tidur.

Namun Abe tidak bisa tidur. Sekitar pukul sebelas, dia menelepon Grace, dan dia menyadari bahwa Grace juga tidak tidur.

"Mari kita nyanyikan beberapa lagu lagi," usul Abe.

"Tentu saja," katanya.

Kemudian berbaring di tempat tidur, menyandarkan kepala di atas bantal, dan saling memandang, mereka bernyanyi bersama, dan Abe tertidur lelap setelah beberapa lagu.

Keesokan harinya Abe membuatkan kopi untuk tempat tidur. Kemudian Grace dan Abe duduk bersebelahan dan menikmati kopi.

"Abe, saya sedang berpikir untuk mengunjungi setidaknya beberapa bagian Goa; ini akan menarik," saran Grace.

"Itu ide yang bagus. Saya senang bepergian bersama Anda," jawab Abe.

"Kalau begitu, ayo kita berangkat pada hari Sabtu ini. Ada bus wisata. Kami bisa memesan dua tiket, "kata Grace.

"Tentu saja," Abe bereaksi sebagai konfirmasi.

"Tetapi Anda akan menjadi tamu kehormatan saya," kata Grace.

"Apa yang akan saya lakukan dengan uang yang saya hasilkan setiap hari?" Abe bertanya.

"Simpanlah itu bersamamu. Anda membutuhkannya segera, "kata Grace.

"Mengapa? Mengapa kamu segera mengucapkannya?" Abel bertanya.

"Manusia mengambil keputusan dalam hidup dan aktivitasnya sesuai dengan situasi di mana ia berada," kata Grace sambil tersenyum.

"Jawaban Grace membuat Abe khawatir. Namun dalam sehari, dia melupakannya. Grace memesan dua tiket bus wisata untuk hari Sabtu.

Pada hari Sabtu, setelah sarapan, mereka sudah siap. Bus berangkat dari Benteng Aguada, dan Grace serta Abe mendapat tempat duduk bersebelahan yang menghadap ke sungai Mandovi. Abe bisa melihat wajah Grace di balik birunya air sungai.

"Abe, aku sudah memikirkan tur ini sejak lama karena bepergian bersamamu selalu menyenangkan," kata Grace.

"Aku juga senang bepergian bersamamu, Grace."

Abe bisa merasakan napasnya yang lembut dan semangat spontan di matanya. Dia sedang jatuh cinta. Seorang kekasih melampaui segala hambatan dan mencari kepuasan dalam kebersamaan. Senang sekali Abe melihat wajah menawan Grace. Tapi di saat yang sama, dia bisa merasakan kesepian, kesedihan yang tak bisa dijelaskan pada penampilannya. Dan Abe bertanya-tanya mengapa Grace merasa sedih.

'Abe, aku senang sekali bersamamu,' tiba-tiba Grace berkata.

"Aku tahu kamu bahagia denganku, Grace."

"Kebahagiaan saya adalah karena saya bepergian bersama Anda, dan saya ingin perjalanan ini tanpa akhir," sambil memandang Abe, katanya.

Abe segera menyadari bahwa tur mereka bukanlah untuk melihat tempat dan monumen, melainkan kesempatan untuk saling menjelajahi hati, merasakan kehadiran satu sama lain, dan tetap bersama hingga selamanya.

Dia ingin meraih tangan Grace dan memberitahunya, Grace, aku juga mencintaimu, aku peduli padamu, aku senang bersamamu selamanya, tapi dia tidak punya keberanian untuk membuka hatinya padanya. Karena Abe takut Grace akan menganggapnya sebagai orang yang tidak peka dan tidak menghargai martabatnya; jadi, dia menyimpan keinginannya di dalam dirinya. Dia bahkan bisa menolak kata-kata cintanya, pikirnya. Ketakutannya selalu menariknya kembali dan memaksanya untuk tidak mengungkapkan cintanya secara gamblang kepada wanita itu, dan dia sadar akan situasi di mana dia tidak kondusif untuk menceritakannya. Dia mengalami konflik terus-menerus, dan hati serta kepalanya berkelana ke arah yang berlawanan. Mengatasi keraguan dan ketidakamanan untuk mengalahkannya adalah hal yang perlu, tapi dia mengerti bahwa sulit untuk mengungkapkan perasaannya yang sebenarnya terhadapnya.

Lagu Perpisahan

Ada keheningan di antara mereka. Cinta Grace hanyalah imajinasinya, pikir Abe. Grace adalah orang yang sangat dewasa; meskipun sensitif, dia objektif dan dapat menganalisis sifat mendasar dari situasi dan peristiwa. Abe memutuskan bahwa menghubungkan imajinasi dan keinginannya dengan dirinya adalah tidak pantas dan tidak beralasan. Dia merasa tidak nyaman memikirkan kemungkinan hubungan mereka dan berpikir untuk menjauh darinya. Kesempatan bertemu dengannya di terminal bus Calangute mengubah hidupnya selamanya. Namun, pada suatu pagi yang mendung, dia harus menghilang tanpa mengajaknya pergi ke tempat yang jauh, mungkin Himalaya, untuk menjadi biksu. Dia akan bangun untuk menyiapkan kopi di tempat tidur dan menemukannya hilang; dia akan berulang kali meneleponnya. Dia akan mencarinya di bawah tempat tidur bayi, kamar mandi, di luar rumah, komunitas, dan Benteng Aguada. Merasa cemas, dia mencarinya di pantai Singuerim dan di atas ombak Laut Arab dengan penuh kesakitan dan kesedihan. Kasihan Grace. Tidak, dia tidak akan membuat istrinya berada dalam kesusahan yang besar. Dia tidak akan meninggalkannya. Dia akan memberitahunya bahkan jika dia meninggalkannya, mengatakan dia akan pergi ke negeri tak dikenal karena dia tidak mencintainya.

Tidak, dia tidak akan mengatakan padanya bahwa dia tidak mencintainya. Itu mungkin menyakiti perasaannya dan akan menyakiti hati tercintanya. Jadi, dia akan mengatakan dia akan pergi dan tidak ingin tinggal bersamanya. Tidak, dia tidak akan pernah memberitahunya bahwa dia tidak ingin tinggal bersamanya karena dia akan menangis mendengarnya mengatakan hal yang menyakitkan. Jadi, katakan padanya bahwa dia akan pergi ke Himalaya, di mana dia akan meninggalkan keduniawian dan bermeditasi selama bertahun-tahun di sebuah gua. Semak-semak dan tumbuh-tumbuhan akan tumbuh disekelilingnya, burung-burung akan hinggap di dahan-dahannya, dan binatang-binatang akan datang dan tinggal bersamanya sampai selama-lamanya. Dan dia akan menjadi seorang Buddha.

Tapi dia seharusnya tidak menimbulkan rasa sakit di hatinya. Grace akan menangis selamanya dan berkeliaran kesana kemari jika dia meninggalkannya. Dia tidak ingin ada orang yang bisa diajak bermain catur dan ada yang bisa menyanyikan lagu-lagu Hindi lama. Abe merasa tidak enak karena tidak ada orang yang bisa diajak berbagi kopi di tempat tidurnya.

Abe memiliki pikiran yang liar dan menyakitkan saat dia melihat ke arah Grace tetapi terkejut melihat matanya bersinar. Lalu tiba-tiba, sambil menatap Abe, dia tersenyum, senyumnya yang indah.

"Abe, apakah kamu menikmati jalan-jalannya?" Dia bertanya.

"Tentu, ini perjalanan yang mempesona. Dan kamu bersamaku yang menginspirasiku."

Abe bisa melihat kapal feri bergerak di sungai Mandovi yang dipenuhi pelaut.

"Lihat, semua orang sedang bepergian. Masing-masing punya tujuan. Orang-orang memiliki seseorang yang sangat mereka sayangi bersama atau menunggu mereka. Orang-orang selalu senang bepergian dengan orang-orang tersayang yang mereka cintai dan hargai hidup," kata Grace sambil menatap Abe.

"Anda selalu berbicara tentang hubungan dekat dalam hidup. Senang mendengarkanmu, Grace sayang."

"Hidup adalah tentang hubungan; ini tentang kedekatan dengan seseorang yang ingin Anda ajak berbagi kehidupan. Hidup adalah tentang keterikatan yang mendalam dan hidup bersama," Grace menekankan kata bersama.

"Anda tidak bisa menjadi seorang pertapa. Anda tidak bisa menjalani hidup yang sepi. Jika Anda tidak ingin berbagi hidup Anda, tidak ada makna dalam hidup."

"Aku setuju denganmu, Abe. Anda adalah orang dengan ide yang kaya dan konsep yang dinamis. Kamu berpikir dengan tulus dan mengungkapkan pikiranmu, meskipun kamu sedikit introvert," sambil menatap Abe, kata Grace lalu dia tersenyum.

"Kamu jujur, Grace sayang. Saya tahu saya bukan seorang ekstrovert. Saya tahu, terkadang, saya tidak terbuka. Tapi aku tahu aku bisa jatuh cinta dengan wanita yang aku kagumi dan kagumi, seseorang sepertimu. Saya tahu saya bisa menjalani kehidupan yang bermartabat bersamanya, menghormati kebebasan dan kesetaraannya." Abe bersikap kategoris.

Grace memandangnya dengan heran. Untuk pertama kalinya, Abe bercerita tentang perasaannya, nilai-nilai hatinya, dan orang yang akan menjadi pasangan hidupnya. Kata-katanya tepat dan penuh makna.

Tiba-tiba mereka sampai di Basilika Bom Jesus. Bangunannya sangat megah, dan ratusan wisatawan mengamati dengan cermat pekerjaan rumit di bangunan tersebut. Abe dan Grace perlahan berjalan masuk. Di sisi kiri altar, mereka bisa melihat sisa-sisa Santo Fransiskus Xavier.

"Xavier mempunyai komitmen yang besar untuk menyebarkan agama Kristen di India dan Tiongkok," kata Grace.

"Terinspirasi oleh pesan Kristus, pergi dan berkhotbah, Xavier memulai perjalanan panjangnya," tambah Abe.

"Komitmen mengubah segalanya; itu memberi makna dan tujuan hidup. Tanpanya, seseorang hanya akan mengembara ke seluruh dunia tanpa mencari apa pun," komentar Grace.

Abe memandang Grace. Dia sedang melihat peti mati tempat jenazah Francis Xavier disimpan.

"Ini adalah fakta sejarah. Namun jika Xavier hidup di zaman kita, khotbahnya akan sia-sia; orang akan menganggapnya sebagai seorang fanatik. Saat ini, orang-orang tidak punya waktu untuk mendengarkan khotbah seperti itu. Selain itu, agama telah kehilangan maknanya. Kebanyakan agama berjuang untuk bertahan hidup, khususnya Kristen," kata Abe.

"Bukan hanya agama Kristen, tapi semua agama yang berlandaskan keimanan kepada Tuhan menjadi usaha yang sia-sia. Semua orang cerdas telah menyadari bahwa Tuhan tidak penting untuk kehidupan yang bahagia dan puas. Tanpa agama dan Tuhan, hidup menjadi lebih bermakna dan damai," komentar Grace.

"Bagaimana membedakan manusia dengan Tuhan?" tanya Abe.

"Manusia itu nyata jika dibandingkan dengan Tuhan," jawab Grace.

"Aku setuju denganmu, Grace. Manusia bisa menciptakan tujuan hidup, tapi Tuhan tidak punya tujuan. Dahulu kala, beribadah kepada Tuhan adalah tujuan utama dalam hidup. Kini menjadi jelas bahwa ibadah adalah sebuah penyangkalan terhadap kehidupan dan pelarian. Jadi, kita telah membuang Tuhan ke dalam tong sampah sejarah." Abe menganalisis.

"Nilai tertinggi adalah kepercayaan yang dipadukan dengan cinta. Anda mengembangkan kepercayaan pada seseorang. Ada martabat yang melekat dalam cinta dan kepercayaan. Anda memercayai orang yang Anda sayangi; kamu menghormati, kamu mencintai. Ini memberi Anda kepercayaan diri yang luar biasa," jelas Grace.

"Apakah kamu percaya aku?" Tiba-tiba menatap matanya, Abe bertanya.

"Tentu saja, aku mengundangmu ke rumahku, tidur di tempat tidurku bersamaku. Tak seorang pun di dunia ini yang akan melakukan tindakan seperti itu. Apa yang telah saya lakukan terhadap Anda adalah contoh tertinggi dari kepercayaan. Saya bukan orang yang cerdik, dan tidak ada niat untuk menyembunyikan Anda, "kata Grace.

"Grace, Grace sayang," panggil Abe.

"Kamu mungkin mengira aku naif," kata Grace sambil menatap mata Abe.

"Tidak akan pernah."

"Aku juga tidak pernah berpikir untuk menipumu," kata Grace.

"Aku mengetahuinya, dan kamu tidak akan pernah bisa melakukan itu."

"Perilaku yang tidak dapat diterima tidak ada artinya, menurut saya. Penipuan, tipu daya, penipuan dan perilaku curang sangat umum terjadi. Namun, semuanya menciptakan kesedihan dan ketidakbahagiaan yang tidak diinginkan," sambil memandang Abe, kata Grace.

Tidak ada kata-kata yang dangkal dan basa-basi dalam kata-katanya, dan Abe tahu itu.

"Keyakinanku padamu mutlak, Grace sayang."

"Jadi, kamu bilang padaku kamu percaya padaku, Abe," Grace membuat pernyataan.

"Aku memujamu," reaksinya yang tiba-tiba, dan kata-katanya meledak dengan keyakinan yang langka.

Grace memandangnya sebentar dan berkata di telinganya tanpa menyentuhnya: "Aku juga."

"Ini adalah musik di telinga saya," jawab Abe.

'Ayo, kita pergi ke monumen berikutnya,' sambil berjalan ke depan, kata Grace.

Mereka mengunjungi *Se Catedral de Santa Catarina* . Itu adalah sebuah bangunan yang megah.

'Lihat, berapa banyak orang yang harus bekerja keras untuk pembangunan gedung ini,' kata Abe.

"Tetapi mereka semua mungkin menerima upah yang layak. Menciptakan lapangan kerja adalah sebuah tanda pembangunan, dan hal ini membantu ribuan keluarga keluar dari kelaparan dan kemiskinan, buta huruf dan kesehatan yang buruk," kata Grace.

"Tapi tidak boleh ada eksploitasi apa pun," sambil memandang Grace, kata Abe.

"Upahnya harus sesuai dengan biaya kebutuhan sehari-hari, seperti kebutuhan primer dan sekunder, serta tingkat taraf hidup masyarakat," kata Grace analitis.

"Bangunan ini diperlukan pada saat itu, karena dapat menyediakan lapangan pekerjaan bagi masyarakat," komentar Abe.

"Kamu benar. Namun saat ini, kita tidak memerlukan gereja, masjid atau kuil. Kita membutuhkan sekolah, perguruan tinggi, universitas, rumah sakit, pusat layanan kesehatan dasar, bank, pusat komputer, laboratorium dan industri. Kita perlu berubah sesuai waktu," jelas Grace.

"Bagaimana Anda mendapatkan ide-ide yang begitu mencerahkan," tanya Abe pada Grace.

"Saya dulu berpikir, menganalisis segala sesuatu di sekitar saya. Setiap hari memberikan kesempatan belajar baru bagi saya. Dan saya belajar melalui pengamatan dan tindakan," kata Grace.

Mereka sudah berada di halaman Gereja Santo Fransiskus Assisi.

"Saya sangat mengagumi Fransiskus dari Assisi. Dia adalah seorang aktivis lingkungan yang hebat," kata Grace.

"Dia bersahabat dengan burung dan hewan, tumbuhan dan pepohonan," pernyataan Abe.

"Francis adalah pria yang memiliki banyak empati. Kita membutuhkan orang-orang yang memperlakukan orang lain dengan cara yang sama seperti mereka memperlakukan diri mereka sendiri. Manusia menginginkan kebutuhan primer dan sekunder, kasih sayang dan perhatian, perlindungan dan perlakuan yang bermartabat. Hewan, burung, tumbuhan, pohon, sungai, gunung, hutan, lembah, dan sabana merupakan bagian yang tidak terpisahkan dalam kehidupan manusia," jelas Grace.

"Kamu berpikir secara berbeda. Anda memiliki visi batin," kata Abe.

"Anda tidak hidup hanya dari roti saja. Saya percaya pada prinsip itu," kata Grace.

Grace dan Abe duduk di taman; lebah, burung pipit, burung jalak, dan tupai ada di sana. Grace menyanyikan lagu film Hindi tentang binatang dan burung, tanaman merambat dan pepohonan, sungai dan gunung, serta tempat manusia di alam.

"Bagaimana Anda bisa mempelajari begitu banyak lagu film Hindi," Abe bertanya.

"Dari kecil saya begitu terpesona dengan lagu-lagu Hindi. Saya dapat menghafalkan sebuah lagu dalam waktu lima menit. Itu adalah anugerah alami, dan saya mengembangkannya," kata Grace.

"Berapa banyak lagu yang mungkin kamu tahu?" tanya Abe.

"Mungkin seratus. Setiap lagu memberikan pengalaman berbeda. Kebanyakan dari mereka murni romansa dan perpisahan. Tapi mereka mengangkat Anda ke dunia cinta, nostalgia, kesedihan ringan, kegembiraan dan kegembiraan yang berbeda. Saya yakin tidak ada bahasa lain yang memiliki lagu yang begitu beragam, yang dapat mencuri hati Anda," jawab Grace.

Sebelum naik bus untuk mengunjungi Spice Farm di pusat Goa, Grace dan Abe mengunjungi Gereja Our Lady of Mount dan *Capela de Santa Caterina* . Bus melewati lingkungan pedesaan, vegetasi lebat dan pertanian kecil melalui perbukitan bergelombang. Pemandangannya spektakuler.

"Manusia harus menjaga lingkungan," kata Grace sambil memandang ke perbukitan.

"Pemandangan lahan pertanian dan hutan dari dalam bus sungguh menawan," komentar Abe.

"Tetapi ada beberapa pertambangan dan pertambangan di Goa, yang mungkin secara bertahap merusak keseimbangan lingkungan," kata Grace.

Abe memandang Grace dengan heran. Menurutnya, konsep Grace tentang setiap isu yang berkaitan dengan masyarakat manusia, lingkungan hidup, dan keberadaannya sangat berbeda dengan konsep lainnya.

"Kamu berbicara dalam bahasa yang berbeda, Grace," kata Abe padanya.

"Saya memiliki pola berpikir yang berbeda," jawabnya.

"Mengapa?" Abe penasaran ingin tahu.

"Saya berbeda dalam banyak hal. Saya mempunyai tolak ukur yang berbeda: mempercayai orang, bekerja dengan orang lain, mengungkapkan cinta saya, dan bahkan mengevaluasi orang." Kata-katanya penuh dengan objektivitas dan keyakinan.

"Kamu berbeda, Grace; itu pengamatan saya," reaksi Abe

"Itu karena Anda mengenal saya, dan itulah mengapa saya memercayai Anda, bekerja bersama Anda, bepergian bersama Anda, dan tinggal bersama Anda," kata Grace.

"Apakah kamu senang melanjutkan hubungan ini?" tanya Abe.

"Mengapa tidak? Menurutku itu bagus, dan itu memberiku kebahagiaan; Saya pikir Anda juga menganggapnya layak untuk dilanjutkan," komentar Grace.

Spice Farm tersebar di lahan seluas beberapa ratus hektar. Ada berbagai rempah-rempah dan pohon buah-buahan seperti kelapa, nangka, mangga, pinang dan pisang. Aliran sungai kecil yang berkelok-kelok di sekitar bukit dapat memuaskan dahaga abadi setiap makhluk hidup di dalam pertanian, menciptakan kehijauan dan semangat yang menakjubkan. Gubuk-gubuk kecil dan kios-kios di tepi sungai yang dibangun dari bambu dan tali sabut serta beratap jerami atau daun kelapa kering yang saling bertautan tampak kuno namun menarik. Peternakan ini memiliki banyak jalur internal; wisatawan bisa berjalan-jalan dan menikmati keindahan alam. Sungguh pemandangan yang luar biasa bagi pengunjung. Seorang pemandu membawa mereka berkeliling, dan ada jembatan lengkung kecil yang melintasi banyak sungai di dalam pertanian. Butuh waktu sekitar tiga jam bagi Grace dan Abe untuk menyelesaikan zigzag tersebut, dan mereka menikmatinya. Makan siang mewah dengan berbagai hidangan yang diolah dari hasil pertanian telah menanti mereka.

Tempat terakhir yang mereka kunjungi adalah Kuil Mangeshi yang megah di dalam perbukitan. Ada tempat pemujaan Ganesha dan Parvati yang melekat pada kompleks candi, dan ratusan umat terlibat dalam pemujaan di dalam candi dan tempat suci tersebut.

Perjalanan pulangnya menyenangkan. Grace menyanyikan banyak lagu film Hindi untuk Abe, dan Abe bergabung dengan Grace dalam bernyanyi. Lagu-lagunya sebagian besar bertema perpisahan setelah pengalaman cinta, dan Abe bertanya-tanya mengapa Grace menyanyikan lagu-lagu perpisahan.

"Mengapa kamu lebih memilih lagu dengan tema keberangkatan akhir-akhir ini?" Abe bertanya padanya.

"Padahal, setelah cinta, selalu ada perpisahan. Kegembiraan cinta hanya terwujud melalui kepergian. Namun butuh kesabaran untuk menjalani perpisahan tersebut. Kamu jangan merasa terganggu dan panik, dan kamu harus menunggu persatuan yang manis itu lagi," kata Grace sambil menatap Abe.

"Tetapi hal ini menimbulkan kesedihan, rasa sakit yang tidak dapat dijelaskan," kata Abe.

"Perpisahan adalah bagian integral dari cinta. Cinta tidak bisa ada tanpa perpisahan; itu pasti ada di sana," jelas Grace.

"Tidakkah hal itu menimbulkan kesedihan di hatimu?" tanya Abel.

"Tentu saja, hatiku berdarah saat memikirkan perpisahan. Saya berharap itu tidak ada di sana," kata Grace.

Abe memandang Grace dan bertanya: "Apakah kamu masih merasa sakit?"

"Tentu saja, hal ini menimbulkan penderitaan yang luar biasa. Tapi biarkan saya menjalaninya, biarkan saya mencicipinya dengan keberanian dan keberanian," kata Grace.

Namun Abe tidak bisa memahami maksud sebenarnya dari apa yang diceritakan Grace. Dia pikir itu mungkin memiliki konotasi tersembunyi dari lagu yang dia nyanyikan, dan Grace tidak mau memberitahunya apa itu. Ia pun menyadari Grace terdiam beberapa saat dan khawatir dalam diam, dan Abe merasa sedih atas ketidaknyamanan dan ketenangan Grace. Terlalu berat baginya untuk menerima kenyataan bahwa hati Grace sakit karena alasan yang tidak diketahui. Ini mungkin sebuah konsep, perasaan, pemikiran, ketakutan atau peristiwa; itu mungkin akan segera hilang; Abe mencoba menghibur dirinya sendiri.

Saat itu adalah bulan kesembilan bagi Abe bersama Grace. Dan selama dua minggu, mereka mulai mengerjakan lokasi konstruksi. Pekerjaannya agak berat dan melelahkan, namun upahnya sangat bagus, karena kontraktor membayar tiga ratus dua puluh lima rupee setiap hari. Sekembalinya mereka, mereka membeli ikan dan sayuran segar dari pasar selama berhari-hari. Dan sekali lagi, Abe berada dalam suasana hati yang gembira ketika dia mengamati bahwa Grace tidak lebih sedih atau lebih pendiam. Abe merasakan kegembiraan tersendiri dalam melakukan segala pekerjaan di rumah, memasak, mencuci, dan membersihkan rumah. Program organisasi masyarakat yang dilaksanakan setiap bulannya merupakan acara yang seru dan menyenangkan. Grace dan Abe berpartisipasi dalam pekerjaan pembersihan kawasan kumuh dan acara kumpul-kumpul serta program budaya. Menari, menyanyi, dan pesta teh terus berlanjut dan menjadi bagian dari kehidupan mereka.

Banyak permainan catur yang dimainkan setiap hari. Menyanyikan lagu-lagu film Hindi adalah acara rutin setelah makan malam, dan Abe senang bergabung dengan Grace menyanyikan semua lagu yang dinyanyikannya, dan semuanya menjadi lagu favoritnya. Namun dia merasa sengsara; dia tidak bisa meletakkan tangannya di bahu Grace saat bernyanyi bersama dan tidak bisa memeluknya ketika dia bangun di pagi hari. Abe merasa tidak senang karena dia tidak bisa mencium pipi cantiknya setelah memenangkan permainan catur, atau dia bisa menyentuh dan merasakan cincin perak di jari telunjuknya. Dia ingin memberitahunya secara terbuka di wajahnya, Grace, aku mencintaimu, dan aku senang menikah denganmu. Namun dia tahu akan ada saatnya dia bisa menyentuh, memeluk, mencium, dan berhubungan seks dengannya.

Suatu malam Abe mulai melukis potret baru, dan Grace menjadi subjeknya. Itu dalam gaya ekspresionis. Di atas kanvas ada tiga sosok Grace, salah satunya abstrak mengekspresikan emosi yang meluap-luap. Yang kedua adalah gambaran kiasan Grace yang mengungkapkan kesedihannya yang mendalam. Yang ketiga, Grace menyanyikan lagu perpisahan favoritnya. Dalam ketiga gambar tersebut, Abe mencoba memproyeksikan struktur psikis subjek. Ekspresi emosi personal memenuhi kanvas, padahal gambar estetis melahirkan konflik batin. Warna-warna spektakuler menggambarkan reaksi emosional yang jelas, polarisasi kerentanan otak, dan intensitas pergulatan dalam diri seseorang. Melalui komposisi dinamis tiga sosok, lukisan tersebut memproyeksikan ketidakmampuan manusia dalam mengontrol lingkungannya.

Abe membutuhkan waktu sekitar satu bulan untuk menyelesaikan lukisan tersebut. Judul yang diberikan pada seni tersebut adalah *The Trinity*. Abe menandatanganinya, *Abe* . Dan di bawah tanda tangannya, dia menulis dalam huruf kecil: *To Grace with Love* . Setelah makan malam, Abe menghadiahkan lukisan itu kepada Grace, dan dia merasa sangat senang menerimanya. Dia menggantungkan gambar itu bersama dengan dua gambar sebelumnya di dinding; ketiganya sama-sama hebat untuknya.

"Terima kasih, Abe sayang, untuk *Trinitas* , katanya.

Abe merasa senang mendengar apresiasi dari Grace. Dia sepenuhnya objektif. Namun nilai yang diberikan pada lukisan bersifat subjektif karena realitas bersifat analitis; dia ingat kata-kata Grace.

Usai membersihkan rumah, Grace menyanyikan lagu film Hindi untuk menghormati Abe. Kali ini temanya adalah cinta, cinta seorang perempuan terhadap laki-laki. Anak laki-laki itu adalah seorang pangeran, dan anak perempuan itu adalah putri seorang prajurit di pasukan raja, yang telah melihat sang pangeran dari jauh tetapi tidak pernah berbicara dengannya, tidak pernah menyentuhnya. Dia mempunyai keinginan yang sangat besar untuk menikah dengannya. Sang pangeran tidak pernah mengetahui gadis seperti itu ada di kerajaan ayahnya. Namun dia telah melihat sang pangeran, dan sang pangeran hidup untuknya, dan cintanya terhadap sang pangeran sangat kuat, namun tidak pernah mendapat kesempatan untuk berkembang. Abe meminta Grace menyanyikan lagu itu lagi agar dia bisa menyanyikannya bersama.

"Cinta terkadang tidak pernah mencapai tujuannya," kata Abe kepada Grace usai menyanyikan lagu tersebut bersama.

"Itu adalah kebenaran universal," jawab Grace.

"Mengapa?" tanya Abe.

"Cinta adalah sebuah perasaan; ia memiliki berbagai tahapan, corak dan warna. Tercapainya tujuan tergantung pada tahap mana cintamu," jawab Grace.

"Tetapi para pecinta bebas menentukan pada tahap mana cinta mereka harus berada," kata Abe.

"Mereka bebas, tapi kedua kekasih itu mungkin tidak berada pada level yang sama. Yang satu mungkin masih di langkah awal, tapi yang lain mungkin sudah sampai di puncak," jelas Grace.

"Jadi, ada konflik cinta," komentar Abe.

"Konflik ini adalah alasan patah hati. Mereka membuat janji-janji yang sulit ditepati tanpa mengetahui fase apa yang sedang dialami kedua kekasih, tidak mengetahui tahap mental pihak lain. Mereka mungkin mengasumsikan situasi dan tujuan yang mungkin tidak dapat dicapai," kata Grace.

"Tapi bagaimana cara memastikan seberapa besar dimensi kekasih itu," tanya Abe.

"Itu adalah tugas yang sulit. Titik di mana seorang kekasih muncul tergantung pada latar belakangnya, kestabilan emosi, kematangan psikologis, intensitas keinginannya, dan orientasi tujuan," jelas Grace.

Abe memandang Grace dengan heran. Dia tahu segalanya, menganalisis segalanya,

"Analisis Anda akurat," komentar Abe.

"Analisis harus dilakukan bersamaan dengan perasaan dan penderitaan dalam pikiran seseorang," reaksi Grace.

'Itu benar. Mengetahui belum tentu membuahkan hasil," kata Abe.

"Tetapi mengetahui adalah menjadi," Grace menekankan.

"Mengapa?" Abel bertanya.

"Ketika kamu tahu kamu sedang jatuh cinta, kamu menjadi orang lain. Tapi orang lain mungkin tidak berkembang seperti Anda, karena orang lain mungkin tidak mengetahui kebutuhan orang yang sedang jatuh cinta," jelas Grace.

Artinya buat kamu, kamu dan cintamu itu sama, kata Abe.

"Kalau pihak lain membalas dengan gelombang yang sama, tidak akan ada konflik," jawab Grace.

"Itu ideal," kata Abe.

"Tentu saja, itu adalah tahap terakhir. Tidak ada yang lebih dari itu. Rasa kesatuan tidak dapat dipisahkan. Orang yang sedang jatuh cinta berebut untuk mencapai tahap itu. Segala perjuangan adalah demi kesatuan itu. Pada akhirnya, semuanya adalah satu," Grace berfilsafat.

Abe kembali terkejut mendengar komentar Grace.

"Grace, bagaimana kamu mengumpulkan kebijaksanaan seperti itu?" Abe bertanya.

"Abe, itu hasil dari mengamati orang, bekerja dengan mereka, menganalisa dan refleksi pribadi, tapi refleksi tidak mungkin terjadi tanpa observasi," kata Grace.

"Pengetahuan itu analitis." Abe mencoba menafsirkan.

"Ya, pengetahuan itu analitis. Tapi itu hanyalah manifestasi dari sesuatu yang lain. Kita tidak bisa begitu saja menciptakan pengetahuan tanpa landasan, tanpa objek. Ketika ada suatu objek, kami menganalisisnya sesuai kriteria subjektif kami dan menciptakan pengetahuan; oleh karena itu, pengetahuan mungkin tidak sepenuhnya objektif, dan tidak bisa sepenuhnya subjektif. Jadi, pengetahuan adalah interpretasi. Cinta itu seperti pengetahuan. Kita perlu menafsirkannya dan memahami berbagai fasenya. Kami memutuskan apa segmen ini. Cinta adalah jangkauan observasi tertinggi. Tapi kita perlu membiarkan cinta kita tumbuh dan berkembang seiring kehidupan. Kalau tidak, akan stagnan," analisis Grace.

"Bagimu, mana yang lebih menonjol, cinta sebagai kehidupan atau sebagai pengalaman," tanya Abe.

"Cinta sebagai kehidupan dan cinta sebagai pengalaman hidup berdampingan. Namun untuk mengetahui cinta, kita perlu menafsirkannya. Tanpa menganalisa cinta, agak rumit memahaminya. Dalam setiap tahapan cinta antara sang kekasih dan sang kekasih, kedua belah pihak tak henti-hentinya menjelaskannya. Penjelasan ini tidak lain hanyalah tahapan kehidupan yang beragam. Ini mungkin bukan upaya yang disadari, tetapi juga bukan upaya yang tidak disadari. Jadi, cinta adalah kehidupan dan pengalaman, dan keduanya hidup bersama secara bersamaan," jelas Grace.

"Apakah kita adalah hasil analisis seperti itu?" Abel bertanya.

"Tentu saja, keberadaan manusia itu sendiri bersifat analitis. Akuisisi pengetahuan merupakan bagian integral dari taktik bertahan hidup, yang hanya bersifat penjelasan. Kami menafsirkan situasi dan peristiwa serta bertindak dan bereaksi sesuai dengan itu," kata Grace.

Jadi, kamu bilang cinta adalah pengalaman hidup, kata Abe.

"Cinta tidak hanya analitis tetapi juga perasaan yang dialami, sebuah kenyataan. Itu sebabnya itu menjadi bagian integral dari seseorang. Itulah alasan mengapa sulit hidup tanpa cinta. Ini adalah inti batin dari pengalaman total manusia, membangun hubungan mendalam dengan manusia lain melalui perasaan dan emosi. Karena cinta, orang merasa sangat sulit memutuskan suatu hubungan. Seluruh pola berpikir dan kepribadian seseorang dengan demikian menjadi produk cinta. Hal ini karena ini; ada yang menangis sampai mati jika ada perpisahan kekasih, "sambil menatap Abe, kata Grace.

"Lalu, mengapa harus berpisah?" tanya Abel.

"Itu adalah konflik yang dialami manusia. Kita bisa menyebutnya kecemasan eksistensial," kata Grace.

Mendengar Grace, Abe terdiam cukup lama.

Grace terus bersedih dan diam sepanjang minggu berikutnya. Hati Abe sedih melihat Grace. Grace, apa yang terjadi padamu? Kenapa kamu sedih? Mengapa kamu tidak membicarakan masalahmu? Abe memperdebatkan banyak pertanyaan yang ingin dia tanyakan padanya. Namun dia merasa Grace akan sedih jika menanyakan pertanyaan seperti itu.

Pada hari Sabtu, Abe sedang membuat sarapan. Grace datang dan berdiri sangat dekat dengannya. Mereka mulai makan dari penggorengan sambil berdiri. Abe mengamati mata Grace basah.

"Grace, kamu terlihat depresi," kata Abe.

"Saya sedih dan khawatir," kata Grace.

"Tentang apa?" Abel bertanya.

"Saya mengambil keputusan paling menyakitkan dalam hidup saya," kata Grace.

"Saya tidak bertanya apa keputusannya, tapi maukah Anda memberi tahu saya mengapa Anda sedih? Saat aku melihatmu tidak bahagia, hatiku sakit," kata Abe.

"Maafkan aku, Abe, kamu merasa sedih karena kekesalanku," kata Grace.

Abe tidak bertanya lebih lanjut. Dia tahu Grace sedang mengalami konflik batin yang besar, berjuang untuk mengambil keputusan pribadi.

"Abe, ayo kita pergi ke Panaji untuk makan malam malam ini," ajak Grace pada Abe.

"Apa acara istimewanya?" tanya Abe.

"Tidakkah kamu menyadari bahwa kamu baru saja menyelesaikan sembilan bulan di sini?" Grace menjawab sambil tersenyum.

"Kau ingat setiap hal kecil, Grace sayang."

"Saya senang mengingat semua yang terjadi antara Anda dan saya. Dan saya menghargai kejadian itu," komentar Grace.

Abe tersenyum.

"Tolong kenakan celana panjang dan kemeja lengan panjang dengan dasi," permintaan Grace.

"Apakah ini peristiwa yang luar biasa?" Abe bertanya.

"Setiap kesempatan bersamamu sungguh luar biasa. Saya senang mengingat masing-masingnya di masa depan," Grace membuat pernyataan.

"Tapi saya senang menjadi masa depan itu," kata Abe sambil tersenyum.

"Tentu saja, tidak ada orang lain, tapi kamu harus menunggu sendiri beberapa saat. Saya akan kembali kepada Anda, dan bersama-sama kita menciptakan masa depan," kata Grace.

Abe memperhatikan mata Grace dipenuhi cahaya, dan bersinar. Namun dia tidak dapat memahami konteks ucapannya; bahkan arti kata-kata yang diucapkannya memiliki konotasi yang berbeda.

Grace mengenakan sari sutra *Kanjipuram* berbahan halus berwarna hijau kemerahan serta blus tanpa lengan dengan kombinasi warna dan tekstur yang sama. Dia tampak sangat cantik; rambut hitam pendeknya menyentuh daun telinganya yang indah. Dan dia memancarkan keanggunan dan kepercayaan diri. Grace adalah orang paling menarik yang pernah ia temui, dan Abe yakin akan hal itu.

"Abe, kamu tampak hebat. Saya menyukainya," kata Grace.

"Kamu terlihat luar biasa sayang, Grace."

Mereka naik taksi ke Panaji.

"Saya telah memesan dua kursi untuk kami di restoran paling atas di kota ini," ketika mereka sampai di Panaji, kata Grace.

Sebuah meja sudut dengan dua tempat duduk disediakan untuk mereka, dan mereka duduk berhadap-hadapan.

"Saya memimpikan hari ini selama berbulan-bulan, bahkan bertahun-tahun," kata Grace.

"Bertahun-tahun?" Abe merasa terkejut.

"Iya, Abe, setiap gadis punya impian. Keinginan untuk makan malam dengan orang paling menawan yang pernah dia temui dalam hidupnya. Bagiku, kamulah pria itu," kata Grace sambil tersenyum.

"Saya merasa terhormat," kata Abe.

Hidangannya lezat. Dan Abe terkejut melihat keanggunan Grace menangani garpu, pisau, dan sendok.

Abe memandang Grace, dan dia menyukai penampilannya. Dia menatap mata, hidung, bibir, pipi, rahang, telinga, kepala, dan rambutnya. Tangannya menarik, dan jari-jarinya sangat indah. Grace, aku mencintaimu, selalu bersamaku. Aku mencintaimu karena kamu adalah wanita hebat dengan martabat luar biasa, keberanian tak tertandingi, keanggunan abadi, kedewasaan tak terlihat, cinta tak terbatas, dan kepercayaan tak terbayangkan. Ini akan menjadi pengalaman yang memuaskan untuk menjalani hidup bersama Anda. Ucap Abe dalam hati.

"Abe, kamu membuatku terpesona, sangat tenang, tidak pernah sombong, selalu menghormati orang lain dan pendapatnya, cerdas, perhatian, tercerahkan dan bermartabat," kata Grace sambil tersenyum.

"Saya beruntung bisa bertemu dengan Anda, padahal saya tidak tahu apa-apa tentang latar belakang Anda," kata Abe.

"Lebih baik tidak mengetahui latar belakang orang lain. Saya juga tidak pernah ingin tahu tentang preseden Anda. Aku mencintai seseorang, bukan karena latar belakangnya, bukan karena penampilan luarnya, bukan karena perkataan dan janjinya, tapi karena harga diri orang tersebut," komentar Grace.

"Grace, rasa hormatku padamu melampaui tolok ukur apa pun. Itu tidak bersyarat," kata Abe.

"Hubungan yang positif tidak pernah mengharapkan apa pun secara pribadi; menerima segala kemungkinan tidak bisa dihindari. Ia berani menanggung guncangan dan rasa sakit yang tiba-tiba disebabkan oleh orang yang dicintai dan kejadian-kejadian, "sambil menatap Abe, kata Grace.

Abe memandang Grace. Apa saja *guncangan dan rasa sakit yang tiba-tiba yang disebabkan oleh orang yang dicintai dan kejadian-kejadian tersebut* ? Dia merenungkan kata-katanya.

Abe dan Grace menghabiskan sekitar dua jam di restoran dan berjalan-jalan. Mereka mengetahui seluruh pelosok Panaji karena mereka bekerja di sana membersihkan jalan selama sekitar satu bulan. Ratusan anak muda berada di setiap jalan, berpelukan dan berciuman. Pepohonan di tepi sungai Mandovi tampak ajaib di bawah lampu jalan, dan bayangan menutupi sepasang kekasih muda itu seperti payung raksasa yang melindungi privasi mereka. Di setiap persimpangan, musisi sendiri-sendiri atau berkelompok menyanyikan lagu-lagu cinta tentang para pangeran dan putri Portugal abad pertengahan. Gadis-gadis menari mengikuti irama musik; mereka yang berdiri disekitar melemparkan uang logam ke atas lembaran yang dibentangkan di tengah lingkaran. Lonceng yang diikatkan di pinggang gadis-gadis itu bergemerincing, dan perut telanjang mereka dicat dengan warna-warna lembut. Gitar dan biola adalah alat musik utama, dan para musisi memainkannya dengan baik.

Grace melemparkan sejumlah uang sambil berdiri di dekat seorang wanita yang memainkan biola. Dia sendirian, dan musiknya bernada melankolis. Dia mungkin sedang mempermainkan cinta yang hilang, hubungan yang gagal dengan kekasih yang menghilang selamanya. Pemain biola mengenakan rok dengan bunga-bunga cerah, dan kamisolnya berwarna hijau dengan benang emas tergantung di bagian perutnya.

Di pertigaan lain, Grace memberikan sejumlah uang di telapak tangan seorang gadis penari. Dia berhenti menari dan menatap Grace; dia mungkin berusia sekitar empat belas tahun. Dia memiliki batu kecil yang bersinar di sisi hidungnya.

"Obrigado senhora por sua generosidade," kata gadis itu sambil berlutut. "Terima kasih Bu, atas kemurahan hati Anda," tambahnya.

"Musiknya bagus sekali, dan kamu menari dengan bagus," kata Grace sambil menundukkan kepalanya.

Ada kapal-kapal jauh di Laut Arab yang ditutupi ratusan lampu.

Grace dan Abe berbicara tentang cinta, kebersamaan, dan kepuasan. Mereka mendengarkan satu sama lain dengan penuh semangat dan senang berada di dekat satu sama lain.

Sesampainya di rumah, mereka memainkan dua permainan catur. Kemudian, Grace menyanyikan banyak lagu film Hindi sambil duduk di kursi menghadap Abe. Dan sekitar tengah malam mereka tertidur. Grace membangunkan Abe ketika kopi tempat tidur sudah siap sekitar pukul enam pagi. Untuk sarapan, mereka menyiapkan telur dadar, roti panggang, irisan daging sayur, dan bubur. Sekali lagi, mereka berdiri di dekat kompor dan mulai makan dari penggorengan. Mereka menganggapnya lebih menarik dan nyaman. Itu memiliki cara unik untuk berbagi perasaan dan kehangatan kebersamaan. Grace berkali-kali memasukkan potongan roti panggang berisi keju ke dalam mulut Abe, mengatakan kepadanya bahwa dia akan menyukai rasanya. Abe tidak hanya menyukainya tetapi juga mengapresiasinya. Kehadirannya adalah yang paling intim, penuh kasih sayang dan nyaman yang pernah dia alami. Dia mengaguminya melebihi penjelasan apa pun.

Setelah mencuci piring dan membersihkan rumah, Grace mendekati Abe dan berdiri di hadapannya.

"Abe," panggilnya.

"Yang terhormat Grace," jawabnya.

"Saya ingin memberitahu Anda; Saya akan meninggalkan tempat ini," sambil menatap matanya, katanya.

Abe berdiri diam. Untuk sesaat, dia tidak mengerti apa yang dikatakannya. Abe merasa kaget dan tidak bisa berkata-kata untuk mengungkapkan reaksinya. Selama beberapa detik, dia terdiam dan diam.

"Berkah!" Dia memanggil dengan suara rendah.

"Ya, Abe sayang. aku akan meninggalkanmu sekarang. Terima kasih atas cinta dan kepercayaannya," singkat Grace.

Dia memandangnya tanpa tahu bagaimana harus bereaksi.

"Saya mengambil tiga lukisan yang Anda berikan kepada saya. Saya datang tanpa apa pun; sekarang pulang hanya dengan membawa hadiah-hadiah berharga ini," sambil menggulingkan lukisan itu satu sama lain, kata Grace.

"Apakah kamu akan pergi? Benar-benar?".

"Ya, Abe. Tolong simpan topi ini bersamamu. Aku tidak punya apa-apa lagi untuk ditawarkan padamu sekarang," kata Grace sambil memberinya topi coklat.

Abe mengambilnya dan berdiri diam. Tanpa mengungkapkan emosi apa pun, dia melihat Grace keluar rumah. Dia memandangnya, berjalan menuju penumbra Benteng Aguada dan menghilang.

Yang Tercinta

Abe merasa kesepian, sedih dan tersesat; hatinya sakit, ada sesuatu yang menusuk jauh di dalam hatinya. Dia duduk di ambang pintu selama sekitar satu jam, tidak memikirkan apa pun, dan pikirannya kosong. Melihat ke dalam kehampaan, dia membentur lantai dengan buku jarinya dan merasa marah pada dirinya sendiri.

Setelah mengunci rumah, dia berjalan ke terminal bus dan mencari Grace. Ada empat bus, dan Abe mencari di semua bus. "Grace, dia menelepon," tetapi tidak ada yang menjawab. Loket tiket hampir kosong karena hanya ada beberapa penumpang di sana. Hatinya tenggelam dalam kecemasan dan kekecewaan.

"Kemana kamu pergi, Grace sayang," gumamnya.

Saat berjalan menuju pantai, sebentar lagi tampak gelap tanpa ada kano, dan dia teringat hari pertamanya di Calangute. Sekali lagi, dia mengingat kembali pembicaraannya: "Jangan khawatir. Anda bisa tinggal bersama saya selama satu malam, dan saya akan memberi Anda ongkos bus; kamu bisa mengembalikannya padaku nanti." Suatu malam ternyata sembilan bulan, kata Abe dalam hati.

Di pantai, Abe berkeliaran beberapa lama. Dia mulai mencari Grace di belakang perahu, jumlahnya hampir dua puluh lima. Tiba-tiba dia mendengar dia memanggil: "Abe, Abe," Dia berlari ke tempat suara itu datang, tempat itu kosong, hampa seperti cangkang. Abe mengingat kembali suaranya, suara manis Grace yang dicintainya. "Abe, aku bersembunyi di sini; kamu harus mencoba mencari tahu aku," Dia kembali mendengarnya memanggil namanya. "Grace, Grace tercinta, kamu dimana?" Dia berteriak, dan tidak ada jawaban. Dia bisa mendengar gema suaranya bercampur dengan deburan ombak laut. Pantai sepi, dan tidak ada satupun nelayan yang terlihat dimanapun. Karena hari Minggu, itu adalah hari libur bagi mereka.

"Grace, keluarlah dari persembunyian. Saya merasa tidak enak. Silakan keluar, "suaranya bernuansa cemas dan takut. Pantai itu tampak tidak dikenalnya, dan dia mulai berlari di pantai dari satu ujung ke ujung yang lain. Anjing-anjing liar mengejarnya; ketakutan menyelimuti Abe, dan dia terjatuh di pasir basah. Benteng Aguada yang perkasa berdiri menghadap wajahnya, dan anjing-anjing mengancam di sekelilingnya. Setelah mendapatkan kendali atas dirinya sendiri, dia melompat dan berlari mengejar anjing-anjing itu. "Pergi," teriaknya.

Sekali lagi, dia mencari Grace di dalam perahu nelayan untuk melihat apakah dia bersembunyi di salah satu perahu nelayan. Anjing-anjing itu tidak boleh menyerangnya, putusnya. Dia mungkin terlindungi dari anjing saat dia bercanda dengannya. Dia yakin dia tidak bisa meninggalkannya, meninggalkannya, karena dia begitu dekat dengannya dan selama sembilan bulan terakhir, Grace menjadi tidak terpisahkan. Dia tidak bisa membayangkan dunia tanpa Grace. Abe tidak bisa berpikir untuk pergi ke mana pun tanpa Grace dan tidak ingin makan apa pun tanpa Grace. Kasih karunia sangatlah berharga, sebuah permata yang harganya tak terhingga.

Matahari bersinar di atas kepalanya, dan langit cerah. Banyak kapal di laut yang bergerak lambat, menyentuh cakrawala dan kapal-kapal yang berada di pelabuhan terdiam.

Sore harinya, ia merasa pusing karena terik matahari karena tidak ada yang menutupi kepalanya. Dia bergerak menuju perahu dan membaringkan dirinya di bawah bayangan salah satu perahu. Malam tiba, dan dia bisa mendengar deru ombak. Malam semakin dekat, dan ada lampu di Benteng Aguada. Namun pantai itu gelap gulita. Dia bisa melihat anjing-anjing itu bersilangan dalam kelompok, yang mungkin sedang mencari makanan.

Abe merasa sendirian. Akan lebih aman berada di dalam perahu, pikirnya dan naik ke dalam perahu, yang kurang lebih berada di tengah. Duduk selama beberapa waktu dalam kesunyian total, dia mendengarkan gemuruh laut, namun yang ada hanyalah kegelapan di atas lautan. Langit tidak berawan, dan bintang-bintang terlihat. Dia sendirian, dengan jutaan bintang mengawasi dan melindunginya. Bintang-bintang ada di sana karena Anda mengamatinya. Jika Anda tidak menemukannya, tidak akan ada apa pun bagi Anda, dan Anda tidak yakin apa pun akan ada tanpa Anda. Dia melupakan segalanya; mereka berada di luar pengamatan dan kesadarannya. Kemudian Abe tertidur, dan dia sendirian kecuali Grace yang dicintainya dalam kesadarannya.

Dia bangun sekitar tengah malam, mengangkat kepalanya, dan melihat sekawanan anjing tidur di pasir. Mereka mungkin melindunginya; bahkan musuh terkadang bisa menjadi penyelamat. Langit cerah, dan lebih banyak bintang. Dan bulan memudarnya berada di ufuk timur, di atas Benteng

Aguada. Angin sejuk bertiup dari laut yang tenang namun gelap, dan sangat menyenangkan berada di pantai pada tengah malam. Tiba-tiba dia teringat pada Grace. Kamu ada di mana? Aku sangat merindukanmu. Saya di sini agar anjing-anjing itu tidak menyerang Anda. Jangan berjalan-jalan. Jika Anda berada di dalam perahu, tetaplah di sana. Saat matahari muncul di timur, kita bisa pulang bersama. Saya akan membuatkan kopi di tempat tidur Anda, dan kita akan duduk di kursi, saling berhadapan dan berbicara. Setelah ngopi, kita bisa bermain catur atau menyanyikan lagu cinta bersama oleh Kishore Kumar atau Lata Mangeshkar. Mari kita membuat sarapan, sandwich dan telur dadar, irisan daging sayur dan bubur, dan berdiri di dekat meja dapur, kita makan dari penggorengan. Ada perasaan khusus, nikmatnya kebersamaan. Berdiri di dekat Anda dan makan sarapan adalah pengalaman yang menyenangkan. Sekali lagi, Grace sayang, sekali lagi.

Grace mungkin tidak nyata. Mungkin dia adalah pengalaman Rip Van Winkle. Efek dari keracunan dan halusinasi dan gambaran dirinya tidak nyata. Jika dia tidak nyata, dia adalah Tuhan. Orang seperti Grace tidak mungkin ada, karena dia sempurna dalam segala hal. Di luar imajinasi manusia, dia anggun, cerdas, berbakat, dewasa dan bermartabat. Makhluk hidup seperti Grace tidak bisa berjalan di bumi ini sambil menghitung bintang dari satu sudut ke sudut yang lain, pikir Abe. Tapi aku senang bertemu denganmu sekali lagi. Izinkan saya mengalami pengalaman halusinasi yang kita alami bersama. Mereka begitu indah, berkilau dan menakjubkan. Berjalan bersama Anda memenuhi hasrat yang tidak dapat dijelaskan, menciptakan momen kebersamaan yang lebih baik. Pikiran tidak dapat menghapusnya. Grace, kamu nyata bagiku, meskipun kamu tidak nyata; meski kamu tak ada, kamu berdiri tegak di hatiku.

Aku suka melantunkan lagu cintamu hingga hari terakhir hidupku. Datang dan tinggallah bersamaku. Izinkan saya menyanyikannya dengan gembira; Saya senang melihat Anda tersenyum, mendengar Anda bernyanyi, dan bermain catur dengan saya. Kembali. Kita akan pergi ke cagar alam burung, berjalan di sepanjang jalur intrinsik, menemukan spesies burung baru, dan menyanyikan lagu-lagu cinta yang indah hingga selamanya. Lagu-lagu itu memiliki daya tarik yang berbeda karena menyentuh hati saya. Grace, kamu tidak nyata namun nyata; kamu adalah Tuhan namun juga manusia. Anda tidak bisa menjadi tidak nyata seperti Anda berada dalam daging dan darah. Kami memasak bersama, makan bersama, berjalan bersama, dan bekerja bersama. Anda menceritakan kepada saya kisah cinta dan perpisahan, rasa sakit dan kecemasan; kamu adalah manusia paling otentik yang pernah kutemui.

Abe, Abe sayang, dia mendengarnya memanggilnya. Grace, aku di sini. Mari kita pergi makan malam. Ini untuk menghormati Anda. Grace, apa yang akan saya lakukan dengan uang yang saya punya? Simpanlah itu bersamamu. Anda akan membutuhkannya nanti. Grace, kau memperingatkanku tentang perpisahan ini, bencana yang akan datang, takdir yang bertabrakan. Tapi aku gagal memahamimu. Kamu memintaku untuk pergi ke Mumbai, membuatku enggan tinggal bersamamu selamanya. Anda meramalkan masa depan saya.

Anjing-anjing itu bergerak-gerak, dan satu atau dua orang menggonggong. Dan ada lampu agak jauh. Seseorang sedang berbicara. Para nelayan sudah siap untuk pergi ke laut dalam karena hari baru telah tiba bagi mereka.

"Hei, siapa di sana?" Seseorang bertanya.

"Siapa?" Yang lain bertanya.

"Sepertinya ada orang di dalam perahu," jawab orang pertama.

Abe bisa menghitung tujuh sampai delapan kepala. Dia bangkit dan turun dari perahu.

"Apakah kamu tidur?" Salah satu dari mereka bertanya.

"Ya," jawab Abe.

"Tidak ada tempat lain untuk tidur?" Nelayan itu bertanya.

"Saya datang ke pantai. Anjing-anjing itu tampak mengancam, tidak bisa kembali, dan berlindung di perahu. Tidurlah di dalam perahumu, meski sulit," cerita Abe, dan dia ingin mengatakan yang sebenarnya.

Dengan obor di tangan mereka, delapan orang memandangnya dengan rasa ingin tahu.

"Apakah kamu aman? Apakah anjing-anjing itu menyerangmu?" Para pemancing mengkhawatirkan keselamatannya.

"Saya aman. Pada malam hari, mereka melindungi saya dengan tidur di sekitar perahu," kata Abe.

Mendengar dia berbicara, para nelayan tertawa.

"Sekarang, bisakah kamu kembali sendirian?" Salah satu dari mereka bertanya.

"Tentu saja, terminal busnya dekat," jawab Abe.

"Kami dapat menghubungi Anda di terminal bus. Ikutlah denganku," kata salah seorang nelayan.

Abe mengikutinya. Mereka berjalan bersama.

"Sekarang sudah jam tiga pagi, dan berjalan sendirian itu berbahaya," kata nelayan itu.

"Terima kasih atas kebaikan Anda. Maaf atas masalahnya. Semoga harimu menyenangkan dengan hasil tangkapan yang banyak," ucap Abe sambil berjabat tangan dengan nelayan tersebut sesampainya di terminal bus.

"Semua yang terbaik. Semoga perjalananmu aman. Semoga berhasil," kata nelayan itu.

Bus pertama ke Mumbai berangkat pukul enam pagi; dari jadwal yang ditampilkan, Abe mengerti. Dia duduk di ruang tunggu selama beberapa waktu. Dia melihat dua truk diparkir di luar terminal bus dan berjalan ke arah mereka.

"Tolong bawa saya ke Mumbai," kata Abe kepada sopir truk.

"Bukan ke Mumbai, tapi ke Pune," jawab sopir truk.

"Oke. Biarkan aku ikut denganmu ke Pune," kata Abe.

"Lima ratus dolar," kata sopir truk.

"Sepakat. kata Abe. Saya akan membayar biayanya untuk mencapai Pune," kata Abe.

"Selesai. Tapi katakan yang sebenarnya pada polisi. Jika Anda tidak mengatakannya, saya akan mengatakannya," usul sopir truk itu.

Abe tidak berkata apa-apa. Dia juga tidak ingin berbohong. Kalau sopir truk bilang dia penumpang, menurutnya tidak apa-apa.

Sopir truk itu adalah seorang pria paruh baya yang kekar, dan ada keagungan dalam cara mengemudinya; asistennya, seorang pemuda berkumis tebal, duduk di sebelahnya. Abe berada di dekat jendela, dan pengaturan tempat duduknya disesuaikan.

"Dalam setiap perjalanan, kami memberikan tumpangan kepada seseorang sehingga kami mendapatkan perusahaan; uang yang kami peroleh adalah nomor dua. Ngomong-ngomong, kamu mau ke mana?" Tanya pengemudi itu.

"Pergi ke Pune," jawab Abe.

"Pune adalah kota besar. Jika Anda memberi tahu saya lokasi tujuan Anda, dan jika tempat itu dekat jalan raya, saya bisa menurunkan Anda di sana, "kata pengemudi itu.

"Saya pergi ke sana untuk pertama kalinya. Saya tidak tahu apa-apa tentang kota itu," jawab Abe.

"Sepertinya sangat lucu. Anda ingin pergi ke Mumbai. Sekarang Anda akan pergi ke Pune, dan Anda tidak tahu apa-apa tentang kota itu," komentar pengemudi tersebut.

"Kamu benar. Setelah sampai di sana, saya akan berjalan-jalan dan mencari tahu berbagai daerah. Coba saya lihat kotanya dulu," jelas Abe.

"Jadi, kamu adalah seorang pengembara. Saya juga seorang pengembara selama bertahun-tahun. Ketika saya berumur sepuluh tahun, saya meninggalkan rumah saya di sebuah desa di Bihar. Kemudian selama lima tahun, saya mengembara ke seluruh India utara. Setelah itu, saya bergabung dengan Sardarji sebagai asistennya di truk selama sepuluh tahun," kata sang sopir.

"Jadi, Anda sudah bertahun-tahun menjadi pengemudi," kata Abe.

"Ya. Saya senang bertemu dengan Sardarji; dia berasal dari Punjab, seorang Sikh, pria yang luar biasa. Dia memperlakukan saya seperti putranya dan mengajari saya mengemudi. Lihatlah foto ini. Itu dari Sardar Ranbir Singh. Saya bepergian bersamanya ribuan kilometer." menunjukkan foto berbingkai, di atas jendela, di samping kursi pengemudi, katanya.

"Oke. Itu Sardar Ranbir Singh," sambil melihat foto pria berwajah garang berjanggut dan sorban, kata Abe.

"Ya, Sardar Ranbir Singh adalah Guru saya; Saya berdoa kepadanya setiap hari untuk melindungi saya dari bahaya dan kecelakaan. Mengemudi truk adalah pekerjaan yang berbahaya. Selain itu, setiap petugas polisi di jalan ingin mendapat suap. Di Madhya Pradesh dan Rajasthan, ada perampok. Beberapa di antaranya berbahaya, namun ada pula yang ramah dan tidak berbahaya. Tapi orang yang paling berbahaya adalah politisi," lanjut pengemudi itu.

Truk tersebut masih berada di kawasan pantai Goa, dan banyak terdapat pohon kelapa di kedua sisi jalan raya. Di pagi hari, mereka tampak misterius. Truk, bus, dan mobil melaju ke arah berlawanan. Perekonomian Goan terutama bergantung pada pariwisata; Abe mengetahuinya.

"Asalmu dari mana?" Sopir itu bertanya pada Abe.

"Saya dari Kalikut. Tapi sembilan bulan terakhir saya di Goa," jawab Abe

"Kamu mungkin bekerja di sini?" Sopir itu bertanya.

"Ya," jawab Abe singkat.

"Sebagai asisten, saya bekerja dengan Guru saya selama sepuluh tahun hingga saya berusia dua puluh lima tahun. Saya pergi bersamanya ke seluruh India dan Pakistan, Bangladesh dan Nepal. Dia memperlakukan saya dengan baik. Anda sangat jarang melihat orang baik seperti Sardar Ranbir Singh. Dia berhati emas," kata pengemudi itu sambil menghela nafas.

"Dimana dia sekarang?" tanya Abe.

"Guruku sudah tidak ada lagi. Mereka membunuhnya di depan mata saya," kata pengemudi itu dengan suara rendah.

Abe tidak bereaksi, dan terjadi keheningan yang lama. Pengemudi itu berkonsentrasi penuh pada mengemudinya.

"Kami akan pergi ke Delhi. Butuh waktu berhari-hari untuk sampai ke sana. Dalam perjalanan, kami istirahat beberapa jam, dan malamnya kami tidur. Saya telah belajar dari pengalaman bahwa tidur malam yang nyenyak diperlukan agar berkendara bebas kecelakaan. Setelah saya mengemudi selama enam jam terus menerus, saya istirahat, dan dia akan mengemudi selama tiga jam berturut-turut. Dia punya SIM," kata pengemudi itu tentang asistennya.

"Setelah sampai di Delhi, kami mengambil cuti dua hari. Sekali lagi kami memulai perjalanan pulang dan, dalam sebulan, kami melakukan dua perjalanan ke Goa. Saya punya rumah di Vaishali, di seberang Sungai Yamuna. Vaishali adalah bagian dari Delhi," pengemudi itu berhenti sejenak, lalu bertanya: "Apakah Anda pernah ke Delhi?"

"Ya," kata Abe.

"Di mana?" Sopir itu bertanya.

"Saya belajar di sana, di Institut Teknologi India," kata Abe."

"Ya Tuhan, Anda seorang insinyur dari IIT. Ini adalah universitas yang sangat terkenal sehingga hanya satu dari seratus ribu yang diterima. Saya tidak pernah tahu Anda adalah pria yang cerdas dan berpendidikan. Saya sangat senang bertemu dengan Anda, "seru pengemudi itu.

"Saya senang bertemu dengan Anda," kata Abe.

"Saya mempunyai dua anak perempuan. Keduanya ingin menjadi insinyur. Yang tertua berusia empat belas tahun dan duduk di kelas sembilan; yang termuda berumur sepuluh tahun; dia di kelas lima. Mereka bermimpi masuk IIT untuk Ilmu Komputer,' cerita sang pengemudi.

"Senang rasanya memiliki mimpi. Anak-anak harus mempunyai rencana jangka panjang untuk studinya yang lebih tinggi. Anda harus mendorong mereka," kata Abe.

"Tentu saja itu adalah mimpiku. Saya mencintai kedua putri saya. Mereka luar biasa dalam studi mereka. Saya yakin suatu saat mereka akan menjadi insinyur, bekerja di perusahaan-perusahaan ternama dunia," ungkap sang pengemudi.

'Saya yakin; Kalau mereka punya keinginan yang kuat, mereka bisa mewujudkannya," komentar Abe.

Mereka mulai mendaki Ghats Barat. Jalan raya menyempit, perjalanan menjadi berat, dan truk perlahan bergerak zigzag di dalam hutan. Pengemudi berhenti berbicara dan berkonsentrasi sepenuhnya pada mengemudi. Abe mengenal Ghat Barat, juga dikenal sebagai Sahyadri, yang melindungi pantai Malabar, mulai dari Gujarat selatan dan berakhir di dekat Kanyakumari. Butuh waktu hampir dua jam untuk melintasi pegunungan. Saat itu sudah pukul tujuh pagi ketika mereka mencapai ujung barat daya Dataran Tinggi Deccan. Sopir menghentikan truknya di dekat sebuah restoran pinggir jalan dan membangunkan asistennya dari tidur nyenyak. Mereka semua sarapan di sana, dan Abe tahu itu hari Senin dan makan pertamanya setelah sarapan bersama Grace pada hari Minggu pagi.

Sopir menyalakan truk lagi.

"Berkendara di dataran berbeda dengan berkendara di jalan pegunungan. Guru saya adalah pengemudi yang luar biasa, dan dia bisa mengemudi ke mana saja dengan élan. Dia berbeda. Saya bertemu dengannya ketika saya berumur lima belas tahun. Dia tahu aku yatim piatu, dan dia memberiku sebuah rumah. Saya adalah seorang Hindu; dia seorang Sikh, tapi dia tidak pernah membeda-bedakan agama. Tapi dia dibunuh, karena agamanya," kata pengemudi tersebut berhenti berbicara selama beberapa waktu.

Abe mengawasinya mengemudi. Dia tampak agung, dan gerakan tangannya sangat teliti. Dia tidak pernah melihat ke samping, tidak lebih dari sedetik.

"Mengapa dan siapa yang membunuhnya?" tanya Abel.

"Saya masih menanyakan pertanyaan itu setiap hari. Sardar Ranbir Singh sedang mengemudi dari Mumbai ke Delhi, memasuki Delhi. Suatu hari setelah penjaga keamanannya membunuh Indira Gandhi, perdana menteri. Pada tanggal tiga puluh satu, Oktober, seribu sembilan ratus delapan puluh empat, kami melihat sekelompok kecil orang datang membawa pedang dan tongkat baja. Mereka mengitari truk dan meminta Sardarji keluar. Mereka tahu dia seorang Sikh dari janggut dan sorbannya. Dia menghentikan truk dan berlari. Tapi mereka menangkapnya, mengalahkannya. Dan di depan mataku, mereka menghancurkan kepalanya. Aku masih ingat kejadian itu, wajahnya yang berlumuran darah. Saya menangis keras dan meminta mereka untuk membunuh saya juga. Mereka tidak membunuh saya karena saya bukan seorang Sikh. Pemimpin mereka menampar saya berulang kali, meminta saya lari. Aku sering teringat wajahnya, pria yang menamparku. Saya telah melihat fotonya berkali-kali di koran. Dia adalah pemimpin partai Kongres. Belakangan, saya mengetahui bahwa setelah Indira Gandhi ditembak oleh pengawalnya, terjadi kerusuhan, dan ribuan orang tak berdosa dibantai." Sekali lagi, terjadi keheningan yang lama.

Abe mendengarkannya tanpa berkomentar apa pun.

"Mereka membakar truk itu," lanjut pengemudi itu.

"Siapa mereka?" tanya Abel.

"Mereka semua adalah pekerja Partai Kongres, dipimpin oleh para pemimpin lokalnya. Mereka memburu kaum Sikh, kaum Sikh yang tidak bersalah, yang tidak ada hubungannya dengan pembunuhan Indira Gandhi. Anggota Kongres tersebut membunuh lebih dari tiga ribu orang Sikh di Delhi saja. Dan pogrom menyebar ke lebih dari empat puluh kota besar dan kecil di seluruh India. Lebih dari sepuluh ribu orang Sikh dibantai. Mereka menyelamatkanku karena aku adalah Ram Yadav. Saya adalah seorang yatim piatu dari desa terpencil di Champaran, dan seorang Sikh yang penuh kasih dan perhatian merawat saya. Bagi saya, dia adalah manusia terbaik yang pernah saya temui. Tapi anggota Kongres yang gila itu membunuhnya dengan menghancurkan kepalanya." Ada kesedihan yang mendalam dalam suaranya.

"Itu memang kisah yang tragis. Seharusnya itu tidak terjadi," komentar Abe.

"Seharusnya hal itu tidak terjadi; aku berharap setiap hari ketika aku melihat foto Guruku. Saya telah bekerja sebagai asistennya selama sepuluh tahun; itu adalah hari-hari terbaikku. Dia telah membukakan rekening bank untuk saya dan menyetorkan gaji bulanan saya. Saya membeli truk ini lima tahun lalu dengan uang itu dan pinjaman dari bank yang sama. Guru saya adalah Tuhan bagi saya," pengemudi itu terdengar sedih.

"Sardar Ranbir Singh, Gurumu adalah orang baik. Saya salut padanya."

"Dia memang pria yang baik. Dia mengajari saya nilai-nilai luhur. Lihatlah asisten saya, Javed Khan; Saya menjemputnya dari Jalan Agra. Dia tidak punya tempat untuk pergi. Dia juga seorang yatim piatu. Selama delapan tahun terakhir, dia telah bersamaku. Saya telah membuka rekening bank untuknya. Dia akan membeli truknya dalam sepuluh tahun ke depan," pengemudi itu berbicara tentang asistennya, yang sedang tidur setelah sarapan.

Saat itu sekitar jam sepuluh pagi, dan Ram Yadav menghentikan truknya di dekat kedai teh pinggir jalan. Mereka minum teh panas di sana dengan *samosa*. Setelah istirahat lima belas menit, giliran Javed Khan yang mengemudi. Dia pengemudi yang hebat, kata Abe. Ram Yadav duduk di dekat Abe di kursi tengah dan mulai tertidur. Kini suasana di dalam truk benar-benar hening.

Ladang tebu Kolhapur tampak hijau dan subur dengan sawah dan ladang tebu; pohon mangga, nangka, dan kelapa memberikan replika Malabar. Lereng timur Sahyadri tandus sampai Sangli, sebuah kota yang ramai di dekat Dataran Tinggi Dekkan. Hektar-hektar kebun anggur, perawatan gula kapas, dan ladang kacang tanah tersebar di kedua sisi jalan raya. Sekitar pukul satu siang, mereka berhenti di sebuah restoran dekat pompa bensin di tengah perkebunan pisang. Setelah mengisi tangki dengan solar, mereka makan siang. Lalu, sekali lagi, Ram Yadav mulai mengemudi.

"Banyak politisi kita yang merupakan penjahat. Mereka gagal dalam Konstitusi kita. Kami memilih perwakilan kami; sebagian besar menteri dan perdana menteri kita putus asa dan korup, kecuali Nehru. Dialah satu-satunya orang yang serius memikirkan kemajuan negara tanpa alasan egois. Dia bekerja dengan orang-orang di luar agama, kasta, kepercayaan, warna kulit, bahasa, dan latar belakang keluarga. Dengan mendirikan universitas-universitas terbaik kita, seperti IIT dan IIMS, beliau meletakkan dasar bagi India yang mandiri. Nehru mengubah wajah negara kita dengan membangun semua bendungan besar dan menyemangati petani, pekerja, pebisnis, dan industrialis. Dia menekankan kesetaraan status bagi perempuan dan menghancurkan patriarki melalui Kode Hindu. Nehru adalah alasan untuk menghapuskan kelaparan dan kemiskinan dari pelosok-pelosok terpencil di negara ini, karena ia adalah seorang visioner dan seorang tokoh masyarakat. Nehru mengalami kegagalannya. Tapi itu tidak terlalu serius dibandingkan kontribusinya kepada masyarakat India," sang pengemudi menjelaskan secara detail.

"Apa yang kamu katakan adalah fakta." Abe memandang pengemudi itu dengan heran. Dia sangat menyadari sejarah India dan situasi sosial dan politik.

"Anda mungkin bertanya-tanya mengapa saya berbicara sambil mengemudi," kata pengemudi itu tiba-tiba.

"Ya, saya tahu itu," kata Abe.

"Oke, beri tahu saya alasannya," desak pengemudi itu.

"Ada dua alasan. Yang pertama adalah Anda tidak boleh tertidur saat mengemudi."

"Itu hebat. Guruku telah menyuruhku melakukan hal itu karena aku tidur jika aku mengemudi terus menerus selama lebih dari enam jam. Lihat, Javed ini, dia tidak pernah tidur saat mengemudi. Dia berbeda; dia lebih baik dariku," kata Ram Yadav sambil menatap lurus.

"Kamu mengemudi dengan baik," kata Abe.

"Tolong jangan puji aku. Saya mungkin menjadi sombong dan bangga dengan keterampilan saya. Dan itu bisa menimbulkan bencana," pinta Ram Yadav.

"Kamu benar," kata Abe.

"Apa alasan kedua," desak pengemudi itu.

"Anda memiliki banyak pengalaman yang kaya. Anda ingin membaginya dengan orang lain. Pengalaman Anda memiliki kisah kemanusiaan, dan ada banyak hal yang dapat dipelajari darinya. Ini sudah membantu saya untuk merenungkan hubungan antarmanusia. Ada kebutuhan untuk membantu orang-orang yang berada dalam kesulitan, terutama anak-anak." jelas Abel. "Ini juga berbicara tentang kesia-siaan kekerasan politik, kebencian agama, dan hukuman mati tanpa pengadilan," jelas Abe setelah jeda.

"Kamu benar. Pikiran cenderung percaya ketika Anda terus-menerus berbicara dengannya. Pikiran Anda mempercayai Anda dan percaya pada semua yang Anda katakan kepada pikiran. Katakan pada pikiran Anda kebenaran tentang cinta dan keadilan. Jangan pernah menghasut pikiran tentang kebencian, kekerasan dan dendam untuk menghindari pikiran berkembang menjadi jahat. Begitu Anda menjadi jahat, Anda tetap berada pada tahap itu, dan tidak ada jalan keluar atau jalan keluar darinya. Banyak politisi yang jahat dan gagal kembali ke kebaikan; mereka berpikir tentang balas dendam, pemerkosaan dan pembunuhan. Setiap orang yang kita temui sama seperti Anda dan saya. Mereka mempunyai hak-hak tertentu dan martabat yang melekat; tidak ada yang bisa melanggarnya, dan kami menghormati orang lain karena mereka adalah manusia. Ini akan menuntun Anda untuk mencintai kemanusiaan dan menerima semua orang, melupakan latar belakang mereka. Keadilan tidak lain adalah cinta terhadap kemanusiaan," kata pengemudi tersebut.

Kata-katanya menyentuh hati Abe. Apa yang disampaikannya merupakan hikmah dan mengandung nilai-nilai yang mendalam. Tidak perlu menjadi perdana menteri untuk berbicara tentang kebijaksanaan. Perdana menteri, menteri, dan politisi sering kali membenci kemanusiaan; mereka memecah belah orang demi keberadaan mereka dan menciptakan kekerasan untuk bertahan hidup. Mereka memimpin massa yang melakukan hukuman mati tanpa pengadilan di sekitar mereka; menyebarkan kebencian dan konflik; kematian dan kehancuran adalah kontribusi mereka. Kata-kata mereka sangat kuat; mereka dapat mempengaruhi jutaan orang dan mengubah mereka untuk memeluk kejahatan. Para pengikutnya menjadi bersemangat dan siap untuk membenci dan membunuh dalam situasi apa pun karena mereka membenci kebenaran untuk tetap berada di dunia ilusi.

Sekitar pukul empat sore, mereka memasuki pinggiran Pune. Setelah setengah jam perjalanan, Ram Yadav menghentikan truknya.

"Kamu boleh turun ke sini. Stasiun kereta api berjarak sekitar sepuluh km dari sini. Anda dapat bepergian bersama kami ke Delhi jika Anda mau," kata pengemudi tersebut.

"Saya turun di sini," kata Abe sambil mengeluarkan uang tunai sebesar lima ratus rupee dari sakunya. "Biaya Anda," katanya sambil memberikannya kepada pengemudi.

"Tidak, aku tidak boleh mengambil uang darimu. Anda adalah tamu kami. Selain itu, saya belajar banyak hal dari Anda. Anda mengilhami saya untuk mendorong putri saya dalam pendidikan tinggi mereka. Tolong simpan uang itu bersamamu," desak pengemudi itu.

"Saya memberikan uang ini sebagai hadiah untuk studi lanjutan putri Anda. Ini adalah hadiah kecil. Mohon diterima."

"Tentu. Aku akan memberitahu Asha dan Usha bahwa aku bertemu denganmu; Anda menginspirasi putri saya untuk melanjutkan studi lebih tinggi. Terima kasih atas kemurahan hati Anda," sambil menerima uang tunai, kata Ram Yadav.

"Terima kasih. Aku senang jalan-jalan bersamamu," komentar Abe sambil turun dari truk.

"Sampai jumpa," kata pengemudi itu dan melambai pada Abe.

Abe memandangi truk itu hingga hilang dari pandangannya. Kemudian dia naik becak otomatis ke stasiun kereta api. Di sana dia memesan kamar di sebuah penginapan untuk menginap. Ruangan itu bersih dan memiliki kamar mandi dan toilet. Abe makan malam di restoran terdekat, dan sekembalinya, dia mencuci pakaiannya dan tidur sampai keesokan harinya; dia tidak mau bangun dari tempat tidur karena ada keinginan berlebihan untuk tetap di tempat tidur dan Abe takut apakah dia menderita klinomania. Dan dia tidur sampai tengah hari dan memimpikan Grace.

Setelah makan siang, dia keluar dan berjalan-jalan ke kota dengan bus di berbagai tempat sampai dia menemukan papan nama: *Loyola Hall: The Jesuit Training College*. Dia turun ke sana dan berdiri di dekat gerbang. Abe bisa mendengar nyanyian dari dalam, sebuah himne yang familiar, yang biasa dinyanyikan Abe saat masih menjadi murid di St. Joseph's saat Misa. Dia berjalan ke depan dan berdiri memegangi gerbang, dan lagu itu meresap jauh ke dalam hatinya.

Yesus, sentuhlah hatiku.

Sembuhkan dan buatlah aku utuh;

Yesus, sentuhlah hatiku.

Bantu saya melihat tujuan saya lagi;

Ketidakmurnianku membuatku bertekuk lutut;

Yesus selalu memperhatikan kebutuhanku.

Abe berdiri di depan pintu gerbang, dan tiba-tiba pikirannya membawanya ke sekolahnya, dan dia merasakan perubahan dalam hatinya seolah-olah Yesus telah menyentuh hatinya. "Yesus, sentuhlah hatiku," dia melantunkan himne tersebut berulang kali. Kemudian Abe berjalan menuju pondoknya, sekitar dua belas km dari sana, memikirkan tentang shalat; *Yesus menyentuh hatinya* . Dia mungkin sudah membacanya setidaknya seratus kali sampai dia mencapai kamarnya.

Malam itu Abe tidur larut malam. Dia mengenang masa-masa sekolahnya di St. Joseph's dan tentang para Jesuit yang sangat berbakat, terpelajar, pekerja keras, inovatif, dan berpikiran bebas. Penulis, musisi, jurnalis, pembuat film, aktor, pemikir, pendidik, filsuf, aktivis, pekerja sosial, penyair, pelukis, pengembara, gelandangan, pengacara, dokter, seniman, dan ahli astrofisika. Mereka tergabung dalam Serikat Yesus, sebuah kongregasi keagamaan Katolik yang didirikan oleh Ignatius Loyola dan enam temannya di Montmartre, Paris, pada tahun seribu lima ratus tiga puluh empat. Semuanya, kecuali Francis Xavier, adalah mahasiswa Universitas Paris dan menyebut diri mereka Sahabat Yesus. Xavier adalah seorang profesor di Universitas Paris. Paus Paulus Ketiga memberikan izin kepada Ignatius dan teman-temannya untuk menjadi imam. Yakin bahwa reformasi Gereja Katolik dimulai dari individu, mereka mengucapkan kaul kemiskinan, kesucian, dan ketaatan. Mendirikan lebih dari seratus sekolah, perguruan tinggi, dan universitas di seluruh Eropa, mereka memperoleh gelar Master Sekolah Eropa yang paling bijaksana, dalam waktu singkat. Abe menghormati mereka karena para Jesuit tidak takut pada apa pun dan mendorong serta mengajarkan beragam filosofi di lembaga pendidikan mereka, bahkan ateisme. Banyak di antara mereka yang tidak takut untuk menyangkal keberadaan Tuhan, sebagaimana dinyatakan dalam Alkitab.

Keesokan paginya, Abe naik bus menuju Loyola Hall. Membuka gerbang merupakan pengalaman yang mendebarkan baginya, karena ini adalah dunia baru. Dia melihat taman di antara bangunan-bangunan yang tampak tenang berdekatan dengan pepohonan hijau dan taman bermain. Tidak ada salib dan patung di luar, tetapi keheningan meresap di mana-mana, meliputi segalanya dan musik menyentuh hati. Ada sebuah kapel besar di sisi kanan pintu masuk, dan dia dapat melihat banyak orang sedang bermeditasi mendalam. Dia berjalan ke depan dan bisa melihat koridor panjang menghadap taman. Di sisi kirinya ada pintu besar dan label nama: Fr. Joe Xavier, SJ dan di bawahnya tertulis: *REKTOR* .

Diantara Para Selibat

Abe berdiri di depan pintu selama beberapa detik. Kemudian dia menekan tombolnya dan terdengar seseorang dari dalam berkata, "Silakan masuk". Abe membuka pintu. Itu adalah ruangan yang luas, dan ada sebuah meja besar, dan di belakangnya, dia bisa melihat seseorang sedang duduk.

"Selamat pagi Ayah, saya Abraham Puthen," sambil mengulurkan tangannya, sapa Abe. "Orang-orang terdekatku memanggilku Abe."

Pria bercelana hitam dan berkemeja putih itu berdiri. Dia pria yang tinggi, tingginya lebih dari enam kaki, Abe memperhatikan. "Selamat pagi anak muda," sambil berjabat tangan dengan Abe, pendeta membalas salam.

"Abe, silakan duduk," Pdt. Joe meminta Abe untuk duduk.

"Pdt. Joe, saya di sini untuk menyatakan keinginan saya untuk bergabung dengan Serikat Yesus," Abe berterus terang

Pendeta itu memandangnya selama beberapa detik untuk menilai niatnya.

"Abe, ini keputusan yang serius. Anda perlu merenungkan pro dan kontra dari keinginan Anda. Anda harus mengevaluasinya dan menganalisis mengapa Anda ingin bergabung dengan Serikat Yesus. Saya ingin mematahkan semangat Anda jika Anda belum memikirkannya dengan cermat."

"Anda bebas mempertanyakan niat saya. Tapi kamu tidak bisa menghilangkan hasratku yang terdalam."

"Abe, banyak pemuda datang ke sini dan mengungkapkan keinginan kuat mereka untuk bergabung dengan Serikat Yesus. Kami mengirim mereka kembali, meminta mereka kembali setelah satu tahun. Namun, mereka tetap merasakan kerinduan yang sama, hasrat yang tak terpadamkan, setelah satu tahun, sebuah harapan yang begitu kuat, mereka bisa melupakan segalanya dalam hidup dan mendengar panggilan *Yesus* ; kami menerimanya. Untuk menjadi anggota Serikat Yesus, Anda memerlukan setidaknya tiga tahun pelatihan, dan untuk menjadi seorang imam, Anda mungkin harus menjalani pendidikan intensif selama sepuluh tahun. Yesus memanggil seorang Jesuit," jelas imam itu.

"Ayah, saya belajar di sekolah Jesuit selama dua belas tahun. Mereka mengajari saya membaca, menulis, berhitung dan berpikir logis. Mereka menanamkan filosofi hidup dalam diri saya, dan saya bebas menerima filosofi apa pun yang menurut saya rasional dan persuasif. Mereka mendorong saya untuk mengembangkan bakat saya untuk menjadi manusia yang lebih baik," cerita Abe.

"Tidak apa-apa. Ini adalah kebenaran universal yang dimiliki oleh para Yesuit serta misi dan visi mereka. Kami bertanggung jawab untuk mendidik setiap orang yang berhubungan dengan kami. Kami mencoba mengubah orang itu menjadi manusia yang berpikir. Di sini saya ingin bertanya, apa panggilan khusus Anda? Bagaimana Anda membalas panggilan Yesus? Bagaimana Anda tahu bahwa panggilan ini dari Yesus?" Pendeta itu sangat jujur.

"Saat aku lahir, kakekku memanggilku Yesus karena aku mirip dengan Babe. Di sekolah, saya adalah Abraham, nama baptis saya. Di sekolah menengah, saya sangat berhasrat untuk menjadi seperti para Yesuit di sekolah saya. Mereka membuat saya terpesona. Saya tidak pernah berpikir serius tentang Yesus. Saya hanya mengikuti keyakinan saya, yang saya terima dari kakek dan nenek saya. Saya tidak pernah mendapat penglihatan tentang Yesus atau keterikatan khusus apa pun dengannya," kata Abe.

"Kedengarannya menarik. Anda tampak jujur dalam kata-kata Anda. Seorang siswa sekolah menengah mungkin tidak memiliki perasaan khusus terhadap Yesus. Dia seharusnya tidak melakukannya. Perasaan khusus Anda, jika ada, hanya bisa muncul kemudian setelah perenungan mendalam. Hal ini perlu dihasilkan dari pemikiran rasional, evaluasi dan analisis kehidupan. Bergabung dengan Serikat Yesus bukanlah sebuah keputusan yang diambil oleh remaja; itu pasti merupakan produk artikulasi otak yang canggih dan bebas emosi, bukan hati. Kami Jesuit percaya pada keputusan yang bebas dari trauma psikologis," kata Fr. Joe menjelaskan.

"Saya percaya pada alasan dan pemikiran logis. Saya mampu berdiskusi dengan orang-orang cerdas tentang ateisme dan teisme. Dan saya yakin pemikiran saya mengenai niat saya untuk bergabung dengan Serikat Yesus tidak bergantung pada apakah saya seorang teis atau atheis. Saya sangat yakin ateisme dan teisme tidak rasional karena keduanya tidak dapat membuktikan atau menyangkal keberadaan Tuhan. Konsep keberadaan tidak ada artinya jika menyangkut Tuhan," jelas Abe posisinya.

"Sampai batas tertentu, saya setuju dengan Anda, Abe, karena tidak ada gunanya membuktikan atau menyangkal keberadaan Tuhan. Perdebatan seperti itu tidak ada hubungannya dengan Tuhan. Ngomong-ngomong, bisakah kamu datang ke sini besok pada waktu yang sama? Saya akan meminta dua rekan Jesuit saya untuk mendiskusikan keinginan Anda untuk bergabung dengan Serikat Yesus bersama Anda. Salah satunya adalah Pastor Mathew Kadan, Dekan Sekolah Pelatihan Jesuit, dan yang lainnya adalah Pastor Sylvester Pinto, Direktur Pembinaan.

Keesokan harinya, Abe sampai di Loyola Hall pada waktu yang bersamaan. Pastor Kadan dan Pastor Pinto sudah menunggunya, membawanya ke ruang konferensi yang bisa menampung sekitar sepuluh orang. Pengaturan tempat duduknya elegan dan nyaman, dan ruangannya memiliki jendela besar.

"Abe, selamat datang. Saya Mathew," sambil berjabat tangan dengan Abe, Pastor Kadan memperkenalkan dirinya.

"Senang bertemu denganmu, Romo Kadan," kata Abe.

"Saya Sylvester," kata Pastor Pinto.

"Hai, Pastor Pinto," sapa Abe.

"Abe, silakan memanggil kami dengan nama depan kami," kata Pastor Kadan.

"Tentu," jawab Abe.

Abe merasa betah bersama mereka. Dia berpikir seolah-olah dia sudah mengenal mereka selama bertahun-tahun. Mathew dan Sylvester memberi tahu Abe tentang orang tua mereka, latar belakang sosial dan pendidikan, kehidupan, dan pekerjaan di Serikat Yesus. Abe memahami bahwa Mathew memiliki gelar doktor di bidang Antropologi dari Brown University dan telah menerbitkan banyak penelitian tentang evolusi manusia. Pinto meraih gelar doktor di bidang Matematika dari Universitas Princeton.

Abe memberi tahu mereka bahwa orang tuanya, yang merupakan profesor di universitas, adalah ateis, meskipun mereka terlahir sebagai Katolik. Mereka menanamkan dalam dirinya nilai-nilai kebebasan, kesetaraan dan keadilan sosial, seperti martabat manusia, yang merupakan manfaat paling penting yang harus dihargai. Soal agama, kakek dan neneknya menjadi sumber pengaruhnya. Meskipun demikian, Abe percaya bahwa konsep Tuhan berkembang sesuai dengan situasi manusia saat ini karena Tuhan tidak bisa menjadi asumsi atau ide yang statis. Baginya, itu harus menjadi ide menarik yang berubah sesuai kebutuhan manusia.

"Abe, tolong terus ceritakan kepada kami tentang latar belakangmu," tanya Sylvester padanya.

Abe menceritakan tentang sekolahnya di St. Joseph's, pertemuannya dengan para Jesuit dan pengaruh mereka terhadap kehidupannya, studinya di Institut Teknologi India di Delhi, pasca-kelulusannya di Universitas Nanyang, dan penelitiannya tentang Kecerdasan Buatan.

"Apakah menurut Anda Kecerdasan Buatan dapat mengambil alih manusia suatu hari nanti?" tanya Mathew.

"Penelitian di banyak universitas menunjukkan AI tidak memiliki motivasi berprestasi, seperti halnya manusia. Meskipun AI dapat menciptakan, mengembangkan, dan memproses pengetahuan, seringkali seratus atau seribu kali lipat lebih banyak daripada manusia, kurangnya motivasi berprestasi yang dimiliki AI mungkin tidak memungkinkan AI menguasai manusia," jawab Abe.

"Mungkinkah manusia dan AI bekerja sama sebagai satu tim untuk mencapai kemajuan manusia," Mathew mengajukan pertanyaan.

"Kemajuan dan pembangunan hanya untuk manusia, karena nilai-nilai hanya menjadi urusan manusia saja. Kita bisa menambahkan lebih banyak lagi pada AI, tapi AI tidak bisa tumbuh secara alami; kelemahan terbesarnya. AI tidak dapat berpikir secara mandiri, karena tidak memiliki pemikiran yang jelas dan memiliki rasa estetika. Ia tidak memiliki empati dan perasaan lain, jadi ini bukanlah kecerdasan semata melainkan kecerdasan yang terjadi secara kebetulan. AI tidak bisa tersenyum, tertawa dan menangis dari hati karena tidak memiliki kesadaran dan hati nurani. Tidak ada rasa sakit, tidak ada kesedihan, tidak ada kecemasan. Kita manusia dapat mengungkapkan kegembiraan saat bertemu dengan orang-orang terdekat dan tersayang serta kebahagiaan bersama orang yang kita cintai. Kita bisa memeluk orang lain dengan cinta. Dan semua kepekaan dan perasaan manusia ini kurang dalam AI, yang hanya berupa mesin. Ia bisa mengalahkan pecatur terbaik jika diprogram dan memainkan piano lebih baik dari pianis terbaik. Namun AI tidak bisa menjadi komposer musik yang lebih baik daripada Mozart, Beethoven, Bach, Chopin, Brahms, dan Tchaikovsky, karena Anda memerlukan perasaan manusia untuk membuat dan menikmati musik. Hamlet, Daffodil, Anna Karenina, The Old Man and the Sea, One Hundred Years of Solitude, The Famished

Road, The Woman in the Dunes, the Chemmen dan Shakuntalam adalah contoh yang sangat baik dari kreativitas manusia. Pieta, Dancing Shiva, dan Sleeping Buddha of Ellora adalah karya seni yang unik. AI tidak akan pernah bisa melukiskan mahakarya yang lebih baik daripada Mona Lisa, Perjamuan Terakhir, Malam Berbintang, Gadis dengan Anting Mutiara, Jeritan, Kebenaran Telanjang, dan Guernica. AI gagal menjadi Tuhan, namun bisa muncul sebagai Hitler, Stalin, Mao, Pol Pot, Idi Amin dan Mussolini, karena kekerasan adalah antitesis dari cinta. Jadi, manusia bisa membentuk AI, tapi kebalikannya adalah hal yang mustahil." jelas Abel.

"Maksudmu manusia adalah yang tertinggi," tanya Mathew.

"Tentu saja, tidak ada kecerdasan yang bisa melampaui kecerdasan manusia di alam semesta yang diamati," kata Abe.

"Mengapa tidak?" Pinto bertanya.

"Karena manusia itu nyata," kata Abe.

"Abe, bisakah kamu menunggu sepuluh menit? Mari kita berdiskusi dengan Pastor Joe," kata Mathew.

Abe menunggu beberapa saat.

Kemudian Pinto dan Mathew masuk bersama Joe.

"Abe, kalau mau, boleh ikut pra-novisiat, sebagai postulan, selama satu tahun, mulai besok, di Sekolah Pelatihan kita," kata Joe.

"Tentu saja, Ayah. Saya akan berada di sini besok pagi," jawab Abe.

Malam itu, Abe membeli setengah lusin celana panjang dan kemeja, barang-barang penting lainnya, dan sebuah koper. Keesokan paginya, dia sampai di Loyola Hall dan Joe, Mathew, dan Sylvester menunggunya di pintu masuk.

"Selamat datang Abe di Jesuit Training College," kata Joe berjabat tangan dengan Abe.

"Terima kasih, Joe," jawab Abe.

Mathew dan Sylvester menyambutnya dan membawa Abe ke bagian pra-novisiat di Kolese tersebut. Itu adalah dunia baru bagi Abe. Ada lima belas pemuda, dari seluruh negeri, untuk masa pra-novisiat, dan Mathew adalah Prefek, yang memperkenalkan Abe kepada semua orang. Mereka adalah lulusan atau pasca sarjana yang memiliki keinginan kuat untuk menjadi

Jesuit. Setiap orang memiliki bilik tersendiri, tempat tidur, lemari dinding, meja dan dua kursi.

Hanya item-item tertentu dalam jadwal yang tidak fleksibel. Bangun jam empat tiga puluh pagi. Pukul setengah lima kurang enam adalah untuk meditasi pribadi di dalam bilik. Setelah itu, selama setengah jam, pembacaan literatur rohani yang sebagian besar ditulis oleh anggota Serikat Yesus. Satu jam dari pukul enam tiga puluh adalah untuk Misa Kudus di kapel, diikuti setengah jam untuk sarapan dan tiga puluh menit waktu luang. Kemudian satu jam untuk membaca dan berbicara di depan umum, satu jam lagi untuk diskusi kelompok, dan lima belas menit istirahat. Satu jam berada di sana untuk bertemu dengan Prefek dengan janji sebelumnya diikuti dengan meditasi lima belas menit. Jam makan siang adalah pukul satu sampai tiga puluh, lalu sampai pukul tiga tiga puluh untuk pekerjaan pribadi, berikutnya setengah jam rehat minum teh. Ada satu jam untuk permainan dan olah raga di luar ruangan, dan dari jam lima sampai jam delapan, itu untuk pekerjaan individu. Makan malam pukul delapan setengah jam dari pukul delapan tiga puluh adalah waktu luang. Pukul sembilan sampai sepuluh adalah doa bersama di kapel, setengah jam berikutnya untuk pekerjaan pribadi, dan enam jam untuk istirahat.

Pada hari libur dan Minggu, ada lebih banyak waktu luang dan waktu pribadi. Sabtu pagi adalah untuk kerja komunitas, dan mereka membersihkan seluruh tempat pada sore hari sampai pukul enam. Hari Minggu adalah untuk jalan-jalan, rekreasi, drama, dan perayaan. Hari raya penting adalah untuk turnamen, film, program budaya, dan kesenangan. Pada awalnya, Abe merasa menyesuaikan diri dengan jadwal waktu sedikit rumit, namun lambat laun, ia menginternalisasikannya, dan baginya, ini adalah langkah pertamanya untuk menjadi seorang Jesuit. Membaca literatur rohani yang ditulis oleh banyak Jesuit teladan merupakan pengalaman yang mendebarkan. Ia membaca sepuluh buku tentang Ignatius Loyola, Francis Xavier, Arnos Padiri, Matteo Ricci, Peter Clever, Sebastian Kappen dan Pedro Arrupe. Kehidupan dan karya Arnos Padiri menginspirasi Abe. Lahir pada tahun 1681 di Lower Saxony, Jerman, Arnos datang ke Kerala pada tahun 1700. Nama aslinya adalah Johann Ernst Hanxlenden, dan orang Malayale memanggilnya Arnos. Ia mempelajari bahasa Malayalam dan Sanskerta serta menulis banyak buku puisi dan artikel dalam keduanya, termasuk Puthen Pana, sebuah epik tentang kehidupan Yesus. Dalam kamus Malayalamnya, dia menjelaskan kata-kata tersebut dalam bahasa Sansekerta dan Portugis. Tata bahasa

Malayalamnya adalah yang pertama oleh orang asing. Terinspirasi oleh budaya dan etos India, Arnos menerbitkan buku tentang tata bahasa Sansekerta dan banyak artikel Latin tentang Weda dan Upanishad. Max Muller menganggapnya sebagai inspirasi.

Abe mendapatkan inspirasi dari orang-orang tersebut serta ide dan misi mereka. Mereka menyemangati Abe dan menciptakan keinginan yang tak terpadamkan untuk mengetahui lebih banyak tentang para Sahabat Yesus. Ia memupuk kecintaannya pada Serikat yang didirikan oleh Ignatius Loyola; prajurit itu berubah menjadi mistik yang menemukan Yesus dalam segala hal.

Sesi berbicara di depan umum setiap hari sangat produktif. Keenam belas postulan, prefek, dan imam lainnya hadir pada acara tersebut. Para postulan harus berbicara tentang suatu topik masing-masing selama tiga menit. Kemudian sesi dibuka untuk diskusi dan evaluasi tema, ide, dan gaya berbicara. Aspek sentral diskusi adalah diksi, dampak, dan kekuatan meyakinkan penonton. Dan semua orang berpartisipasi secara menyeluruh di dalamnya, yang menjadikan proses ini memperkaya dan penuh kekuatan. Sesi berbicara di depan umum membantu Abe memahami teman-temannya dan kepribadian mereka. Secara umum, evaluasi dan analisis setiap pembicara bersifat adil dan obyektif, dan tidak ada seorang pun yang menyimpan dendam terhadap pembicara atau evaluator mana pun.

Prefek mendorong para postulan untuk membaca bacaan tertulis selama lima menit di hadapan audiensi dalam sesi membaca umum. Mereka mengevaluasi bacaan berdasarkan pengucapan, alur penyampaian, kejelasan, dan dampak. Itu memungkinkan mereka untuk berdiri di hadapan orang lain tanpa rasa malu dan takut. Membaca merupakan seni yang dapat mengesankan penontonnya dan menyampaikan pesan yang kuat. Koreksi yang dilakukan oleh orang lain membantu Abe menjadi rendah hati dan menghormati rekan-rekannya serta meningkatkan bakatnya.

Bertemu dengan Mathew merupakan pengalaman yang menyegarkan karena kesungguhannya dalam menyampaikan ide dan pendapat sangat luar biasa. Meskipun ia seorang antropolog, Mathew adalah seorang konselor yang luar biasa, dan Abe merasakan kebebasan mutlak dalam mendiskusikan masalah, ketakutan, dan kecemasannya.

Pastor Joe, Rektor, melatih para postulan dalam melakukan meditasi. Joe membantu mereka duduk dengan nyaman dan menghilangkan semua ketakutan, keinginan, kecemasan, kekhawatiran, kegembiraan, dan bahkan kebahagiaan dari pikiran mereka.

"Pikiran menjadi bebas dari pemikiran apa pun, tanpa batasan," kata Joe sebagai pengantar. "Secara bertahap, pikiran melepaskan diri dari tubuh," tambah Joe.

Butuh waktu bagi Abe untuk mempelajari pelajaran yang diperlukan. Namun, sering kali, selama meditasi, dia dipenuhi dengan pribadi Grace dan kenangannya. Abe menyadari bahwa secara manusiawi mustahil untuk menghilangkan Grace dari pikirannya dan melepaskan diri darinya, dan agak sulit untuk bermeditasi tanpa memikirkannya. Abe mendiskusikan masalah tersebut dengan Joe. Dia mengatakan bahwa perasaannya dan ingatannya yang berulang tentang Grace adalah hal yang wajar. Pelatihan terus-menerus dan latihan yang konsisten selama bertahun-tahun sangat penting untuk bermeditasi tanpa memikirkan objek apa pun.

Jadi, mediasi adalah mengangkat pikiran keluar dari tubuh tanpa sensasi, persepsi, imajinasi, atau penilaian apa pun dan, akhirnya, mengalami diri secara total. Anda menjadi satu dengan Semesta, satu dengan kehampaan.

Selama beberapa bulan, Abe mencoba melakukan apa yang diperintahkan Joe. Tapi dia tidak bisa berkonsentrasi, dan Grace terus-menerus berada di depannya. Berkali-kali Abe membicarakan masalah tersebut dengan Joe. Akhirnya, Joe mengatakan kepadanya bahwa Yesus pun tidak dapat menjadi penengah tanpa gangguan total. Dia dicobai iblis berkali-kali, bahkan selama empat puluh hari meditasinya di padang gurun. Jadi, Joe meminta Abe tidak kecewa.

Abe memberi tahu Joe bahwa dia menganggap Grace sebagai teman dekatnya dan sering kali merasa tidak terpisahkan, menjadi bagian dari hidupnya. Rektor mengatakan memiliki teman lawan jenis adalah hal yang wajar, dan penglihatannya yang berulang-ulang dalam doa dan meditasi bukanlah hal yang salah. Abe mencoba merenung secara mendalam tanpa berkonsentrasi pada apa pun, namun Grace tetap berada dalam hati dan pikirannya.

Akhirnya, Joe menyuruh Abe untuk merenungkan Grace, penampilannya, kecantikannya, penampilannya, nilai-nilainya, perkataannya, tawanya, senyumannya, kesedihannya, dan keberadaannya. Bisa saja mereka menjadi objek meditasi Abe. "Nikmati kehadirannya dalam hidupmu, peluk dia dan dekatkan dia di hatimu. Grace adalah Abe," kata Joe. Abe mencoba teknik baru yang disarankan Joe selama berhari-hari bersama. Hal ini mengubah persepsinya tentang mediasi, doa, dan kesatuan dengan alam semesta. Abe bisa bersama Grace yang dicintainya selama berjam-jam, dan dia memeluk dan menciumnya dalam meditasinya. Itu adalah pengalaman paling menyenangkan baginya.

Pastor Joe menjelaskan bahwa Santo Theresa dari Avila telah menggunakan teknik yang sama dalam mediasinya. Dia menganggap Yesus sebagai suami tercintanya, memeluknya, menciumnya, dan berhubungan seks dengannya selama meditasinya. Theresa sering mengalami orgasme bersama Yesus, dan Theresa menggendong Yesus berjam-jam bersama di tempat tidurnya. Dia dapat tetap bersama Yesus tanpa makanan dan minuman selama berhari-hari dalam meditasi dan doa yang mendalam, menikmati keintiman seksualnya dengan Yesus. "Kegembiraan seksual bukanlah sebuah konsep asing, dan merupakan bagian dari meditasi dan doa para Jesuit," jelas Pastor Joe.

Abe mencoba Teknik Theresan dalam meditasinya, dan hasilnya memuaskan, karena tidak ada konflik kepentingan dalam pikirannya. Dia selalu bisa merasa nyaman. Keintiman seksual dalam kontemplasi bukanlah kebejatan melainkan kelicinan. Itu adalah sensasi euforia jatuh cinta pada Rahmat, perasaan yang sama seperti Maria Magdalena dengan Yesus atau Santo Theresa dari Avila dengan Yesus. Dengan demikian, hubungan seksual dengan Grace menjadi bagian integral dalam kehidupan spiritual Abe, yang juga ada di mana-mana dalam kehidupan Yesuit lainnya. Menghindari pemikiran seperti itu akan mempengaruhi keseimbangan kehidupan beragama.

"Kehidupan beragama tanpa perasaan seksual atau pikiran yang tertekan akan mengarah pada lingkungan spiritual yang hambar," kata Pastor Joe. Dan Abe menjadi banyak bicara dengan Grace selama meditasinya dan menikmati keintimannya.

Abe berkeliling taman yang luas di waktu luangnya dan menemukan Aula Loyola memiliki banyak bagian lain selain ruang pra-novisiat. Sekitar dua puluh pemuda berada di sana sebagai novis di gedung lain, menjalani novisiat selama dua tahun. Mereka memiliki kapel dan ruang makan yang berbeda dan tidak ada interaksi yang signifikan dengan para calon. Namun untuk permainan, perayaan seperti Natal, Paskah, Hari Ignatius, Hari

Kemerdekaan, Hari Republik dan Deepawali, para pra-novis dan para samanera berkumpul.

Ada juga Rumah Retret di Loyola Hall, karena para Yesuit sangat populer sebagai pengkhotbah retret dan dianggap modern dalam pemikirannya. Banyak imam dan biarawati dari berbagai keuskupan dan kongregasi religius datang ke sana untuk retret selama tiga hari, tujuh hari, lima belas hari, dan tiga puluh hari berturut-turut. Mereka yang menghadiri retret tidak pernah berbaur dengan para postulan dan novis.

Permainan dan olah raga di luar ruangan adalah wajib bagi semua orang, karena partisipasi dalam kegiatan tersebut sangat penting untuk kesehatan pikiran dan tubuh. Sejak awal, Abe bermain bola basket, dan ada banyak pemain berprestasi di antara para calon dan pemula. Dengan latihan terus menerus, Abe mengembangkan kemampuannya. Ada lapangan untuk bola voli, dan banyak dari para pemula adalah pemain bola voli yang luar biasa. Meskipun terdapat lapangan tenis rumput, permainannya tidak begitu populer.

Keheningan mutlak menyelimuti saat sarapan, makan siang, dan makan malam kecuali hari Minggu dan hari raya. Salah satu calon membacakan dengan lantang beberapa bagian dari buku tentang orang suci saat makan. Dulu ada perayaan pada hari raya, dan semua orang berbicara serta berbagi perasaan dan cerita mereka. Makanan yang disajikan bergizi dan enak tapi tidak mahal. Para Jesuit mempertahankan gaya hidup sederhana, tidak memiliki makanan dan pakaian yang mahal, karena visi dan misi mereka menunjukkan rasa dedikasi terhadap kesejahteraan masyarakat miskin dan kurang mampu. Empati menanamkan tindakan dan aktivitas mereka.

Menyanyi dan memainkan alat musik merupakan bagian integral dari doa bersama. Hampir semua orang menyanyi atau memainkan alat musik, biola, gitar atau piano. Abe mempelajari pelajaran dasar bermain piano dari Sylvester, dan dalam waktu enam bulan, dia mulai bermain piano dalam doa kelompok. Ada juga banyak nyanyian selama Misa harian, sebuah perayaan bagi para Yesuit. Namun terkadang, Abe memikirkan Grace selama Misa, dan Grace tetap bersamanya sampai jemaat menyanyikan himne terakhir.

Setiap Sabtu pagi, semua postulan, novis termasuk para pastor, pergi melakukan kerja sosial sukarela di daerah kumuh, desa-desa terdekat, panti jompo, panti anak-anak, dan wanita terlantar. Semua orang bekerja sampai jam satu siang. Bekerja dengan orang-orang merupakan bagian penting dalam pembentukan dan kehidupan para Yesuit. "Mengasihi orang lain seperti Yesus mengasihimu" adalah prinsip mereka. Abe bekerja di panti jompo selama dua bulan pertama. Dia membantu orang-orang tua, lemah dan lemah dalam bergerak. Tugas utamanya adalah mencuci pakaian, membersihkan rumah, memandikan orang tua, mencukur rambut, mencukur jenggot, dan membantu dokter dan perawat. Dia berada di komunitas kumuh selama tiga bulan berikutnya, membantu orang-orang membangun rumah mereka, membersihkan saluran pembuangan, dan mengajar mereka yang buta huruf membaca dan menulis. Abe selalu menikmati pekerjaan seperti itu, dan dia merasa menyatu dengan masyarakat. Dia sering mengingat antusiasme Grace dalam mengorganisir masyarakat dan bekerja bersama mereka di daerah kumuh Aguada. Grace adalah seorang Jesuit sejati.

Sabtu sore adalah untuk membersihkan seluruh lokasi Loyola Hall, dan semua orang, termasuk Joe, Mathew, dan Sylvester, berpartisipasi dalam kegiatan tersebut. Para Jesuit menganggap membersihkan semua bangunan dan tempat mereka sebagai tugas keagamaan. Mereka bisa menyelesaikan satu putaran pemolesan dalam waktu satu bulan. Pada hari Minggu, mereka pergi jalan-jalan dan panik, memasak makanan di luar ruangan adalah bagian dari piknik, Abe sering menjadi koki, dan semua orang menghargai bakat kulinernya. Permainan, terutama catur, scrabble, dan kartu, tersebar luas. Abe dapat mengalahkan banyak rekannya dalam permainan catur, namun ia mendapati Sylvester memainkan permainan yang sempurna.

Saat senggang, Abe melukis, dan hampir di semua gambar, Grace menjadi subjeknya. Dia melukis wajah kerubinya dari ingatan, terutama dalam gaya impresionistik, dan semuanya memiliki pesona yang sangat halus. Abe menunjukkan tiga lukisannya kepada Joe, dan dia memberi tahu Abe bahwa jika dia bisa menutupi kepala, gambar itu akan terlihat seperti milik Perawan Maria. Sesuai saran Rektor, Abe melukis dua potret Grace dengan coretan kepala berwarna biru muda. Pastor Joe, Mathew dan Sylvester mengagumi lukisan itu, membingkai salah satunya, dan menggantungnya di sisi altar dengan label nama, *Perawan Maria yang Tersenyum*. Rektor mengirimkan gambar kedua kepada Provinsial Serikat Yesus. Dia segera mengirimkan pesan kepada Abe bahwa dia sangat menyukai lukisan itu, dan dia menggantungkannya di kapel, menyebutnya *Perawan Maria dari Pune*. Pastor Joe, Mathew dan Sylvester dengan senang hati menerima surat ucapan selamat dari Provinsial, dan mereka memberikannya kepada Abe dengan banyak pujian.

Bagi Abe, satu tahun sudah hampir berakhir. Sudah waktunya dia mengevaluasi hari-harinya di Loyola Hall. Seperti semua calon lainnya, dia berdiskusi panjang lebar dengan Pastor Joe, Mathew, dan Sylvester. Sudah waktunya bagi mereka untuk memutuskan apakah akan bergabung dengan novisiat untuk menjadi Jesuit. Mereka bebas keluar jika tidak berminat melanjutkan kehidupan beragama. Semuanya harus melakukan retret selama seminggu. Itu dihabiskan dalam meditasi dan doa di bawah bimbingan seorang pendeta. Selama meditasi dan berdoa, Grace selalu ada di benak Abe. Dia membahas masalah ini dengan pendeta, yang membantunya dalam retretnya, dan dia memberi tahu Abe bahwa dia perlu menganggap wajah Grace sama seperti wajah Maria Magdalena. Setelah seminggu, Abe merasa segar dan bersemangat secara rohani. Dia tahu bahwa menyimpan Grace dalam hati dan pikirannya selamanya tidak bertentangan dengan etos spiritual Jesuit. Abe dapat mengubah Grace menjadi Maria Magdalena yang melambangkan kasih sempurna kepada Yesus. Abe memberi tahu Joe, Mathew, dan Sylvester bahwa dia ingin bergabung dengan novisiat untuk menjadi seorang Jesuit. Semua postulan melakukan diskusi pribadi yang panjang dengan Guru Pemula, pendeta yang menjaga pertumbuhan dan pembentukan spiritual para novis.

Hari kedua terakhir adalah doa komunitas, dan setiap orang berdoa agar mereka yang bersedia bergabung ke novisiat. Dari enam belas calon, dua belas telah memutuskan untuk berpartisipasi, dan yang lainnya memilih untuk tidak ikut. Hari terakhir adalah untuk perayaan. Ada misa besar yang diiringi nyanyian, lalu Rektor menetapkannya sebagai hari libur.

Abe akhirnya memutuskan untuk masuk novisiat menjadi anggota Serikat Yesus. Masa novisiat berlangsung selama dua tahun; di akhir masa dua tahunnya, dia akan mengucapkan kaul kemiskinan, kesucian, dan ketaatan. Kemiskinan adalah penolakan untuk memiliki kekayaan materi apa pun, selibat karena menjauhi hubungan seksual dan tidak menikah, serta ketaatan, kesediaan untuk menuruti arahan atasan tanpa ragu. Pastor Lobo, Guru Novis, mengatakan kepada para novis bahwa "pada akhirnya kaul tersebut dimaksudkan untuk melayani umat tanpa pamrih, karena hal ini menciptakan komitmen untuk kesejahteraan umat, karena umat adalah pusat dari Jesuit dan segalanya demi kemuliaan umat yang lebih besar. melalui Yesus." Abe merenungkan kata-katanya untuk waktu yang lama. Grace percaya pada komitmen seperti itu, dan hidupnya dimaksudkan untuk kesejahteraan orang lain, meskipun dia mungkin belum pernah mendengar tentang prinsip-prinsip Jesuit.

Abe dan sebelas temannya bergabung di novisiat. Antony Lobo, master pemula, memiliki gelar pascasarjana di bidang psikologi dari Universitas Pune dan gelar doktor di bidang teologi dari Louvain. Ia pria yang menyenangkan, selalu penuh perhatian dan memberi semangat, dan Abe langsung merasa betah bersamanya. Ada lima belas siswa di tahun kedua dan semuanya berjumlah dua puluh tujuh siswa, dan Abe mengembangkan persahabatan yang mendalam dengan banyak siswa.

Jadwal selanjutnya pada masa novisiat kurang lebih sama dengan jadwal sebelum novisiat, namun terdapat lebih banyak waktu untuk meditasi, refleksi dan doa pribadi. Pekerjaan sosial sukarela berlanjut sebagai bagian integral dari pelatihan para novis, dan Abe menyatakan keinginan dan komitmennya yang besar dalam semua pekerjaannya dengan orang-orang yang membutuhkan. Para novis mempunyai waktu untuk bertemu dan berdiskusi dengan master novis seminggu sekali atau kapanpun mereka merasa perlu untuk bertemu dan berbicara dengannya. Keheningan spiritual yang mendalam terjadi di masa novisiat siang dan malam, kecuali dalam praktik nyanyian dan musik komunitas. Abe mulai bermain piano selama Misa, dan guru pemula menghargainya.

Abe mengetahui bahwa Lobo adalah pemain catur yang baik, dan dia bermain dengannya pada hari libur dan hari raya. Lobo sama tangguhnya dengan Grace dalam bermain catur.

Pastor Sylvester adalah seorang pemain biola luar biasa yang merupakan master paduan suara. Dia juga memainkan piano dengan mudah. Setiap minggu sekali, ada latihan di bawah arahan paduan suara selama tiga jam. Semua pemula dan master pemula berpartisipasi di dalamnya. Program pidato di depan umum berlanjut setiap minggu, karena para Jesuit menganggap berbicara di depan umum sebagai bagian penting dari pekerjaan mereka.

Kehidupan di masa novisiat tenang dan lancar. Suasana penuh doa meresap jauh ke dalam hati Abe, dan dia membawa Grace dalam dirinya bahkan di kapel. Fotonya ditutupi dengan kain biru menghiasi dinding kapel, dan dia memandangnya dengan kekaguman dan cinta yang tak berkurang selama Ekaristi. Grace mendominasi pola pikir dan visinya serta menjadi pusat meditasinya. Hari dan bulan berlalu; Grace tumbuh dalam status dan intensitas, dan Abe menyelinap ke dunia di mana hanya ada dua orang, Grace dan dia. Abe bertransformasi seperti Theresa dari Avila, dan Grace adalah Yesusnya.

Pada tahun kedua, tepat sebelum bulan terakhir, ada program retret satu bulan bagi dua belas samanera untuk mempersiapkan mereka menghadapi tiga kaul, dan guru pemula adalah pengkhotbah retret. Ini adalah sebuah keberangkatan dari kehidupan sehari-hari untuk melakukan refleksi mendalam dan doa selama tiga puluh hari. Salah satu aturan terpenting dalam mediasi satu bulan adalah bahwa semua orang yang menjalani latihan spiritual harus mengheningkan cipta selama dua puluh empat jam setiap hari selama tiga puluh hari. Mereka memisahkan diri dari anggota komunitas lainnya untuk menjalani kehidupan penebusan dosa dan doa. Setiap hari, mereka merenungkan *Latihan Rohani* St. Ignatius Loyola.

Halusinasi peristiwa kehidupan Yesus, mulai dari kelahirannya di palungan di Betlehem hingga kematiannya di kayu salib di luar Yerusalem, merupakan bagian dari meditasi. Pengkhotbah retret adalah seorang pendeta muda yang mendapat pelatihan dari pusat meditasi Jesuit di Lonavala. Kadang-kadang, Abe merasa menciptakan ilusi, yang tidak memiliki validitas logis dan dasar sejarah, merupakan kontraproduktif bagi pertumbuhan spiritual yang kuat, dan Abe menghabiskan banyak waktu untuk berbincang dengan Grace.

Para samanera secara individu mengaku dosa di hadapan guru pemula sebagai bagian dari retret satu bulan. Pengakuan yang dibuat adalah apakah mereka telah melanggar *Sepuluh Perintah Allah* . Dalam pengakuannya, guru pemula bertanya kepada Abe apakah dia pernah melakukan hubungan seksual dengan seorang wanita, dan Abe mengaku dia tidak pernah melakukan hubungan seksual dengan laki-laki atau perempuan. Guru pemula mengatakan seks merupakan bagian integral dari kehidupan manusia, dan persatuan tersebut membangun hubungan yang indah dengan seorang wanita. Kebahagiaan yang diperoleh dari hal itu tidak ada bandingannya, namun para Jesuit menahan diri dari melakukan keintiman seksual dengan orang lain.

Abe mengaku kepada guru pemula tentang pertemuannya dengan Grace, undangannya untuk tinggal bersamanya, dan berbagi tempat tidur serta janjinya. Dia tinggal bersamanya selama sembilan bulan dan tidur di ranjang yang sama di sisinya, tidak pernah menyentuhnya, bahkan secara tidak sengaja. Itu adalah pengalaman yang paling menantang; pernah Abe alami dalam hidupnya. Abe mengatakan kepada guru pemula bahwa dia sering ingin berhubungan seks dengannya, namun dia mengendalikan keinginan terdalamnya dan mengatasi perasaannya, menghormati keyakinan Grace berdasarkan janjinya kepadanya. Abe mengakui kepada master pemula bahwa dia mencintai dan menghormati Grace lebih dari siapa pun. Dia selalu ada dalam pikirannya, bahkan selama mediasi, doa, misa suci, dan dia memikirkannya selamanya. Kasih karunia lebih sering memenuhi pikirannya daripada Yesus.

"Tidak ada salahnya tinggal bersama Grace," kata guru pemula itu. Dia lebih lanjut mengatakan kepadanya bahwa "cinta antara seorang pria dan seorang wanita selalu berharga. Maria Magdalena adalah sahabat karib Yesus. Ada yang mengatakan Yesus melakukan hubungan seksual dengan Maria. Sekalipun mereka berhubungan seks, itu adalah urusan pribadi mereka, dan kita bukan siapa-siapa yang bisa menghakiminya. Yesus mempunyai hak yang sama untuk jatuh cinta kepada Maria Magdalena, dan Maria Magdalena mempunyai hak yang sama untuk jatuh cinta kepada Yesus. Jenis kelamin mereka mengungkapkan cinta, komitmen, dan persatuan hati yang langgeng. Yesus tidak pernah mengucapkan kaul kesucian. Namun jika Yesus menyentuh Maria Magdalena dengan sengaja, tanpa izinnya, maka hal itu merupakan perbuatan salah, pelanggaran terhadap hak Maria," jelas imam itu.

"Jadi, apakah menurut Anda hubungan seks antara dua orang yang saling mencintai dan menghormati satu sama lain bukanlah pelanggaran terhadap *Sepuluh Perintah Allah*," tanya Abe.

"*Sepuluh Perintah Allah* ditulis oleh Musa dan dikaitkan dengan Tuhan bagi bangsa Israel yang melarikan diri dari Mesir. Itu untuk maksud dan konteks tertentu. *Sepuluh Perintah Allah* diperuntukkan bagi orang-orang yang hidup enam ribu tahun yang lalu, sebagian besar adalah orang-orang yang kasar dan tidak beradab. Tujuan utama Musa adalah mengendalikan mereka, mengurangi pertikaian dan pembunuhan. Sekarang zaman telah berubah, dan nilai-nilai telah berubah. Persepsi tentang apa yang baik dan apa yang buruk telah berubah," jawab pendeta itu.

Maksudnya, jika seorang perempuan dan laki-laki saling mencintai, saling menghormati dan saling percaya, maka tidak ada salahnya melakukan hubungan seks di antara mereka, kata Abe.

"Seks adalah ekspresi cinta dan kepercayaan, rasa hormat dan martabat. Jika tidak ada pelanggaran terhadap nilai-nilai ini, seks akan membentuk hubungan yang unik," komentar guru pemula itu.

"Saya tidak berhubungan seks dengan siapa pun, bahkan dengan Grace pun tidak, karena dia tidak menyangka akan berhubungan seks dengan saya, padahal saya sudah sangat ingin berhubungan intim dengan Grace berkali-kali," aku Abe.

"Dalam konteks seperti itu, Anda tidak boleh berhubungan seks dengan seorang perempuan. Seks adalah tindakan tanpa pamrih. Itu adalah tanda sempurna cinta dan kepercayaan. Jika hal ini hilang, seks melanggar hak dan martabat orang lain," tegas Lobo.

"Sekarang, ada kedamaian di hati saya. Saya tidak pernah melanggar hak Grace, tidak pernah merendahkan kepercayaannya, tidak pernah menodai martabatnya," kata Abe.

"Abe, aku mengagumimu. Anda adalah orang yang jujur dan bisa menjadi seorang Jesuit sejati," kata pastor itu.

Abe tahu di akhir masa novisiat bahwa dia akan mengucapkan kaul kemiskinan, kesucian, dan ketaatan untuk menjadi seorang Yesuit. Dengan bersumpah untuk membujang, seorang Jesuit dengan sengaja menghindari kenikmatan seks. Apakah berhubungan seks itu baik atau buruk bukanlah persoalannya, namun mengambil keputusan yang disengaja untuk menjalani hidup tanpa kenikmatan seks mempunyai arti penting dalam kehidupan seorang Jesuit. Jesuit tidak pernah percaya bahwa seks adalah dosa atau tidak berhubungan seks adalah suatu kebajikan, namun selibat adalah cara hidup mereka. Abe teringat pada Grace yang dicintainya. Dia bisa mengendalikan hasratnya dan menjalani kehidupan pantang menyerah bahkan tanpa mengucapkan sumpah keperawanan. Grace jauh lebih unggul dari Jesuit mana pun.

Kegembiraan yang langka ada di hati Abe setelah dia mengaku kepada master pemula. Kini, Grace mempunyai makna baru dalam hidupnya, dan dia lebih sering memikirkan Grace dalam meditasi, doa, dan misa sucinya, dan dia merasa bahagia karena selalu mengingatnya, dan dia menjadi lebih berharga dari Yesus, lebih murni dari Perawan Maria.

Atheis Tuhan

Masa novisiat merupakan pengalaman yang menyenangkan bagi Abe, karena terdapat suasana kebebasan dan lingkungan tanpa kekhawatiran akan dosa. Pada tahun kedua, Abe memulai lukisan baru; itu adalah gaya ekspresionis; temanya adalah Maria Magdalena bertemu Yesus segera setelah kebangkitannya dan memeluk Tuhannya yang telah bangkit. Pekerjaan itu berlanjut selama berbulan-bulan. Maria Magdalena percaya Yesus akan kembali dari kematiannya, dan dia tetap berada di dekat tempat pemakamannya siang dan malam. Tidak ada satu pun murid Yesus yang laki-laki yang mempunyai kemauan dan keberanian untuk berada di tempat Maria Magdalena berada. Dia sendirian siang dan malam. Akhirnya, Yesus menampakkan diri kepadanya. Abe ingin menggambarkan momen-momen mesra itu dalam lukisannya.

Abe yakin Maria Magdalena terus menjalin hubungan intim dengan Yesus bahkan setelah kebangkitannya. Keduanya ingin bersama, karena tidak ada janji di antara mereka untuk tidak sengaja menyentuh satu sama lain. Yesus dan Magdalena saling mengasihi, mempercayai satu sama lain, dan senang saling menyentuh dan membelai satu sama lain. Mereka tetap berada dalam dunia pribadi mereka sendiri.

Untuk menyadarkan para novisiat akan perkembangan ilmu pengetahuan di bidang antropologi, makna hukum dan sosial dari dosa, serta analisis filosofis dan psikologis terhadap konsep Yesus, novisiat mengadakan diskusi panel. Topiknya tentang *Evolusi Homo Sapiens, Konsep Dosa, dan Yesus;* Pertimbangan *ini* berlanjut selama kurang lebih tiga jam. Mathew memulai pengamatannya dengan konsep dosa. Ide ini muncul ketika tidak ada masyarakat sipil yang bisa mengendalikan dan membentuk perilaku manusia. Beberapa pendeta menulis peraturan perilaku dalam suatu kelompok atau masyarakat dan menghubungkannya dengan suatu entitas yang mahakuasa. Bagi mereka, itu adalah makhluk, mahakuasa, mahatahu, dan mahahadir. Laki-laki yang kejam, ganas, pendendam, siap menyerang, waspada terhadap semua orang, bertindak seperti Apophis, Shiva, Zeus, Yahweh, dan Allah. Para pendeta ingin mengontrol dan memerintah masyarakat dengan menciptakan ketakutan. Perenungan mental atau tindakan apa pun yang bertentangan dengan instruksi mereka akan menjadi dosa, suatu tindakan melawan Tuhan. Ketika masyarakat sipil muncul dan berkembang setelah berabad-abad, manusia membuat aturan yang disebut hukum pidana dan perdata yang sesuai untuk menjaga masyarakat melampaui Tuhan. Mereka menggantikan dosa, pendeta dan Tuhan, sebuah momen Galileo. Pertentangan antara dosa dan hukum sipil muncul, membuang dominasi dosa ke tempat sampah. Masyarakat sipil menginginkan penjelasan ilmiah atas realitas yang membawa mereka mencapai kebebasan, sehingga menolak eksploitasi, penaklukan, dan penindasan yang dilakukan pendeta. Dosa menjadi konsep yang tidak masuk akal bagi manusia yang tercerahkan karena bertentangan dengan fakta dan melanggar martabat manusia. Segala sesuatu yang berkaitan dengan iman tidak dapat diverifikasi dan tidak masuk akal, sebuah kesadaran yang memperkaya bahwa hanya mereka yang meninggalkan gagasan tentang dosa dalam kehidupan pribadi, komunitas, dan masyarakat yang bisa bebas, setara dengan orang lain, dan dapat melawan paksaan dan penaklukan.

Setelah melakukan analisis singkat, seorang pemula bertanya apakah konsep dosa mendapat tempat dalam masyarakat beradab.

Dosa mewakili perbudakan dan irasionalitas. Manusia tidak membutuhkan Tuhan untuk membuat hukum dan peraturan bagi manusia karena bersifat rasional. Diberkahi dengan kecerdasan dan kemampuan untuk menciptakan hukum sesuai dengan martabat yang melekat pada dirinya, manusia menolak konsep dosa berdasarkan kebutuhan sosial dan kemajuan ilmu pengetahuan. Mereka yang mengemukakan gagasan tentang dosa tidak memiliki kesadaran akan dunia yang lebih luas dan ilmu pengetahuan. Mereka berada di alam semesta yang statis dan tidak dapat memikirkan apa pun selain kreasionisme, penaklukan manusia. Dunia yang tidak memiliki konsep dosa memiliki kesadaran yang lebih baik terhadap hak asasi manusia dan kesetaraan, khususnya bagi perempuan dan anak-anak. Selain itu, dosa tidak pernah membiarkan masyarakat sipil berkembang. Karena pencarian ilmiah mereka, manusia menemukan bahwa Tuhan tidak menciptakan Alam Semesta; dunia tanpa dosa menjadi dunia tanpa Tuhan. Itu adalah kesadaran filosofis sekaligus ilmiah, pencerahan. Sumbangan Tuhan terhadap kemajuan umat manusia adalah nihil, sedangkan ilmu pengetahuan dan filsafat memberikan sumbangan yang sangat besar terhadap definisi masyarakat yang beradab.

Abe merangkum apa yang disampaikan pembicara dan menanyakan apakah Tuhan dan ilmu evolusi menciptakan dikotomi dalam kehidupan seorang Jesuit.

Antitesis dosa bertentangan dengan tirani para imam dan kediktatoran Tuhan. Manusia adalah produk evolusi. Segala sesuatu yang mereka amati di sekitar mereka berada dalam proses evolusi, yang merupakan hal yang wajar dan tidak dapat dihindari. Tidak ada rencana pasti untuk proses evolusi. Manusia juga berevolusi tanpa rencana yang telah ditentukan sebelumnya. Dari Australopithecus hingga Homo sapiens, evolusi terjadi secara bertahap tanpa adanya rancangan apa pun. Ada beberapa spesies manusia, dan Homo sapiens termasuk di antara mereka. Mereka menciptakan konsep Tuhan, makhluk non-pribadi yang duduk di surga bersama dengan galaksi, bintang, matahari, bulan, tumbuhan, hewan, dan manusia. Ketika manusia mengkonseptualisasikan Tuhan sebagai makhluk individu, muncullah gagasan tentang penciptaan, dominasi, perbudakan, penindasan, penebusan, dan kemuliaan. Itu adalah ide-ide tidak ilmiah yang dihasilkan oleh orang-orang yang tidak mengetahui sains, yang tidak memiliki kesadaran akan Alam Semesta tempat mereka tinggal. Berkat sains dan penciptaan pengetahuan, pencerahan muncul ketika konsep tentang Tuhan tampak tidak relevan. Jesuit menyambut baik filsafat dan ilmu pengetahuan serta menolak takhayul. Mereka mewakili kesejahteraan manusia, kemajuan, dan kemajuan. Jesuit menyatakan bahwa sangat penting untuk menghapus Tuhan dari Alam Semesta. Menerima fakta tidak menimbulkan dikotomi dalam kehidupan mereka.

Siswa lain bertanya apakah yang dimaksud Mathew adalah tidak ada Tuhan dan tidak ada ciptaan.

Tuhan tidak mungkin merupakan fakta obyektif. Konsep Tuhan bersifat subyektif yang muncul dari ketakutan dan imajinasi. Dengan demikian, konsep Tuhan dihasilkan dari interaksi subjektif dan objektif. Untuk memperoleh pengetahuan, manusia menafsirkan suatu objek, namun mereka tidak dapat memiliki kesadaran yang pasti terhadap suatu objek. Suatu objek sebagai objek tidak mungkin ada dalam pikiran, dan oleh karena itu, individu mengamati gambaran objek tersebut, yang bukan merupakan objek spesifik. Jadi, pengetahuan yang mereka terima dari objek tersebut tidak lengkap, dan mereka melampauinya dan menganalisisnya. Dari induksi dan inferensi, mereka menciptakan pengetahuan. Pengetahuan analitis dibatasi oleh ruang, waktu dan konsep.

Jika seseorang tidak mengamati, maka tidak ada pengetahuan. Pengetahuan tentang Tuhan harus merupakan hasil analisis empiris, bukan pemikiran abstrak. Namun tidak ada Tuhan yang empiris, dan manusia menciptakan Tuhan berdasarkan kebutuhan dan situasi manusia. Penciptaan tidak mungkin terjadi seperti ketika Tuhan menciptakan; dia mempertanyakan keberadaannya karena dua makhluk abadi tidak dapat hidup bersama. Selain itu, penciptaan menunjukkan keterbatasan Tuhan, yaitu ketiadaan Tuhan.

Novis lain ingin mengetahui apakah Yesus hanyalah sebuah simbol, bukan seorang individu.

Konsep Yesus hanyalah sebuah simbol, tegas Mathew. Semua hal yang menjadikan Yesus sebagai Injil mungkin tidak relevan, valid, dan dapat diterima oleh dunia modern. Manusia masa kini menolak kelahiran dari Perawan, keajaiban yang dilakukan Yesus, seperti mengubah air menjadi anggur, membangkitkan Lazarus dari kematian, dan terakhir, kebangkitan. Kisah-kisah luar biasa tersebut secara eksplisit diciptakan untuk memberikan harapan kepada orang-orang yang tertindas dan kalah. Itu adalah kisah-kisah yang dipinjam dari bangsa Asyur, Sumeria, Yunani, Mesir, Romawi, dan India, dan akhirnya dipahat sebagai iman oleh St. Paul. Kisah-kisahnya tidak ada relevansinya di zaman modern. Namun para Jesuit percaya kepada Yesus dalam konteks kecintaannya pada kemanusiaan, filantropi, empati dan keadilan. Mereka menginternalisasikan nilai-nilai tersebut dan bekerja demi kesejahteraan manusia. Visi dan misi Jesuit didasarkan pada nilai-nilai tersebut, bukan pada pribadi Yesus yang hanya sekedar mitos.

Bagaimana Mathew bisa menjelaskan konsep Yesus sebagai Tuhan, tanya Abe.

Yesus adalah manusia, tetapi St. Paulus ingin menjadikannya Tuhan. Paulus tidak pernah bertemu Yesus, karena ia hanya mempunyai bukti desas-desus tentang Yesus. Injil, yang ditulis sekitar seratus tahun setelah kematian Yesus, bergantung pada gosip. Paulus tidak mempunyai bukti sejarah tentang Yesus. Selama seratus tahun tersebut, banyak orang yang menciptakan banyak mitos seputar Yesus, sebagaimana nama Yesus yang akrab di Palestina pada masa itu. Ada pengkhotbah, guru, tabib, aktivis, penyihir, fanatik, pemimpin, nabi, dan pejuang melawan Romawi, yang mungkin bernama Yesus. Para penulis Injil menyusun kisah-kisah berbagai orang dalam satu nama. Sifat dari penggabungan itu, mereka sebut Yesus. Jangka waktu seratus tahun merupakan jangka waktu yang lama, terutama pada abad pertama, karena tidak ada fasilitas yang dapat mencatat peristiwa-peristiwa kehidupan secara persis seperti yang terjadi. Bahkan saat ini, manusia menghadapi kebingungan yang sangat besar mengenai peristiwa dalam rentang waktu tertentu, misalnya lima tahun. Ketika para ahli menganalisis historisitas suatu peristiwa yang terjadi selama lima tahun tersebut, mereka mendapatkan hasil yang bertentangan. Orang-orang Kristen mula-mula tidak mengetahui siapa Yesus. Apa yang mereka pelajari adalah simbol kebaikan, empati dan kesejahteraan manusia. Konsep Yesus bagi seorang Jesuit juga sama. Mathew bersifat kategoris.

Abe merenungkan secara mendalam apa yang dikatakan Pastor Mathew dan merasa senang karenanya. Dia pikir hidupnya mempunyai makna dalam konteks itu dan tidak menyia-nyiakannya atas nama mitos dan sihir.

Tak lama kemudian, Abe dan teman-temannya mulai mempersiapkan sumpah mereka setelah menyelesaikan dua tahun sebagai novis. Setelah mengumumkan janji-janji itu, mereka akan disebut anggota Serikat Yesus. Untuk memberikan gambaran yang jelas kepada para novis tentang berbagai sudut pandang teologis tentang Yesus, guru novis mengundang Pastor Thomas Kizhacken, seorang Yesuit muda, untuk memberikan ceramah partisipatif dengan para novis. Pembicaranya mempunyai gelar doktor dari Innsbruck dan berbicara tentang *Ateisme dalam Kekristenan*.

Pada tahun-tahun awal, Kekristenan merupakan gerakan kelompok masyarakat yang tertindas, tertindas, dan termiskin di Palestina, Suriah, Yunani, Turki, dan Roma; Kizhacken memulai pembicaraannya. Itu adalah gerakan melawan orang kaya, penguasa yang berkuasa, dan dewa-dewa mereka yang kejam. Prinsip-prinsip dasar kampanye ini didasarkan pada kisah-kisah Yesus, yang dikenal sebagai Injil. Namun, pada abad kedelapan belas hingga kedua puluh, ketika agama Kristen menjadi agama para penindas, munculah gerakan lain dalam agama Kristen, yang diilhami oleh Nietzsche, Kafka, Heidegger, Camus, Sartre dan para pemikir lainnya, yang disebut Gerakan Ateis dalam Kekristenan. Dalam Gospel of Christian Atheism, Thomas Altizer, seorang teolog, menegaskan bahwa "kematian Tuhan adalah final, dan kematian Tuhan telah mewujudkan umat manusia yang baru dan terbebaskan dalam sejarah kita." Altizer memproyeksikan Tuhan sebagai "musuh manusia karena umat manusia tidak akan pernah bisa mencapai potensi maksimalnya selama Tuhan masih ada."

Bagaimana Kizhaken membedakan Yesus dari Tuhan? Abe bertanya.

Bagi kaum ateis, Yesus bukanlah Tuhan melainkan manusia yang baik. Itulah alasan Ernest Hamilton, "kata Yesus berarti menjadi manusia, menolong manusia lain, dan memajukan umat manusia."

Apa yang disebut oleh para teolog tersebut sebagai gerakan mereka? Seorang pemula bertanya.

Mereka menyebut gerakan mereka *Jesuisme,* yang landasannya berasal dari Injil. Namun mereka yang percaya pada Jesuisme menolak konsep Kristus dan Tuhan.

Apa prinsip Yesusisme? Pemula lainnya bertanya.

Jesuisme tidak ada hubungannya dengan Kristus, dan filosofi utamanya adalah penolakan terhadap Kristus sebagai Tuhan. Mereka memisahkan Yesus dari Kristus. Bagi mereka, Yesus adalah nyata, dan Kristus adalah mitos. Namun bagi mereka, Yesus adalah sumber, makna dan teladan kehidupan yang baik. Mereka menegaskan bahwa orang diharapkan berjuang demi kesejahteraan dan kemajuan masyarakat, seperti para Jesuit.

Apakah Jesuit percaya pada Jesuisme, tanya Abe.

Para Yesuit secara bertahap mengubah posisi mereka. Bagi mereka, Yesus adalah orang baik. Dia bukan Kristus dan karenanya, bukan Tuhan, pencipta alam semesta. Yesus mungkin hanya mitos, tapi yang penting adalah gagasan di sekelilingnya yang digambarkan dalam Injil. Konsep keadilan berkembang berdasarkan dakwahnya dan berkembang pada dua milenium sebelumnya. Konsep keadilan Ambedkar, John Rawls, Michael Sandel dan Nelson Mandela mirip dengan konsep Yesus. Jesuit membela hak-hak, menghormati individu, dan menjunjung tinggi martabat manusia tanpa mempertimbangkan gagasan kepemilikan diri, yang merupakan inti dari keadilan dan Jesuisme.

Tiba-tiba Abe teringat pada Grace dan perkataannya: "Keadilan bisa terwujud tanpa kepemilikan diri. Kelebihan, kemampuan, kapasitas, bakat, latar belakang, dan kebajikan seseorang bukanlah kriteria keadilan. Faktanya, hal ini didasarkan pada konsep martabat manusia."

Apa posisi fundamental Yesus tentang keadilan? Pemula lainnya bertanya.

Prinsip dasar Yesusisme adalah kasih. Itu adalah keyakinan utama para Jesuit. Namun Jesuisme menolak Tuhan yang mahakuasa. Jawab pembicara.

Apakah kaum Yesuit menolak Tuhan yang mahakuasa adalah pertanyaan lain.

Tuhan bukanlah sebuah pribadi, namun sebuah simbol, sebuah ide bagi para Jesuit. "Ketika Anda menolak keilahian Kristus, Anda menerima kemanusiaan Yesus dan kasih-Nya. Kristus yang ilahi tidak dapat mengasihi; hanya manusia Yesus yang bisa mengasihi orang lain," lanjut pembicara.

Bagaimana dia menghubungkan Jesuisme dengan Jesuit?" Seseorang dari penonton bertanya.

St Paulus menciptakan Kristus. Kristus adalah suatu rumusan teologis dan tidak ada hubungannya dengan Yesus dari Nazaret. Manusia Yesus itu radikal, dan pengaruhnya terhadap kemanusiaan dan kebudayaan sangat luas. Karl Rahner, seorang teolog Jesuit dan profesor di Universitas Innsbruck, menyebut Jesuisme berfokus pada kehidupan dan meniru kehidupan Yesus. Beberapa orang mengatakan Rahner meninggal sebagai seorang ateis. Jawab Kizhaken.

"Apakah Gereja memberitakan pesan Yesus dengan jujur?" tanya Abel.

"Owen Flanagan, seorang profesor di Duke University, mengatakan bahwa Gereja tidak mendukung pemberitaan Yesus dengan jujur, karena Gereja mencoba untuk mengangkat Dia sebagai Tuhan," jawab pendeta itu.

Apakah Yesus adalah Tuhan?

Tidak. Yesus adalah manusia, sama seperti orang lain. Semakin banyak Jesuit yang menerima posisi ini. Jika Anda mengangkat Yesus ke tingkat Ketuhanan, Anda mencoba melarikan diri dari Yesus yang sebenarnya. Bacalah Injil, dan Anda akan menemukan bahwa dia adalah manusia yang berdaging dan berdarah dan tidak pernah mengklaim bahwa dia adalah Tuhan. Di Jerman, Johan Eichborn menerapkan metode kritis modern dalam membaca Injil. Ia menemukan bahwa penulis tak dikenal menulis Injil lebih dari seratus tahun setelah kematian Yesus; Injil mewakili legenda dan mitos. Menurut Ludwig Feuerbach, Tuhan Kristen adalah konstruksi manusia yang menindas. Jadi, keimanan kepada Tuhan tidak lain hanyalah kepercayaan manusia terhadap manusia yang zalim. Feuerbach menegaskan bahwa iman kepada Tuhan tidak ada apa-apanya di luar kemanusiaan, dan "gagasan tentang Tuhan telah menghilangkan rasa percaya diri umat Kristiani," jelas pembicara.

Apakah Yesus seorang pengungsi? Ada pertanyaan lain dari penonton.

Sesuai cerita Injil, Yesus adalah seorang pengungsi. Saat masih bayi, orang tuanya membawanya ke Mesir untuk mencari suaka. Mungkin orang Mesir bersikap baik terhadap Yesus, Maria dan Yusuf. Mereka mungkin telah tinggal di Mesir selama beberapa tahun. Ada jutaan orang di dunia ini yang menjadi migran, tunawisma, dan pencari suaka. Jesuisme menjunjung tinggi perlunya berempati terhadap para tunawisma dan migran.

Apakah Yesus seorang ateis? tanya Abel.

Kemungkinan besar, Yesus adalah seorang ateis. Dia berpura-pura menjadi seorang teis untuk bekerja dengan orang-orang Yahudi ortodoks. Inti dari ateisme Yahudi dan Christina terdiri dari ketidakhadiran Tuhan; seperti yang ditegaskan Stephan Hawking, "surga hanyalah mitos" . Teori Evolusi Darwin benar-benar menghancurkan gagasan kreasionisme, dan teori seleksi alam membuktikan tidak ada bukti ilmiah tentang keberadaan Tuhan. Freud menganggap "tidak perlu membenarkan ateisme karena kebenarannya sudah terbukti dengan sendirinya" . Bagi Paus, Adolf Hitler adalah "keajaiban Tuhan". Oleh karena itu, gereja Katolik dengan mudah menerima Nazisme sebagai cara hidup dan menolak mengutuk Holocaust. Posisi ini menyebabkan banyak orang menolak Tuhan, Kristus, dan agama di Eropa dan Amerika. Jadi, ateisme Kristen menolak Kristus. Mereka hanya percaya pada Yesus sebagai manusia, yang bukan Tuhan. Posisi ini memberi harapan bagi kaum muda. Hidup menjadi bermakna ketika mereka mengalami otonomi, keadilan dan harapan. Itulah posisi dari semakin banyak Jesuit. Demikian disampaikan Pembicara dalam sambutan penutupnya.

Malam itu, lama sekali Abe memikirkan ide yang diusung Kizhacken. Itu adalah pembicaraan yang menarik dan mempunyai pengaruh yang luas dalam pikirannya. Iman kepada Yesus merupakan realitas analitis baginya, dan Yesus adalah seorang manusia. Jesuit percaya pada Jesuisme, kepercayaan pada Yesus sebagai manusia, yang bukan Kristus, bukan Tuhan.

Abe dan rekan-rekannya melakukan retret selama satu minggu sebelum mengucapkan sumpah. Grace adalah teman tetapnya selama meditasi dan doa, dan dia bersukacita atas kehadirannya dengan bermain piano. Akhirnya tibalah hari dimana Abe dan teman-temannya mengucapkan kaul menjadi anggota Serikat Yesus. Ada misa yang besar, dan provinsial

Jesuit adalah selebran utama; Sylvester memimpin paduan suara. Sesaat sebelum pengambilan sumpah, Provinsial memberikan kata pengantar:

"Saudara-saudaraku yang terkasih, hari ini kalian akan menjadi anggota Serikat Yesus. Saya mendorong Anda untuk merenungkan Yesus dan berusaha menjadi seperti dia. Bukalah hatimu, dan rayakan hidup untuk menjadi seperti Yesus. Jika Anda menginginkan cinta, berikan cinta; jika Anda menginginkan kebenaran, jadilah jujur; jika Anda ingin mendapatkan rasa hormat, berikan rasa hormat. Apa yang Anda berikan kepada orang lain akan kembali kepada Anda dalam bentuk yang berlipat ganda, dan Anda menjadi seperti Yesus."

Sebelum persembahan, semua samanera berlutut di depan altar. Pastor Provinsi membacakan doa tersebut, dan para novis mengulanginya, mengucapkan kaul kemiskinan, kesucian dan ketaatan. Abe menjadi seorang Jesuit, seperti Pastor Provinsial, Lobo, Joe, Mathew, Sylvester, Antony, dan Kizhackan. Dalam homilinya, Lobo mengatakan, "suatu perjalanan tidak memerlukan jalan melainkan hanya kerelaan hati". Lebih lanjut beliau mengatakan, "memiliki kemauan untuk membantu dan melayani orang-orang seperti Yesus".

Dalam sambutannya, Mathew mengatakan: "Cintailah manusia, namun cinta yang Anda ungkapkan, tidak boleh seperti danau yang airnya ditampung tanpa ada saluran keluarnya. Biarkan cintamu menjadi aliran mengalir yang memuaskan dahaga banyak orang di mana pun. Kasih seorang Jesuit terus berkembang, tidak terpusat pada satu orang saja."

Sebagai catatan penutup, Sylvester menyebutkan: "ada jarak tak terhingga antara seorang pria dan kekasihnya. Cintai jarak, dan Anda memperkaya cinta Anda dengan merasakan kekasih Anda dalam pelukan Anda. Bagi seorang Jesuit, Yesus adalah kekasihnya."

Pastor provinsial bertanya apakah ada anggota Yesuit baru yang ingin berbicara, dan Abe berkata: "Mencintai satu sama lain seperti Anda mencintai diri sendiri adalah tugas yang paling sulit. Namun ketika saya melihat diri saya pada orang lain, merawat orang itu menjadi tugas yang lebih mudah. Dan ketika aku mencintai orang lain, orang itu ada di dalam diriku." Saat berbicara, Abe bisa merasakan keharuman Grace yang berkali-kali ia rasakan ketika ia berdiri di dekatnya di dapur, di dekat kompor, bermain catur dengannya, menyanyikan lagu-lagu film Hindi sambil duduk di sampingnya. Kedekatan yang lembut ketika mereka bepergian bersama dengan bus, kapal feri, atau tidur di sisinya. Jaraknya dari Grace berkurang, dan Grace menjadi bagian dari hidupnya. Sebelum meninggalkan kapel, Abe melihat foto Grace, lukisannya dengan penutup kepala berwarna biru, perawan yang menggoda, digantung di samping altar sebagai Perawan Maria.

Rektor menyatakan hari itu sebagai hari libur. Sore harinya, Abe dan teman-temannya mementaskan sandiwara satu babak, Yesus memberi makan orang banyak, dan Abe berperan sebagai Yesus. Jika Grace ada di sana, dia akan memintanya untuk berpartisipasi dalam drama tersebut sebagai Maria Magdalena, membantu Yesus membagikan makanan kepada orang banyak.

Dalam seminggu setelah upacara pengambilan sumpah para novis, Pastor Provinsi berdiskusi panjang lebar dengan seluruh Yesuit baru. Setelah mengucapkan kaul, sudah menjadi kebiasaan untuk mengirimkan anggota baru ke "kabupaten", bekerja dengan masyarakat, mengajar di sekolah dan perguruan tinggi yang dikelola oleh Serikat Yesus selama satu tahun atau bekerja di komunitas terbuka. Pilihannya adalah bekerja dengan orang-orang di daerah kumuh, penghuni trotoar, orang-orang terlantar, gelandangan, orang-orang yang tidak bisa bersuara, tertindas, tertindas, dan tunawisma. Beberapa dari mereka pergi ke lembaga-lembaga yang dijalankan oleh organisasi-organisasi sukarela, seperti panti asuhan, tempat penampungan para janda, dan mereka yang memiliki keterbatasan fisik dan intelektual. Individu bebas mengambil keputusan sesuai pilihannya. Para Jesuit ingin bersama orang-orang, mereka yang dieksploitasi, berbagi beban dan membantu mereka mengatasi masalah tersebut. Menjalani kehidupan yang sederhana, banyak dari mereka yang menjadi aktivis dan menginspirasi orang-orang dari belakang. Dipengaruhi oleh filosofi Paulo Freire, Sebastian Kappen dan Samuel Rayan, para Jesuit memahami arti kemiskinan, buta huruf dan kesehatan yang buruk. Tidak pernah menjadi bagian dari kemewahan dan kenyamanan, mereka menolak menolak kaum terbuang untuk menyatu dengan umat manusia yang menderita, mengaktualisasikan teologi pembebasan dan komunisme.

Abe pindah ke tempat tinggal baru bernama Pusat Karya Masyarakat. Pastor Thomas Vadaken, seorang pastor Yesuit dan lulusan pasca sarjana Pekerjaan Sosial dari Nirmala Niketan, mengelola Pusat tersebut. Abe dan beberapa orang lainnya terlibat dalam kegiatan filantropis yang berbeda di berbagai wilayah kota dan pedesaan. Membantu kelompok masyarakat termiskin, terutama mencarikan pekerjaan, menyediakan makanan, tempat tinggal, pakaian, pendidikan anak-anak, dan layanan kesehatan dasar, adalah tugas utama para Yesuit tersebut. Vadaken mengoordinasikan semua kegiatan dengan sempurna.

Para Jesuit baru berpindah tempat kerja setiap tiga bulan untuk memberikan pengalaman beragam kepada mereka yang terlibat dalam organisasi komunitas. Salah satu alasan pemindahan tersebut adalah agar para Jesuit muda tidak mengembangkan kepentingan pribadi yang tidak semestinya terhadap orang-orang yang bekerja bersama mereka. Selain itu, mereka dapat melepaskan diri sepenuhnya dari apa pun yang mereka sukai atau ingin lakukan. Detasemen adalah nilai yang dihargai oleh para Jesuit secara individu dan kolektif, yang diwarisi dari Ignatius Loyola.

Abe lebih memilih bergabung dengan komunitas pekerja migran yang terbuka. Karena Pune adalah kota yang berkembang pesat, banyak industri bermunculan di desa-desa terdekat. Ribuan pekerja migran dari seluruh India sibuk siang dan malam dalam kegiatan pembangunan kompleks industri, gedung, apartemen, dan vila di seluruh pelosok kota yang terus berkembang. Perekonomian berkembang pesat karena globalisasi, industrialisasi, dan liberalisasi.

Banyak pekerja migran dari UP, Bihar, Bengal, Assam, dan Orissa bekerja di seluruh penjuru kota. Namun fasilitas hidup yang diberikan kepada para pekerja tersebut sangat tidak memadai. Sebagian besar dari mereka tinggal di trotoar dan gubuk di pinggir rel kereta api dan jalan raya. Sejumlah besar pekerja yang mengambang juga berkeliaran di lokasi konstruksi di wilayah miskin kota, mencari akomodasi bersama keluarga mereka. Kebanyakan buruh menjalani kehidupan yang menyedihkan namun lebih baik daripada yang bisa mereka alami di Bihar, UP dan Uttarakhand.

Abe mulai mengunjungi keluarga-keluarga tersebut untuk mengetahui besarnya kelaparan dan kemiskinan di daerah-daerah yang paling miskin. Setelah mengunjungi sekitar seratus keluarga, dia dapat menemukan sekitar delapan keluarga, yang memiliki sangat sedikit makanan untuk dimakan karena semuanya adalah kepala keluarga perempuan. Para perempuan tersebut tidak memiliki pekerjaan dan mata pencaharian. Karena berbagai alasan, mereka tidak bisa meninggalkan gubuknya untuk mencari pekerjaan atau memungut barang bekas dari sana sini untuk dijual ke pedagang barang bekas dan mencari nafkah. Delapan keluarga tersebut memiliki sebelas anak kecil; kondisi mereka menyedihkan. Pastor Vadaken mengumpulkan bahan makanan untuk anak-anak dan perempuan melalui lembaga sponsor. Badan tersebut setuju untuk menyediakan makanan kepada mereka secara teratur sehingga anak-anak tersebut tidak menderita kelaparan.

Sementara itu, Abe mencari pekerjaan bagi perempuan di keluarga tersebut dan menghubungi seorang profesor di perguruan tinggi Pekerjaan Sosial setempat. Radha Mane, profesor yang bertanggung jawab atas kegiatan lapangan, berjanji kepada Abe bahwa dia akan mengunjungi keluarga-keluarga tersebut bersama murid-muridnya, dan dalam dua hari, Radha Mane mengunjungi keluarga-keluarga tersebut. Abe memperkenalkan dia dan para siswa pendampingnya kepada para wanita di delapan keluarga tersebut, dan sang profesor mengobrol panjang lebar dengan mereka. Dalam seminggu, Mane memberi tahu Abe, dia mendapatkan pekerjaan untuk semua perempuan di sebuah organisasi yang dikenal sebagai Women's Self Employment Center sebagai pekerja penuh waktu untuk mengemas biji-bijian dan lentil di tiga mal kota. Karena tidak ada orang dewasa dalam keluarga, anak-anak membutuhkan rasa aman. Ada empat bayi di bawah usia lima tahun, dan sisanya berusia enam hingga sepuluh tahun. Radha Mane membantu Abe memasukkan semua bayi ke fasilitas penitipan anak yang dikelola oleh perusahaan kota, Anganwadi, dan sekolah negeri setempat.

Dalam waktu dua bulan, Abe dapat mengunjungi sekitar tiga ratus lima puluh keluarga dan membantu sekitar empat puluh perempuan dan laki-laki untuk mendapatkan pekerjaan atau memungkinkan mereka mengembangkan fasilitas wirausaha. Karena terdapat ribuan keluarga migran yang tidak memiliki akomodasi, pekerjaan, layanan kesehatan, dan fasilitas pendidikan yang layak, Abe membuat rencana rinci untuk membantu mereka dalam pekerjaan sosial. Radha Mane mengirimkan sekitar sepuluh siswa untuk bekerja dengan Abe dua kali seminggu sebagai bagian dari pengembangan keterampilan dan kerja lapangan mereka. Mahasiswa yang menjalani program magister pekerjaan sosial selama dua tahun menunjukkan komitmen yang tinggi. Mereka berjanji kepada Abe bahwa mereka akan terus bekerja dengan populasi migran meskipun dia tidak ada. Social Work College merencanakan dan mengembangkan proyek kerja lapangan selama lima tahun yang akan memberikan manfaat bagi komunitas migran dalam waktu dua minggu. Pihak Kolese mengundang Abe menjadi anggota badan koordinasi.

Pada pertengahan bulan ketiga, Abe menemukan sembilan keluarga; semua Muslim telah bermigrasi dari Ahmedabad, negara bagian Gujarat yang bertetangga. Keluarga-keluarga tersebut memiliki anak-anak kecil, tetapi tidak ada yang memiliki anggota laki-laki dewasa. Abe menemukan sembilan wanita dewasa dan dua puluh sembilan anak-anak; beberapa anak tidak memiliki orang tua. Berkumpul bersama, ketiga puluh delapan orang itu tinggal di dekat rel kereta api, di bawah pohon besar, di tempat terbuka. Kondisi mereka sangat memprihatinkan, tidak ada makanan, pakaian anak-anak sangat sedikit, dan tidak ada tempat untuk tidur. Beberapa anak menderita demam, batuk, pilek, dan ruam kulit, dan semuanya berada dalam kondisi yang memprihatinkan. Banyak anak-anak dan perempuan mengalami luka bakar dan luka di tubuh mereka, dan Abe belum pernah melihat anak-anak dan perempuan dalam situasi tragis seperti itu. Kematian sudah dekat. Meski begitu, para perempuan tersebut belum siap untuk berbicara dengan pihak luar, dan Abe kesulitan mengetahui kondisi mereka yang sebenarnya. Selain itu, semua wanita berhijab, hanya wajah dan jari yang terlihat.

Abe segera memberi tahu Radha Mane, dan bersama sekelompok siswi, dia tiba dalam waktu satu jam. Mereka berdiskusi panjang lebar dengan para perempuan dan anak-anak. Kemudian Radha memberi tahu Abe bahwa perempuan dan anak-anak tersebut adalah pengungsi dari Ahmedabad yang melarikan diri dari pembalasan, kekerasan, dan kerusuhan di Gujarat. Kaum fanatik agama membantai semua laki-laki mereka. Abe telah membaca tentang pembunuhan massal yang terjadi di Gujarat pada minggu sebelumnya. Berita tentang pogrom masih berdatangan dari beberapa surat kabar dan saluran TV, namun dia tidak pernah menyangka akan separah ini.

"Mereka membutuhkan perawatan medis segera, makanan, pakaian dan tempat tinggal," kata Abe.

"Tentu saja, tapi kita harus segera memberi tahu polisi tentang parahnya situasi ini," kata Radha saat menelepon polisi.

Dalam sepuluh menit, polisi dari kantor polisi setempat dan polisi kereta api tiba.

Ada tiga polisi wanita, dan mereka berbicara dengan para wanita tersebut. Kemudian inspektur polisi berbicara dengan polisi kereta api.

"Mereka akan dipindahkan dari jalur kereta api," kata polisi kereta api kepada Abe dan Radha.

"Mereka membutuhkan perawatan medis segera, makanan dan pakaian," kata Abe kepada inspektur polisi.

"Anda tidak boleh ikut campur; polisi dapat menangani kasus ini dengan baik," jawab inspektur itu.

"Tetapi ini adalah krisis kemanusiaan," kata Abe.

"Saya meminta Anda untuk segera meninggalkan tempat itu. Kalau tidak, saya perlu menangkap Anda karena mencampuri pekerjaan polisi," inspektur itu berkata dengan kasar.

Dengan enggan, Abe meninggalkan tempat itu. Inspektur sedang mengobrol dengan Radha.

Abe memberitahu Vadaken tentang kejadian tersebut, dan keesokan harinya, mereka berdua pergi menemui para pengungsi. Namun mereka tidak dapat menemukannya di mana pun. Abe dan Vadaken pergi ke kantor polisi untuk menanyakan tentang para pengungsi. Mereka harus menunggu sekitar tiga jam untuk bertemu inspektur polisi.

"Pak, kami siap menyediakan makanan dan pakaian yang cukup untuk perempuan dan anak-anak tersebut," kata Vadaken kepada inspektur polisi.

"Pemerintah dapat menyediakan makanan, pakaian, perawatan medis, pendidikan, dan tempat tinggal bagi semua orang di India," jawab inspektur polisi tersebut.

"Pak, kami berbicara tentang para pengungsi dari Ahmedabad," kata Vadaken.

"Siapa yang memberitahumu bahwa mereka berasal dari Ahmedabad? Mereka datang dari Moradabad di Uttar Pradesh. Terjadilah pertikaian antara dua sekte Islam. Masalah ini tidak ada hubungannya dengan Gujarat," jelas inspektur polisi tersebut.

Dia sedang memasak cerita. Radha memberitahunya bahwa perempuan dan anak-anak Muslim itu berasal dari Ahmedabad, korban pogrom.

"Pak, dari mana pun mereka berada, kondisinya buruk. Kami siap membantu mereka. Beberapa lembaga sponsor telah sepakat untuk menyediakan makanan, pakaian, dan perawatan medis bagi mereka selama berbulan-bulan," jelas Abe.

"Anda tidak boleh mencampuri pekerjaan pemerintah. Kalian berdua bisa segera meninggalkan tempat itu.

Pak," Vadaken ingin mengatakan sesuatu.

"Saya sudah menyuruh Anda pergi," raung inspektur polisi itu. "Kami sadar kalian, umat Kristiani, mempunyai dana yang cukup. Anda mendapat jutaan rupee setiap bulan dari Eropa dan Amerika. Anda memberikan makanan, pakaian dan perawatan kesehatan kepada orang miskin untuk membujuk mereka masuk Kristen dan mengubah mereka. Dakwah adalah motif Anda. Keluar dari sini. Kembali ke Roma. Jika saya bertemu Anda lagi, Anda akan dipenjarakan," teriak inspektur polisi itu.

Vadaken dan Abe tidak tahu harus berbuat apa. Mereka ingin mencari perempuan dan anak-anak yang terluka, para pengungsi. Mereka akan binasa jika tidak mendapatkan makanan dan perawatan medis segera; pikiran itu menghantui Abe.

Abe menelepon Radha, dan teleponnya aktif. Karena tidak ada panggilan balasan, dia meneleponnya lagi setelah satu jam, dan telepon berdering, tapi dia tidak mengangkatnya. Satu jam kemudian, Abe meneleponnya lagi, dan Radha ada di seberang sana.

"Hai, Abraham," kata Radha.

"Hai, Prof Mane; seseorang telah memindahkan wanita dan anak-anak dari Ahmedabad ke tempat yang tidak diketahui. Kita perlu mencari tahu dan membantu mereka," kata Abe.

"Begini, Abraham, saya telah diperintahkan oleh Kepala Sekolah saya bahwa saya tidak perlu ikut campur dalam kegiatan polisi dan otoritas pemerintah. Saya minta maaf, saya tidak dapat membantu Anda dalam hal ini," jawab Radha.

"Tidak apa-apa," kata Abe.

Namun jawaban Radha mengejutkan. Sebagai penanggung jawab lapangan di sebuah perguruan tinggi pekerjaan sosial, ia seharusnya membantu merehabilitasi para pengungsi Muslim yang menjadi korban kekerasan, penyiksaan, pembakaran, dan pembunuhan massal.

Dengan memegang senjata, pedang, bom dan pentungan, massa dan kelompok fanatik agama menyerang umat Islam di Ahmedabad, Surat dan kota-kota lain di Gujarat. Rumah, gedung, institusi, dan tempat ibadah umat Islam dibongkar dan dibakar. Kekerasan sporadis terus berlanjut. Laki-laki, perempuan dan anak-anak menjadi korban kebencian agama, dan pemerkosaan berkelompok sering terjadi di kota-kota. Menurut jurnalis dan pengamat netral, kelompok fundamentalis agama membunuh lebih dari dua ribu orang selama pembantaian tersebut, dan sekitar dua ratus polisi yang melindungi umat Islam kehilangan nyawa mereka. Lebih dari seratus lima puluh ribu orang mengungsi atau terpaksa meninggalkan Gujarat. Jurnalis, pengamat, dan pensiunan hakim yang dihormati menyalahkan dukungan diam-diam pemerintah Gujarat terhadap para perusuh. "Pemerintah tidak melakukan apa pun untuk meredam kekerasan," kata beberapa pengamat. "Massa yang melakukan kekerasan membawa daftar pemilih untuk mencari keluarga dan lingkungan Muslim," beberapa jurnalis menemukan. Abe mengetahui bahwa perempuan-perempuan yang dilihatnya di rel kereta api pada hari sebelumnya berasal dari Ahmedabad, sebagaimana dikonfirmasi oleh Radha Mane setelah berbicara dengan para perempuan tersebut.

Kepalanya mendidih, dan jantungnya meledak; Abe ingin mencari tahu keberadaan perempuan dan anak-anak itu. Sekali lagi, dia pergi ke jalur kereta api. Setelah menanyakan tentang pengungsi kepada banyak pemilik toko dan penduduk di daerah sekitar, Abe mendapati bahwa mereka tidak mengetahui keberadaan perempuan dan anak-anak tersebut. Siapa yang peduli dengan kepedihan dan penderitaan para korban kerusuhan Gujarat, khususnya sekelompok orang asing? Mereka tidak ada untuk mereka karena mereka tidak pernah berinteraksi tatap muka. Para pedagang tersebut tidak merasa khawatir dengan pembantaian lebih dari dua ribu orang yang dilakukan oleh kelompok fanatik agama, karena mereka tidak pernah mengenal korbannya. Orang-orang menolak untuk berempati dengan pembantaian tersebut ketika seseorang berusaha mencapai kejayaan yang lebih besar dengan mengorganisir pembunuhan massal, yang mengendalikan polisi dan birokrat dan dapat mempengaruhi pemerintah tetangga. Pikiran itu menguasai Abe dan menundukkan perasaannya. Tapi harus ada obatnya, jalan keluarnya. Korban perlu mengetahui bahwa ada orang yang siap membantu mereka dan bahwa mereka harus terus hidup. Jika memungkinkan, pelaku kekerasan dan pemerkosaan memerlukan penuntutan dan hukuman, serta dalang pembantaian tersebut. Dia memutuskan untuk membantu mereka bertahan hidup. Abe secara mental merencanakan semua situasi dan kemungkinan untuk menyelamatkan dan membantu mereka hidup.

Saat berjalan melewati rel kereta api selama kurang lebih satu jam, Abe melihat seorang anak laki-laki berusia sekitar dua belas hingga empat belas tahun sedang mengumpulkan barang-barang bekas, agak jauh, di seberang rel kereta api. Abe melewatinya dan mencapai tempat anak laki-laki itu berada. Begitu anak laki-laki itu melihat Abe, dia mulai berlari, dan tasnya tergantung di satu sisi ke sisi lain di punggungnya. Abe menyusul anak laki-laki itu dalam waktu lima menit dengan berlari lebih cepat dan bertanya kepada anak laki-laki itu mengapa dia berlari. Dia menjawab bahwa dia mengira Abe berasal dari polisi kereta api dan takut akan pemukulan tanpa ampun. Dia lebih lanjut mengatakan kepadanya bahwa dia berasal dari Bihar, tempat yang paling miskin di negara itu. Dia mengumpulkan sisa-sisa dari rel kereta api untuk mencari nafkah selama empat tahun sebelumnya. Orang tuanya dan ketiga saudaranya datang ke Pune untuk mencari pekerjaan. Seorang tukang batu, ayahnya terjatuh dari gedung bertingkat dan tulang punggungnya patah. Ia terbaring di tempat tidur selama tiga tahun dan tidak pernah menerima kompensasi dari perusahaan konstruksi tempatnya bekerja. Ibunya membawa lumpur dan batu bata ke lokasi konstruksi, namun upahnya tidak mencukupi untuk makanan mereka.

Abe bertanya di mana dia tinggal, dan anak laki-laki itu mengatakan kepadanya bahwa dia tinggal sekitar dua puluh lima km dari sana di tanah tandus, di mana tidak ada fasilitas, seperti air pipa, lampu jalan, toilet atau bahkan jalan raya. Ratusan migran dari Bengal dan Bihar tinggal di sana seperti ternak. Anak-anak tidak pernah bersekolah, karena tidak ada sekolah. Setiap hari, anak laki-laki itu datang ke kota dan mengumpulkan sisa-sisa dari rel kereta api, yang jumlahnya banyak karena para penumpang membuang semuanya ke rel kereta api. Dia bisa mengambil sekarung penuh sampah di malam hari, menjualnya ke pedagang barang bekas, dan naik kereta ke tempatnya di malam hari. Anak laki-laki itu harus memberi makan ayah dan dua adiknya serta membantu ibunya mengambil air dari sungai yang jauh.

Mengapa mereka tidak kembali ke Bihar, tanya Abe? Anak laki-laki itu menjawab bahwa mereka akan mati karena tidak ada makanan di Bihar. Selain itu, korupsi besar-besaran, pelanggaran hukum dan kekerasan mengubah Bihar menjadi neraka. Abe bertanya apakah polisi pernah menangkapnya, dan anak laki-laki tersebut mengatakan kepadanya bahwa dia ditangkap oleh polisi beberapa kali dan dipukuli dengan sangat kejam oleh mereka, karena mereka senang memukuli anak-anak dan orang-orang yang tidak berdaya. Banyak dari polisi itu sadis. Mereka menerima upah rendah dan diperlakukan seperti budak oleh atasan mereka, dan para polisi memukul siapa pun yang mereka tangkap, mengabaikan pelanggaran hukum yang dilakukan oleh penguasa dan orang kaya serta tidak pernah berani menyentuh mereka.

Abe bertanya kepada anak laki-laki itu apakah dia melihat sekelompok perempuan dan anak-anak di tempat yang sama pada hari sebelumnya. Anak laki-laki itu menjawab bahwa dia telah melihat beberapa wanita berhijab dan lebih dari dua puluh anak. Ada getaran di hati Abe dan secercah harapan bahwa ia bisa menemukan mereka. Abe bertanya apakah anak laki-laki tersebut mengetahui ke mana mereka pergi, dan anak laki-laki tersebut menjawab bahwa dia melihat dua mobil van polisi dan semua wanita serta anak-anak didorong ke dalam kendaraan oleh polisi.

"Apakah kamu menyaksikan seluruh kejadian?" tanya Abe.

"Saya lari dari pandangan polisi karena saya takut mereka akan menangkap saya dan membuang saya bersama mereka ke Batu Setan," kata anak laki-laki tersebut.

"Tahukah Anda ke mana mereka dibawa dengan mobil polisi?" tanya Abe.

"Ada tempat terpencil sekitar empat puluh lima km dari sini, penuh bebatuan, semak berduri, dan kaktus. Polisi biasanya membuang orang-orang yang tidak diinginkan di sana, terutama pengemis tua dan penderita kusta, yang berada di ambang kematian," kata anak laki-laki itu.

Abe merasakan getaran di kepalanya. Membuang orang-orang yang tidak diinginkan, tua, sakit-sakitan, dan tidak produktif untuk meninggal secara mengenaskan adalah di luar pemahamannya.

"Pernahkah kamu ke sana?" tanya Abe.

"Belum pernah. Tempat itu dikenal sebagai Batu Setan; beberapa telah pergi ke sana. Mereka yang ada di sana pada malam hari mengatakan di sana hanya ada kerangka manusia," jawab anak laki-laki itu.

Itu merupakan pelanggaran hak asasi manusia yang berat. Polisi membuang orang-orang yang tidak berdaya ke gurun untuk dibunuh, dan tidak ada yang bertanggung jawab. Polisi mungkin mengatakan bahwa mereka tidak tahu apa-apa tentang kejadian seperti itu, dan beberapa orang mungkin pergi ke sana dengan rela mati. Mungkin itulah alasan yang dibuat-buat oleh polisi dan birokrat. Bagi sebagian politisi dan penganut agama fanatik, hal ini tidak masalah.

"Bagaimana menuju ke sana," tanya Abe.

"Batu Setan berjarak sekitar dua puluh km dari tempat kami tinggal. Anda memerlukan kendaraan untuk sampai ke sana," kata anak laki-laki itu.

Kemudian dia memberi tahu Abe nama desanya dan menjelaskan cara mencapai Batu Setan karena anak laki-laki itu memercayainya ketika dia bertanya tentang keluarganya. Abe kembali ke kediamannya dan berdiskusi dengan Vadaken; keduanya berangkat ke Batu Setan dengan van besar. Mereka membawa makanan, air, selimut, pakaian, dan obat-obatan. Kondisi jalan sangat buruk, dan pengendaraan sangat parah. Bagaimana polisi bisa mencapai Batu Setan untuk membuang manusia yang tidak diinginkan?

Saat itu sudah jam dua siang.

"Kami harus mencapai sana secepat mungkin," kata Vadaken.

"Ya. Kita perlu menyelamatkan perempuan dan anak-anak tersebut dari kematian," kata Abe.

"Hal seperti ini sering terjadi. Dan pemerintah yang tidak peka akan lepas dari tanggung jawabnya," kata Vadaken.

"Pemerintah lolos karena tidak ada perlawanan yang kuat, hanya sedikit orang yang menentang pemerintah. Ada banyak penjilat, tidak hanya di kalangan birokrasi tapi juga di surat kabar dan televisi. Beberapa dari mereka menyembah penjahat," kata Abe.

"Ketika birokrat, pengacara, dan jurnalis yang berkuasa didorong dan dibujuk untuk menjadi kroni berdasarkan agama, uang, dan kenyamanan, tidak banyak yang berani membela keadilan," kata Vadaken.

"Penjahat telah menyucikan pembunuhan terhadap kelompok minoritas yang rentan, dan negara ini belum pernah melihat penghinaan seperti itu. Tapi saya yakin, dalam jangka panjang, hukum akan menangkap dan menghukum mereka," kata Abe.

"Pertama, mereka yang bertanggung jawab harus dihukum atas kejahatan mengerikan tersebut. Hal ini harus menjadi pelajaran bagi generasi mendatang dan politisi nakal yang menghasut kekerasan atas nama agama dan membantai orang-orang yang tidak berdaya. Mereka yang membunuh perempuan dan anak-anak tidak pantas mendapatkan belas kasihan," Vadaken sangat vokal.

"Para politisi tersebut memproyeksikan sebuah negara teokratis, dan mereka menciptakan musuh, yang seharusnya menentang tujuan mayoritas untuk mencapainya, dengan mengatakan kepada mereka bahwa menghilangkan minoritas adalah hal yang sangat penting untuk mencapai tujuan mereka, di mana segala sesuatunya akan berjalan lancar. Para penjahat dari Gujarat mengusulkan surga seperti itu," kata Abe.

Sekitar pukul lima sore, mereka sampai di Batu Setan. Hati mereka hancur melihat wanita dan anak-anak itu. Beberapa anak tidak sadarkan diri, dan yang lainnya menangis dan berada dalam kondisi putus asa tanpa air dan makanan.

Vadaken dan Abe memberi mereka makan, dan tersedia cukup air untuk diminum. Semua anak ditutupi selimut dan dipindahkan ke kendaraan, digendong satu per satu oleh Abe dan Vadaken. Mereka memberi tahu dan meyakinkan para perempuan tersebut bahwa mereka akan membawa mereka ke tempat yang mereka rasa aman dan tenteram. Menampung ketiga puluh delapan orang di dalam van itu membosankan, dan mereka memulai perjalanan pulang dalam waktu satu jam. Sekitar pukul sembilan, mereka sampai di Pusat Kerja Masyarakat. Mereka segera memindahkan empat belas anak dan dua wanita ke rumah sakit. Dua dokter wanita dan seorang dokter pria tiba di Pusat tersebut untuk memeriksa orang-orang lainnya secara menyeluruh.

Karena tidak ada tempat yang cukup terlindungi untuk tidur, Abe dan Vadaken mengubah kapel menjadi asrama, dan tempat tidur darurat diatur untuk semua orang. Tiga perawat dipanggil dari rumah sakit untuk merawat wanita dan anak-anak di malam hari.

Keesokan harinya, Abe dan Vadaken memindahkan para pengungsi ke fasilitas perempuan dan anak-anak, yang dikelola oleh tim suami-istri dari sebuah organisasi sekuler. Fasilitas tersebut memiliki program ketenagakerjaan bagi perempuan yang dapat mencari nafkah dengan bekerja. Vadaken membuat pengaturan untuk memberikan pendidikan kepada semua anak usia sekolah.

Abe sedang euforia. Dia tidak pernah menyangka bisa menyelamatkan nyawa tiga puluh delapan orang dari kematian yang tak terhindarkan. Abe merayakannya dalam hati selama berhari-hari bersama dan merasakan kegembiraan batin bahkan saat dia tidur. Dia mengidentifikasi tanggung jawab atas tragedi kemanusiaan itu kepada pemerintah. Meski begitu, ia sadar bahwa elit penguasa bisa dengan mudah mencuci tangan ketika isu genosida dan pelanggaran hak asasi manusia memudar dari kesadaran masyarakat dalam waktu singkat. Banyak yang tidak mau melakukan hal tersebut karena takut menantang pemerintahan yang tidak berperasaan dan brutal.

Abe melakukannya karena inspirasinya dari Grace. Pekerjaan yang dia selesaikan dengan Vadaken mungkin dianggap meragukan oleh polisi, tetapi Abe mampu menggagalkan niat polisi. Bantuan anak laki-laki tersebut dalam mengumpulkan sisa-sisa makanan untuk kelangsungan hidup keluarganya sungguh luar biasa. Polisi dapat mencari Abe, namun mereka tidak tahu bahwa dia telah memindahkan perempuan dan anak-anak tersebut dari hukuman mati, ke Auschwitz kecil. Karena tidak ada bukti polisi membuang korban ke Batu Setan, polisi tidak bisa menyalahkan siapa pun yang menyelamatkan mereka. Namun Abe tidak ingin berkonflik dengan polisi karena kelompok fanatik mampu melenyapkannya.

Ema

Hati Abe terisak-isak melihat Grace. Itu bukan perasaan yang tiba-tiba, melainkan letusan yang sudah lama terjadi. Itu adalah emosi yang tertekan yang muncul di bawahnya, dan dia adalah sensasi yang membara, sisa dari masa lalunya, dan para Jesuit tidak dapat menghapus jejak kakinya yang terpatri di dalam hatinya. Pengaruh Jesuit sangat kuat namun hanya sementara dalam kehidupannya, namun pengaruh Grace sangat luar biasa, dan kesannya terhadap kehidupannya sering kali membanjiri dirinya dengan kenangan abadi. Agak sulit baginya untuk melepaskan gambarannya dari pikirannya dan meninggalkannya dari kehidupannya. Dia berevolusi menjadi sensasi susurrus yang tiada henti di jiwanya, dan semua tindakannya bergema dengan pikirannya. Grace tidak pernah membiarkan pikirannya lesu, dan dia tidak bisa tidur selama berbulan-bulan.

"Grace, kamu dimana?" seru Abe.

Ia dapat mendengarnya memanggil: "Abe, aku telah mencarimu sejak aku meninggalkanmu. Aku tidak bisa mentolerir kesepian, ketidakhadiranmu."

"Grace, kembalilah; beritahu aku di mana kamu berada. Saya dapat menghubungi Anda sedini mungkin."

"Aku menunggumu; sungguh menyakitkan berada jauh darimu," kata-katanya keras dan lembut.

Abe mencoba mengendalikan pikirannya yang hiruk pikuk, namun gagal. Hari demi hari, malam demi malam, dan bulan demi bulan, dia memikirkan tentang Grace, mencarinya, dan jiwanya menangisinya. Hidup menjadi lesu bagi Abe. Namun semangatnya yang menyedihkan pulih kembali saat Grace merambah hatinya sepenuhnya. Dalam mimpinya, dia melambai ke arah Grace, tapi menurutnya Grace tidak bisa membedakannya, karena dia mungkin mengira itu adalah daun palem yang bergelantungan.

Sedih sekali, Abe merasa, dan ia kecewa. Satu tahun kerja komunitasnya telah berakhir, dan dia bertemu Vadaken dan memberitahunya bahwa dia sangat tertekan. Vadaken terkejut melihat kondisinya dan bertanya mengapa dia sedih dan murung.

"Saya selama ini berpikir bahwa Anda terlibat penuh dalam pekerjaan masyarakat dan berusaha membantu orang-orang keluar dari kelaparan dan kemiskinan, kesengsaraan dan ketidakberdayaan, namun Anda mungkin mengalami saat-saat yang mengecewakan," kata Vadaken.

"Saya terlibat dengan masyarakat, komunitas, dan institusi. Saya senang bekerja dengan orang-orang sepanjang hidup saya."

"Lalu apa yang memakanmu?" Vadaken bertanya.

"Anda mungkin tahu; Saya telah tinggal bersama seseorang yang dikenal sebagai Grace di Goa selama sekitar sembilan bulan. Meskipun saya tidak pernah menyentuhnya, saya sangat mencintainya; Saya menghormatinya dan ingin bersamanya sampai akhir hayat saya," kata Abe.

"Itu wajar. Setiap Jesuit memiliki sejarah keterlibatan dengan seorang perempuan sebagai sahabat yang tidak terpisahkan. Namun hampir semua orang meninggalkan kekasihnya dan memulai hidup baru demi kejayaan umat manusia yang lebih besar. Hal ini untuk membantu masyarakat mempunyai kehidupan yang lebih baik. Tujuan kami adalah mengupayakan kesejahteraan manusia," Vadaken menjelaskan jawabannya.

"Saya tahu itu. Aku juga meninggalkan semuanya. Aku bisa meninggalkan Grace selamanya. Tapi menurutku itu sulit, terlalu sulit. Bahkan dalam mimpiku, dia kembali padaku; siang dan malam penuh dengan kenangannya, pikirannya. Saya tidak bisa meninggalkannya. Saya menghargai ingatannya, menikmati kedekatannya," kata Abe.

"Itu adalah perasaan yang indah, sepenuhnya manusiawi. Anda harus menikmati kenangan Anda tentang Grace. Jangan mencoba memisahkan mereka dari Anda. Dia adalah kamu," analisis Vadaken.

"Kamu mengerti aku. Tapi masalahku adalah aku lebih mencintai Grace daripada Yesus," Abe berterus terang.

"Abe, itu juga normal. Itu adalah manusia. Yesus adalah suatu ideal, bukan suatu pribadi. Cita-cita tersebut adalah semangat kami untuk bekerja demi kemajuan dan pembangunan manusia."

"Katakan padaku apa yang ada dalam pikiranku. Kamu bisa membaca isi hatiku. Saya lebih memilih hidup dengan Anugerah daripada surga bersama Yesus," kata Abe.

"Abe, surga hanyalah konsep kehidupan yang baik. Itulah surgamu jika kamu bersama Grace," jawab Vadaken.

"Saya ingin meninggalkan Serikat Yesus untuk bersama Grace," Abe berterus terang.

"Saya menyarankan agar Anda mengambil cuti dari Serikat Yesus dan tinggal bersama Grace selama yang Anda inginkan. Lalu kembalilah, jika kamu ingin kembali. Jika tidak, nikmati surgamu bersama kekasihmu," kata Vadaken.

"Bagaimana saya bisa berterima kasih atas keterbukaan, pengertian terhadap perasaan, niat, dan kerinduan saya," jawab Abe.

"Abe, semua Jesuit sama sepertimu. Anda juga adalah seorang Jesuit setelah mengucapkan sumpah Anda. Kita semua bekerja demi kesejahteraan manusia dan mencoba memahami manusia sebagai entitas holistik. Kebahagiaan, kepuasan, tujuan hidup, dan totalitas kemanusiaan Anda penting bagi Serikat Yesus. Anda adalah orang yang memiliki perasaan, emosi, cinta, kepercayaan, kesedihan, kecemasan, kekhawatiran, depresi, kesepian, kebahagiaan dan kegembiraan. Kami membutuhkan Anda sebagai manusia. Dimanapun Anda berada, apa pun yang Anda lakukan, kami senang dengan Anda. Tapi temuilah Provinsial dan diskusikan masalah ini dengannya," saran Vadaken.

Abe merasa lega dan merasakan kebahagiaan yang langka. Dia bersiap untuk bertemu dengan Pastor Kurien, Provinsial, untuk memberitahunya bahwa dia lebih mencintai Grace daripada Yesus. Pertemuan tersebut ditetapkan pada malam hari, dan Provinsi menunjukkan keinginan yang besar untuk mendengarkannya.

"Abe, saya sangat senang kamu telah menyelesaikan tugas komunitasmu. Vadaken mengatakan kepada saya bahwa Anda telah melakukan pekerjaan luar biasa, membantu para korban kerusuhan dan mereka yang mengalami keterbatasan fisik dan intelektual dalam perawatan institusional," kata Kurien.

"Saya berterima kasih kepada Anda karena telah memberi saya beragam peluang untuk bekerja dengan banyak orang. Banyak sekali yang saya peroleh dari pengalaman satu tahun ini," jawab Abe.

"Pekerjaan adalah bagian terpenting dalam kehidupan seorang Jesuit. Pelatihan bertahun-tahun membantu seseorang mendedikasikan dirinya sepenuhnya untuk kemajuan masyarakat, yang merupakan fokus kami. Sejak awal berdirinya Serikat Yesus, para pendirinya telah memprioritaskan kerja dan doa. Ignatius Loyola dan Francis Xavier memiliki etos kerja dan lingkungan keagamaan yang jelas," jelas Pastor Provinsial.

"Para sahabat Yesus percaya dalam menghabiskan waktu mereka untuk membantu orang lain. Mereka punya misi," kata Abe.

"Pandangan dunia para pendiri Serikat Yesus dan kita telah berubah secara drastis. Bagi mereka, ini adalah dunia yang tertutup, dan Bumi itu datar, pusat alam semesta yang kita kenal. Ada bintang-bintang kecil, yang Tuhan tempatkan di langit, matahari, dan bulan. Tuhan tinggal di sebuah istana, dengan kemegahan dan kemegahan, menikmati segala kemewahan, pujian dari para malaikat dan orang suci, yang terus-menerus menyanyikan himne untuknya. Tuhan adalah raja yang kejam dan menghukum semua orang yang berdosa terhadap Dia, dan akibat dari dosa adalah kematian. Tuhan meminta Musa untuk membunuh ribuan orang, bahkan wanita dan anak-anak. Pembunuhan adalah hobi Tuhan hingga zaman Renaisans," jelas Kurien.

"Ya, konsep tentang Tuhan, surga, dosa, dan kehidupan telah banyak berubah. Kita telah mencapai titik di mana kita memprioritaskan pemikiran jernih dan sains dari dongeng dan fantasi dunia mitos. Manusia menolak setiap gagasan tentang keberadaan Tuhan, yang tidak dapat bertahan dalam pengujian observasi dan verifikasi. Kecerdasan Buatan membantu kita membuang banyak keyakinan yang kita anggap suci di dunia sebelumnya."

"Kamu benar, Abe. Manusia membuang segala sesuatu yang bertentangan dengan akal dan logika. Itu sebabnya kita tidak memerlukan Tuhan yang duduk di langit. Kita telah membuang konsep Bapa, Anak dan Roh Kudus, ke dalam kaleng kertas yang hancur selamanya. Begitu pula dengan kelahiran dari perawan, mukjizat dan kebangkitan."

"Ini semua hanyalah asumsi dan keyakinan yang dipinjam dari agama dan mitos lain. Mereka harus pergi. Mereka tidak mendapat tempat dalam masyarakat yang tercerahkan, karena kita perlu menulis ulang gagasan tentang Tuhan," kata Abe.

"Apa itu Tuhan? Banyak yang menanyakan pertanyaan ini sesekali. Apakah dia seorang pribadi, pencipta Alam Semesta dan homo sapiens, suatu entitas yang terpisah? Jika Tuhan berbeda dengan Alam Semesta, bagaimana asal usul Alam Semesta dan manusia muncul? Bagi Kaivalya Upanishad, *semuanya muncul, di dalam diriku, semuanya ada, dan bagiku, semuanya kembali*. Jadi, Alam Semesta dan Tuhan itu sama. Meskipun agama-agama Semit, Yudaisme, Kristen, dan Islam, telah meminjam konsep ini, mereka dengan gigih menjunjung doktrin Penciptaan. Bertentangan dengan paham Kreasionisme, Yesus berkata: *Akulah pokok anggur dan kamulah ranting-rantingnya*. Namun Kekristenan mengatakan *bahwa Tuhan menciptakan dunia*, menyangkal Yesus bahwa pokok anggur dan cabang-cabangnya adalah entitas yang berbeda. Jadi, para penganut paham Penciptaan menyatakan bahwa Tuhan dan Alam Semesta adalah dua realitas yang terpisah." menatap Abe, Kurien menjelaskan.

"Para ilmuwan mempertanyakan kreasionisme karena ini hanyalah sebuah dongeng," jawab Abe.

"Benar, Abe. Pada milenium ini, kita menerima bahwa Alam Semesta bermula dari Big Bang yang dikemukakan oleh seorang pendeta Katolik, Georges Lemaitre, seorang astronom dan profesor fisika di Universitas Louvain. Lemaitre, yang sezaman dengan Einstein, secara ilmiah mengusulkan perluasan Alam Semesta dari Atom Purba atau Telur Kosmik. Belakangan, Fred Hoyle, seorang pendukung Teori Steady State, dengan sinis menyebut perluasan Atom Primaeval sebagai Big Bang. Pada tahun seribu sembilan ratus lima puluh satu, Paus Pius Kedua Belas, secara resmi menyatakan Dentuman Besar sebagai bukti Kejadian: *Oleh karena itu, Pencipta itu ada. Oleh karena itu, Tuhan ada*. Dengan demikian, Big Bang menjadi titik awal penciptaan Paus," kata Kurien.

"Roger Penrose mengusulkan bahwa Alam Semesta mengalami siklus Big Bang dan Big Crunch yang berkelanjutan; Alam Semesta yang sekarang berasal dari alam semesta sebelumnya, dan akan ada alam semesta yang tak terhitung banyaknya yang silih berganti. Alam semesta, secara keseluruhan, melampaui ruang dan waktu. Dalam skenario seperti itu, tidak ada pencipta karena alam semesta itu abadi," analisis Abe.

"Apa yang dikemukakan Penrose adalah logis, karena ia telah membuktikannya melalui penelitiannya. Alam Semesta kita muncul dari kematian alam semesta sebelumnya. Fenomena ini terjadi tanpa henti dan akan terus terjadi. Jadi, tidak ada awal dan tidak akan ada akhir. Waktu dan ruang hanya ada di dalam Alam Semesta, bukan di Alam Semesta," kata Kurien.

"Dalam pengaturan itu, Tuhan tidak punya tempat. Tuhan, baik roh maupun materi, tidak mempunyai alasan untuk mencipta. Jika Tuhan yang melakukan penciptaan, maka Dia bukanlah Tuhan karena Dia adalah produk ruang dan waktu. Dengan demikian, ia menjadi tidak lengkap; hanya Tuhan yang tidak lengkap yang menuruti ciptaannya," jawab Abe.

"Kamu benar. Bukti ilmiah terbaru menunjukkan bahwa Big Bang terjadi sekitar empat belas miliar tahun yang lalu. Tata Surya kita terbentuk sekitar tujuh miliar tahun yang lalu, dan sekitar empat miliar tahun yang lalu, di Bumi, beberapa organisme muncul karena kombinasi molekul-molekul tertentu. Jadi, sistem biologis berkembang di dunia fisik karena perubahan kimia; dengan demikian, kisah Evolusi dimulai. Di sini pertanyaannya adalah, mengapa Tuhan, yang bukan roh atau materi, menciptakan dunia fisik dan makhluk biologis?" Argumen Kurien cukup jelas.

"Para antropolog mengatakan manusia berevolusi dari Australopithecus di Afrika Timur antara tiga hingga empat juta tahun lalu. Terdapat spesies manusia yang berbeda. Hingga sekitar lima belas ribu tahun yang lalu, manusia ini tinggal di berbagai belahan bumi. Alkitab mengatakan Tuhan menciptakan Adam, dan kemudian, dari tulang rusuknya, Hawa, manusia pertama, menurut gambar Tuhan. Tuhan menciptakan mereka di Taman Eden yang berada di Mesopotamia. Namun kami tidak yakin mereka termasuk spesies manusia yang mana. Mereka mungkin adalah Homo erectus atau kombinasi dari Homo erectus dan Homo neanderthalensis karena Homo erectus adalah penghuni utama Mesopotamia dengan sekelompok kecil Homo *neanderthalensis* . Batas Taman Eden mempunyai empat sungai, yaitu sungai Tigris, sungai Eufrat, sungai Pishon, dan sungai Gihon. Ada dua jenis pohon di Eden, yaitu Pohon Kehidupan dan Pohon Pengetahuan Baik dan Jahat. Ada juga ular yang bisa berbicara seperti Adam dan Hawa. Suatu hari Tuhan bersabda kepada Adam: *Kamu boleh makan buah dari semua pohon di taman ini, tetapi Pohon Pengetahuan Baik dan Jahat tidak boleh kamu makan. Karena pada hari kamu makan, kamu ditakdirkan untuk mati,"* cerita Abe.

"Kisah Genesis sangat menarik. Tapi itu tidak memiliki alasan dan akal sehat. Karena Adam adalah satu-satunya manusia, dia kesepian. Jadi, saat tertidur, Tuhan menciptakan perempuan, dan Adam menamainya Hawa dari salah satu tulang rusuknya. Kemudian ular itu membujuk Hawa untuk memakan buah dari Pohon Pengetahuan Baik dan Jahat. Hawa memberikan buah itu kepada Adam, dan keduanya memakannya. Tiba-tiba mata mereka terbuka dan mereka menyadari bahwa mereka telanjang. Maka, mereka menjahit daun pohon ara dan menutupinya. Kemudian mereka mendengar suara Tuhan, berjalan-jalan di taman pada hari yang sejuk, dan mereka bersembunyi dari Tuhan, dan dia memanggil Adam, berkata kepadanya: *di mana kamu?* Adam berkata : *Aku mendengarmu di taman, dan aku takut karena aku telanjang, maka aku bersembunyi.* Kemudian Tuhan menghukum Adam dan Hawa. Ini adalah iman yang fundamental dan sentral dalam agama Kristen. Dengan demikian, Adam dan Hawa berdosa terhadap Tuhan dan tidak mampu menyelamatkan diri mereka dari dosa besar karena memakan buah tersebut. Kemudian Tuhan berjanji kepada Adam dan Hawa untuk mengirimkan penyelamat untuk melindungi mereka dari dosa. Dan Tuhan menjadi manusia di dalam Yesus Kristus, dan dia digantung di kayu salib oleh orang Romawi. Dan Yesus mati untuk dosa Adam dan Hawa. Tuhan membangkitkan dia dari kematian dan membawanya ke surga dan duduk di sebelah kanan Tuhan," Kurien lebih lanjut menceritakan kisah Alkitab.

"Kisah Adam dan Hawa tidak masuk akal. Ada kebutuhan akan Tuhan yang tidak ada untuk menjadi manusia di dalam Yesus dan menyelamatkan umat manusia dari dosa. Apakah memakan buah pohon oleh manusia pertama merupakan dosa besar? Apakah dosa orang tua akan diwariskan kepada anak-anaknya seperti DNA? Jika tidak ada ciptaan Tuhan, apa relevansi kematian Yesus di kayu salib dalam sejarah manusia? Selain itu, Yesus, salah satu spesies homo sapiens, mati karena dosa atau ketidaktaatan Adam dan Hawa, yang kemungkinan besar adalah Homo *erectus* atau homo *neanderthalensis* . Manusia pertama muncul sekitar satu juta tahun yang lalu, dan mereka mungkin tidak menaati Tuhan dengan memakan buah ini sekitar satu juta tahun yang lalu. Sayangnya, mereka tetap berada dalam dosa sampai Yesus datang sekitar dua ribu tahun yang lalu, sekitar sepuluh lakh tahun setelah ketidaktaatan kepada Tuhan. Mengapa Tuhan menunggu lama untuk mengutus putra satu-satunya untuk menyelamatkan umat manusia dari dosa yang dilakukan Adam dan Hawa?" Abe mengajukan beberapa pertanyaan.

"Pertanyaan ini relevan, Abe. Kita perlu merenungkan mitos-mitos ini. Bagaimana kita menghubungkan kisah Adam, Hawa, serta kelahiran dan kematian Yesus dalam konteks Big Bang yang dikemukakan oleh Lemaitre, yang oleh Paus Pius Kedua Belas disebut *Penciptaan* ? Misalkan kisah penciptaan, Adam dan Hawa tidak mempunyai landasan faktual;

bagaimana seharusnya seorang Kristen menginternalisasikan teologi Tuhan dengan menjadi manusia untuk menyelamatkan umat manusia dari hukuman yang diberikan Tuhan atas dosa makan apel? Karena tindakan ketidaktaatan yang sederhana, Tuhan menghukum Adam dan Hawa dan mengusir mereka dari Taman Eden, dan Tuhan memutuskan untuk menjadi manusia dan mati di kayu salib untuk menyelamatkan umat manusia dari Dosa Asal. Tapi kedengarannya luar biasa. Kita tahu pasti kisah penciptaan di Kitab Kejadian adalah cerita rakyat, dan janji penyelamat di dalam Yesus Kristus berdasarkan mitos itu juga hanya mitos," sambil memandang Abe, jelas Kurien.

"Jadi, seluruh teologi Kristen didasarkan pada kekeliruan. Pada abad pertama, di Siria, seorang pria asal Yahudi bernama Paul dari Tarsus, seorang warga negara Romawi yang belum pernah melihat Yesus, menjalin sebuah teologi dalam nama Yesus dan menyerahkannya kepada sekelompok kecil pengikutnya. Paulus mempromosikan Yesus dari Nazaret sebagai Kristus, Mesias. Doktrinnya menjadi tulang punggung agama Kristen. Konstantinus membunuh saudara-saudaranya untuk memperebutkan takhta kekaisaran di Roma pada tahun tiga ratus dua puluh satu. Istrinya meyakinkannya; dia berutang kemenangannya kepada Tuhan orang Kristen. Untuk mengungkapkan rasa terima kasihnya, ia menyatakan agama Kristen sebagai salah satu agama yang diizinkan di Kekaisaran Romawi. Di ranjang kematiannya, Konstantin menerima baptisan dan menjadi seorang Kristen. Setelah itu, agama Kristen berkembang selama berabad-abad di Eropa, Afrika, Amerika, dan beberapa bagian Asia," Kurien menjelaskan secara singkat sejarah agama Kristen.

"Pada abad ke-20 hingga ke-21, Kekristenan gagal menjawab banyak pertanyaan yang diajukan oleh para pemikir dan ilmuwan tentang Tuhan, Penciptaan, Dosa Asal, Kelahiran dari Perawan, Kebangkitan, dan misi penyelamatan Yesus. Semua ini tidak masuk akal bagi orang yang cerdas. Akibatnya, agama Kristen lenyap dari banyak negara. Banyak gereja, katedral, biara, seminari, biara dan lembaga keagamaan lainnya telah ditutup atau diubah menjadi pusat perbelanjaan dan kompleks bisnis."

"Iya Abe, Kristen, Islam, dan Yudaisme tidak bisa bertahan lama. Dalam dua hingga tiga ratus tahun, semuanya akan lenyap. Mereka tidak tahan terhadap pengawasan sains dan logika," kata Kurien tentang masa depan agama Semit.

"Orang yang berpikir mempertanyakan keberadaan Tuhan, sedangkan orang beragama penuh keyakinan. Orang pintar punya keraguan yang tidak ada habisnya, sedangkan orang bodoh penuh dengan kepastian," ujar Abe.

"Itulah sebabnya, pada masa Ignatius Loyola, Francis Xavier dan rekan-rekan mereka dan selama beberapa abad, setiap Jesuit adalah seorang fundamentalis dan fanatik; tapi sekarang kebanyakan dari mereka adalah atheis," kata Kurien.

"Jesuit tahu bahwa waktu tidak ada, begitu pula Tuhan, tetapi manusia dan hubungan mereka ada," kata Abe.

"Kami, Jesuit, berubah pikiran ketika fakta-fakta tak terbantahkan yang disajikan kepada kami bertentangan dengan keyakinan kami. Yesus hanya mempunyai sedikit pemahaman tentang Alam Semesta. Ignatius Loyola dan Francis Xavier tidak mengetahui teori Evolusi. Jika keyakinan mereka bertentangan dengan sains, kami menolak keyakinan mereka," tegas Kurien.

"Itu adalah kualitas yang langka, sikap yang jujur dan berani," kata Abe.

"Abe, Pastor Vadaken telah memberitahuku tentangmu dan Yang Mulia. Anda berhak memimpikan hidup bersamanya. Saya menghormati alasan Anda. Teruskan. Terima kasih atas empat tahun Anda bersama kami; kontribusi Anda kepada Jesuit sangat besar. Dan Anda adalah inspirasi. Anda akan sukses ke mana pun Anda pergi, dan orang-orang akan mendapat manfaat dari Anda. Aku mendoakan yang terbaik untukmu," kata Kurien sambil bangkit dan berjabat tangan dengan Abe.

"Terima kasih Ayah, atas kebaikan, dorongan, dan dukunganmu. Saya menghargai hari-hari yang saya habiskan bersama para Jesuit," kata Abe mengungkapkan rasa terima kasihnya.

"Hari ini saya akan mengirimkan surat kepada Anda, surat izin Anda untuk tidak bergabung dalam Serikat Yesus," kata Pastor Provinsial.

Abe memulai hidup baru karena dia bukan lagi seorang Jesuit. Hatinya dipenuhi dengan Grace, dan dia melakukan perjalanan jauh, ingin sekali bertemu dengannya di suatu tempat. Dia yakin dia akan bertemu dengannya suatu hari nanti, menatap matanya dan bertanya: *Grace, di mana kamu? Mengapa kamu pergi, meninggalkan aku sendirian?* Tapi dia tidak pernah tahu di mana dia berada. Dia berkeinginan untuk mengatakan padanya bahwa dia mencintainya, karena citranya yang bercahaya tidak dapat dipisahkan dari hatinya.

Berkeliaran seperti seorang gelandangan, Abe mencari Grace di kota-kota dan jalan-jalan, kota kecil dan desa, Vindhyas dan Himalaya, gurun Rajasthan dan dataran tinggi Deccan, tepi sungai dan pantai laut. Dia mencari Grace yang dicintainya selama bertahun-tahun. Rasa terima kasihnya sangat jelas, karena dia membalas cintanya secara total, dan dia ingin mengatakan padanya bahwa dia memiliki lebih banyak cinta di hatinya.

Abe tidak pernah bosan bepergian dan, dari waktu ke waktu, mengenang kembali kehidupannya dalam Serikat Yesus saat melakukan perjalanan jauh. Satu tahun sebagai postulan, dua tahun di novisiat, dan satu tahun kerja komunitas. Sungguh kehidupan yang menyenangkan bersama para Yesuit. Mereka yang berpendidikan tinggi, berpikiran terbuka, dan berfilsafat, dengan keyakinan kuat akan kemuliaan umat manusia, para Jesuit adalah ateis yang canggih. Mereka berubah sesuai dengan tanda-tanda waktu, tidak memiliki rasa takut dan ketidakpastian dalam mengambil lingkaran penuh dari visi pendiri mereka dan menggantikan *Latihan Spiritual* dengan *Delusi Tuhan*. Hal ini tidak dapat dihindari karena mereka ingin melanjutkan pekerjaan dan misinya dengan landasan yang kokoh. Visi mereka luar biasa, dan pekerjaan mereka luar biasa. Berkomitmen pada intinya, bebas dari kebencian dan ratapan, para Jesuit bergerak maju demi kemuliaan umat manusia yang lebih besar, seiring dengan menghilangnya Tuhan dan Kristus dalam masa lalu yang hening dan terjerat dalam mitos dan sihir. Meskipun banyak Jesuit yang secara lahiriah diam mengenai iman mereka dalam kehidupan dan misi mereka sehari-hari, mereka di dalam hati menyatakan bahwa mereka tidak beriman.

Jesuit berkomitmen untuk terus maju. Mereka mempunyai keterbukaan dan keberanian untuk menggantikan sistem kepercayaan yang mereka anut selama berabad-abad. Sebagai pengamat realitas yang tajam, kepercayaan lain muncul dari masyarakat sekitar mereka berdasarkan penemuan ilmiah. Mereka mempertanyakan diri mereka sendiri, visi dan misi mereka, relevansi dan tempatnya dalam masyarakat. Hal ini merupakan kesadaran bahwa perubahan adalah hal yang sangat penting, tidak tergoyahkan, dan tidak dapat dihindari, yang akan membantu perubahan tersebut tetap relevan dan tidak berada dalam tong sampah sejarah. Keyakinan baru ini terdengar logis dan kuat, menggantikan ide-

ide kuno yang tidak memiliki dasar dan jawaban yang meyakinkan terhadap pertanyaan-pertanyaan yang diajukan selama mediasi dan dialog. Kristus yang mistis sudah tidak relevan lagi bagi para Jesuit, dan menggantikannya dengan manusia biasa, yang tidak dapat bersuara, yang buta huruf, yang sakit, yang lapar, dan yang telanjang.

Bagi banyak Jesuit, Kasih Karunia bukanlah sebuah dongeng; hampir semua orang memiliki pengalaman Grace. Itu sebabnya Abe meninggalkan Serikat Yesus. Ada konflik antara yang nyata dan yang tidak nyata, pengalaman hidup versus dongeng. Grace tetap berada dalam kesadarannya sebagai entitas yang menginspirasi, personifikasi cinta yang hidup dan berani untuk disayangi dan dinikmati dalam kehidupan sehari-hari, sebuah rangkuman mimpi tak terlupakan yang integral dan tidak dapat diubah. Yesus memeluk Maria Magdalena setelah kebangkitannya, begitu pula Abe dengan penuh kasih karunia

Abe mengunjungi kuil Konark, Brihadeeshwara, Somnath, Kedarnath, Madurai Meenakshi, Padmanabhaswami, Vaishnavodevi, Ramtek, dan Khajuraho untuk mencari Rahmat. Dia mencari di dalam patung dan ukiran yang rumit untuk melihat wajah kekasihnya. Dalam perjalanan ke kuil Badrinath, Abe bertemu *Aghori Sadhus*, biksu Hindu telanjang di Himalaya. Abe tahu mereka telah meninggalkan dunia dan tinggal bersama selama bertahun-tahun di gua untuk menyenangkan Siwa, Dewa kemarahan, kecemburuan, kehancuran, dan kematian yang perkasa. Shiva menari selama ribuan tahun berturut-turut, dalam kemarahan dan kesedihan, ketika dia mendengar kematian istrinya, Sati. Menyenangkan Siwa adalah kebutuhan terpenting bagi manusia untuk hidup damai, dan *Aghori Sadhu* muncul untuk melakukan pekerjaan itu.

Para biksu telanjang adalah Shaivites, sebuah sekte pengemis Hindu yang menyembah Siwa. Mereka membawa trisula, ditusuk dengan tengkorak manusia yang dikumpulkan dari tumpukan kayu pemakaman di Varanasi atau krematorium Hindu mana pun, dan melakukan perjalanan ke seluruh India. Beberapa orang percaya *Aghori Sadhus* memiliki kekuatan yoga dalam teleportasi. Mereka memiliki *Sukshma Sarira*, tubuh halus yang dapat melakukan perjalanan tanpa terlihat dan mencapai tujuan dalam hitungan detik. Mereka dapat mengontrol waktu dan ruang dan melakukan apapun sesuai keinginan mereka. Para biksu telanjang kebanyakan tinggal di gua, mengolesi tubuh mereka dengan abu, tidak mengenakan pakaian, dan memiliki rambut kusut. Abe pernah melihat mereka menghisap ganja saat dia pergi ke Nashik Arddha Kumbh Mela.

Ratusan *Aghori Sadhus* berkumpul di Ujjain selama Shivaratri ketika Abe berada di kuil Mahakaleshwar mencari Grace. Dia juga pernah melihat para pengemis telanjang yang mabuk di Devghar selama Shravan Mela, festival kuil bulan Juli-Agustus, mengamuk dalam kelompok besar. Namun Abe tidak pernah bisa menemukan Yang Mulia di mana pun.

"*Aghori Sadhus* hidup selibat, kecuali di kuil Kamakhya di Assam," kata Emma. "Ratusan dari mereka mengunjungi kuil untuk memuja vagina dewi Shakti, permaisuri Siwa, juga dikenal sebagai Tripura Sundari atau Parvati. *Suku Aghori* melakukan prokreasi dengan pemuja wanita yang memohon agar memiliki anak laki-laki yang mirip Siwa. Ada kepercayaan mistik bahwa hubungan seks dengan biksu telanjang di kuil Kamakhya akan memberikan seorang putra kepada seorang wanita yang tidak memiliki anak dan menyembuhkannya dari segala penyakit. Tindakan prokreasi seorang *Aghori* adalah persatuan spiritual dengan pemohon. Malam demi malam, mereka melakukan persatuan spiritual dengan para wanita pencari putra, yang pergi ke Kamakhya dari seluruh India dan Nepal," lanjut Emma.

Emma sedang meneliti *Seks dan Spiritualitas di antara Aghori Sadhus: Biksu Telanjang India* ketika Abe bertemu dengannya di kuil Kamakhya.

Emma dari Belanda sesekali terlihat bersama seorang biksu telanjang berpenampilan garang. Pengemis itu memiliki *jata,* rambut gimbal, seekor ular kobra dengan pupil bulat, sisik halus, dan tudung besar di lehernya. Emma mengungkapkan kepada Abe bahwa dia melakukan percakapan panjang lebar dengan Aghori Sadhu dan meyakinkannya untuk berbicara dengannya tentang kehidupan seks para *Aghori* . Beberapa dari mereka melakukan *maishunam* , katanya. Sebuah kata Sansekerta digunakan untuk hubungan rahasia *Aghori Sadhu* dengan seorang wanita dalam privasi ekstrim untuk mengungkapkan penghargaannya yang mendalam dan intens terhadap wanita tersebut. Itu adalah tindakan yang jarang terjadi, dan seorang *Aghori Sadhu* biasanya menghindari melakukan hal itu. Diperlukan persiapan selama tujuh hari, puasa, penebusan dosa, dan *nag pooja* pemujaan ular kobra oleh wanita untuk penyatuan. Selama *maidhunam* , *Sadhu* dan wanita tersebut akan mengubah diri mereka menjadi Siwa dan Parvati. *Sadhu* menampilkan *thandva* , tarian Siwa, tepat sebelum penyatuan, yang berlangsung sekitar enam jam. Setelah itu, *Sadhu* akan siap mewujudkan keinginan wanita mana pun dengan melakukan *maishhunam* .

Kata-kata Emma yang luar biasa mengilhami Abe untuk melukis potret biksu berpenampilan paling ganas yang pernah dilihatnya, dan ia yakin

Emma dapat membujuk sang *Sadhu* untuk berpose di hadapannya selama berhari-hari untuk melukis fotonya.

Dari Eropa dan mungkin Amerika, sejumlah turis berkelahi satu sama lain untuk mendapatkan kesempatan agar diperhatikan oleh para biksu jantan, berpakaian abu, dan rambut kusut yang tidak pernah mandi kecuali di Kumbh Mela. Banyak wanita dari Barat tinggal bersama para pengemis telanjang yang mabuk ganja untuk mendapatkan apresiasi dari para biksu.

Sebelum mencapai kuil Kamakhya, Abe berada di Haridwar Kumbh Mela, tempat para penganutnya memperlakukan *Aghori Sadhus* sebagai Siwa yang hidup. Abe menghabiskan waktu berhari-hari di sana bersama jutaan peziarah, para penyembah Siwa. Abe sedang mencari Grace. Meskipun dia kecewa dengan ketidakhadirannya, dia tidak pernah kehilangan harapan, karena dia selalu membawa hari-hari tenang yang dia habiskan bersamanya di Goa di dalam hatinya.

Selama lebih dari enam bulan, Abe berada di Prayag, selama dan setelah Kumbh Mela, dan memandangi ribuan wajah di antara para *Sadhvi*, para biarawati Hindu, memikirkan betapa bahagianya menemukan sosok Grace yang paling cantik secara tiba-tiba. Namun, baginya, dia telah muncul di luar persepsinya.

Emma bertanya kepada Abe mengapa dia mengembara selama bertahun-tahun bersama, dan Abe memberitahunya bahwa dia mencari Grace, kekasihnya. Emma sangat senang mendengar cerita Abe dan mengatakan cinta seperti itu hanya terlihat dalam Gita Govindam Jayadeva. Emma lebih lanjut mengatakan kepadanya bahwa Grace sangat mencintai Abe, dan dia akan mencarinya sejak dia meninggalkan Goa. Grace mungkin akan kembali ke Goa dalam beberapa hari untuk mencarinya, karena Grace mungkin menyadari hidup tanpa Abe terasa hambar. Selain itu, dia mungkin melankolis, sedih, dan sedih. Ada keterkejutan dalam diri Abe mendengar kata-kata Emma ketika ia menyadari bahwa hanya seorang wanita yang dapat memahami emosi mendalam wanita lain. Pemahamannya terhadap gerak tubuh, kata-kata, pikiran, keinginan, dan ekspresi wanita tidak lengkap atau kekanak-kanakan, dan dia gagal memahami perasaan dari tindakan dan niat Grace.

Seorang sarjana dalam bahasa Sansekerta, Pali, dan Prakrit, Emma berada di India selama empat tahun dan meneliti Gita Govindam untuk studi doktoralnya. Dalam mahakaryanya, Jayadeva, yang hidup pada abad kedua belas, menggambarkan hubungan antara Krishna, seorang penggembala sapi, dan *para gopika* , pemerah susu di Vrindavan, sebagai *Raas Leela,* permainan cinta nafsu alam tertinggi. Meski menikah dengan Rukmini dan Satyabhama, Krishna lebih mencintai Radha, salah satu pemerah susu, melebihi hatinya. Gita Govindam adalah puisi cinta yang paling indah dan mendalam yang ditulis dalam bahasa apa pun. Itu menggambarkan kesedihan Krishna karena perpisahan Radha dan kegembiraan sempurna atas kebersamaan mereka.

Dalam cinta, Radha menjadi Krishna, dan Krishna menjadi Radha. Perpisahan Radha dan Krishna merupakan bagian integral dari persatuan mereka. Dengan demikian, Radha berubah menjadi kebahagiaan Krishna, dan Krishna menjelma menjadi totalitas Radha. Keduanya sama. Emma menjelaskan bahwa persatuan Radha dengan Krishna adalah kebahagiaan murni, puncak cinta manusia. Mereka mengekspresikannya dengan menari, menyanyi, berbagi dan bercinta.

"Perpisahan Anda dengan Grace sebenarnya adalah penyatuan dengan Grace," kata Emma.

"Saat saya mencari Grace, saya merasakan kehadirannya, dan saya tidak memiliki keberadaan terpisah selain Grace," jawab Abe.

"Semua kerinduan pada sang kekasih adalah kerinduan akan cinta dan pertemuan dengan sang kekasih," komentar Emma.

"Saya mencari Rahmat di dalam hati saya, dan saya menanggung penderitaan karena perpisahan, namun pada saat yang sama saya merasakan kegembiraan yang dihasilkan dalam pencarian saya."

"Dalam Gita Govindam, Krishna dan Radha adalah sama. Dalam semua cinta sejati, perpisahan itu sendiri adalah fase penyatuan. Mereka menyatukan kekasih dan cinta sebagai satu kesatuan dan menjadi satu." Emma menganalisis.

Abe menatap Emma.

"Kata-katamu terdengar seperti ucapan Grace, padahal kamu terlihat berbeda," kata Abe.

"Kamu benar. Cinta itu sama dimana-mana. Ketika dua orang saling mencintai, dan persatuan mereka menjadi tak terpisahkan, cinta mereka tumbuh seiring dengan cinta mereka. Dan itu berkembang sebagai sebuah entitas. Jadi, cinta itu sendiri menjadi seseorang," jawab Emma.

"Apakah itu alasan Krishna menjadi Radha dan Radha menjadi Krishna yang jatuh cinta? Dan pada akhirnya, cinta menjadi yang tertinggi melebihi orang-orang yang saling mencintai," tanya Abe.

"Kamu benar. Cintamu pada Grace sendiri adalah Grace," jawab Emma.

"Aku tahu cintaku adalah Grace, dan Grace adalah cinta. Dan cintaku pada Grace telah menjadi orang ketiga. Grace, cinta kita, dan aku sama. Setelah bertahun-tahun melakukan pencarian, pencarian itu sendiri telah menjadi sebuah entitas; kerinduan akan cinta telah menjadi personifikasi cinta," kata Abe.

"Sekarang kamu telah menjadi seorang mistikus seperti Jayadeva," kata Emma.

"Kadang-kadang, saya mengira saya adalah Krishna, Rahmat adalah Radha saya, atau Krishna adalah saya, dan Radha adalah Rahmat. Penderitaan dalam perpisahan kita tidak lain hanyalah kegembiraan dalam persatuan kita; semua yang kulakukan adalah hasil dari derita itu, dan harapan itu membuahkan hasil dalam pertemuan sang kekasih. Kebahagiaan pertemuan untuk menyatu dengan Grace itu tak terpadamkan, dan kesunyianku dengannya ternyata menjadi kenyataan, ekspresi sebenarnya dari keberadaannya di dalam diriku dan di luar diriku. Di setiap momen dalam hidupku, aku mengalaminya; pengalaman itu sendiri adalah Grace, kekasihku."

Emma menatap Abe.

"Anda mengalaminya di dalam dan di sekitar Anda, dan Anda telah menjadi Grace. Pencarian Anda akan Grace sebenarnya adalah pencarian Anda akan diri Anda sendiri," kata Emma.

"Saya merasa tidak ada seorang pun yang dapat memisahkan Grace dari saya; bahkan aku tidak bisa. Saya tidak dapat memisahkan diri dari saya."

"Bicaralah padanya tanpa henti dalam pikiranmu, meskipun dia jauh. Jarak tidak memisahkan orang, tapi keheningan," demikian pernyataan Emma.

"Saya tahu dia terus-menerus berkomunikasi dengan saya. Ibarat seorang *Aghori, Sadhu* berkomunikasi dengan dewi kuil Kamakhya," komentar Abe.

"Bangun setiap pagi memikirkan dia. Peluk dia dengan penuh gairah. Buatlah kekasihmu bahagia dan tumbuh bersamanya," saran Emma.

Abe tersenyum. Dan dia tahu Emma memiliki harta pengetahuan tentang Krishna dan Radha serta cinta mereka. Emma juga memiliki keahlian mendalam dalam *Aghori Sadhus*, saat dia berpindah-pindah bersama mereka selama dua tahun terakhir. Dia ingin menghasilkan penelitian ilmiah dengan temuan valid mengenai para biksu telanjang karena tidak ada seorang pun yang bisa mengakses kehidupan para pengemis seperti yang dilakukan Emma.

Aghori Sadhus sudah ada sejak dahulu kala, kata Emma ketika ditanya Abe tentang asal muasal biksu telanjang. Jumlahnya ribuan di gua-gua Himalaya pada masa sekarang. Selama *Kumbh Melas* di Nashik, Ujjain, Haridwar, dan Prayag, hampir semua orang merayakan keagungan Siwa. *Kumbh Mela* berlangsung selama berbulan-bulan, dan *Aghori Sadhu* berjalan telanjang di antara para jamaah dan melakukan sihir di tengah ritual. Kuil Kamakhya adalah tempat khusus bagi mereka, tempat mereka melahirkan Siwa seperti anak laki-laki dan memiliki *maidhunam*, lanjut Emma.

"Kenapa kamu terpesona dengan *Aghori Sadhus*."

"Selama bertahun-tahun, setelah datang ke India, saya tenggelam dalam cinta antara Krishna dan Radha dari Gita Govindam, seperti yang digambarkan oleh Jayadeva. Ketika saya menyelesaikan studi saya dan menyerahkannya ke universitas untuk mendapatkan gelar doktor, saya mengalami kekosongan dalam mengetahui lebih banyak tentang India. Saya mulai membaca tentang cinta Siwa dan Parvati, yang menurut saya mendalam dan menggetarkan, seperti Krishna dan Radha. Ini adalah kesadaran baru bahwa *Aghori* berkomitmen pada Siwa; mereka mungkin berbagi cinta antara Siwa dan Parvati. Saya tidak salah, karena ada di antara mereka yang melakukan *maidhunam* dengan orang yang sangat mereka hargai," jelas Emma.

"Tapi mereka selibat," pernyataan Abe.

"Ya, mereka selibat. Prokreasi yang mereka lakukan terhadap wanita yang tidak memiliki anak tidak bertentangan dengan selibat. Ini bukan untuk menikmati bercinta tetapi sebuah tugas yang paling penting dalam hidup seseorang. Dengan cara yang sama, *maishunam* bukanlah suatu tindakan yang menentang selibat; itu memenuhi kebutuhan dan keinginan pemuja yang diungkapkan. Shiva memerintahkan mereka untuk melakukan tugas ini, dan *Aghori Sadhus* tidak bisa mengabaikan kerinduan mendalam para pengikut Shiva. Peristiwa seperti itu bisa Anda lihat dalam bentuk tugas dalam epos India," kata Emma.

"Bagaimana dan kapan seseorang menjadi *Sadhu* ?"

"Kaum *Aghori* menguji seseorang dengan ketat sebelum memasukkannya ke *Akhara,* sekolah pelatihan para biksu telanjang. Calon orang perlu mengambil *Diksha* , sebuah pentahbisan dalam upacara keagamaan, untuk menjadi seorang biksu. Ini adalah inisiasi oleh seorang Guru dari seorang shishya, seorang murid. Shishya meninggalkan segalanya dan bergabung dengan Guru, yang menerimanya sebagai seorang putra, seorang budak, untuk mempelajari *Mantra Guru.* Lagipula dia diberi nama baru oleh Guru," jelas Emma.

"Apa itu Mantra Guru?"

"Mantra Guru adalah kata kunci yang diberikan Guru kepada shishya. Biasanya itu adalah nama Tuhan, dan muridnya diharapkan menyebut nama ini tanpa henti. Ini seperti Anda terus-menerus mengulang nama kekasih Anda; kamu selalu menyanyikan nama Grace," jelas Emma.

Abe menatap Emma. "Anda telah memberi saya contoh yang berharga. Rahmat selalu menjadi Guruku, kekasihku."

"Wanita bisa menjadi inspirasi bagi pria. Kasih karunia adalah inspirasi Anda. Saya adalah inspirasi bagi Aghori Sadhu yang saya sembah. Saya memanggilnya *Baba,* dan dia memanggil saya *Shakti* dan terkadang *Parvati Devi* atau *Tripura Sundari*. Dia mengira aku adalah pendampingnya. Saya akan menulis buku tentang dia ketika saya kembali ke Belanda," kata Emma.

"Apa yang Shishya lakukan untuk Gurunya?"

"Bagi shishya, ini adalah pengabdian tanpa pamrih kepada Guru. Murid tersebut melakukan penebusan dosa dan upacara terakhirnya, *Pinda Daan* dan *Shraddha* , dan menganggap dirinya mati demi orang tuanya dan anggota keluarga lainnya. Ia juga meninggalkan segala harta benda duniawi untuk menjadi murid dan akhirnya mengangkat dirinya menjadi *Aghori Sadhu* ," jelas Emma.

"Bagaimana proses menjadi seorang *Aghori Sadhu* dan berapa lama waktu yang dibutuhkan?"

"Seorang *Aghori Sadhu* , juga dikenal sebagai *Naga Sadhu* , menanggalkan pakaiannya secara permanen, memakan apa pun yang dipersembahkan kepadanya, dan tidur tanpa dipan, tempat tidur, bantal, dan seprai di lantai. Biasanya dibutuhkan sepuluh hingga lima belas tahun pelatihan ketat. Menguji selibat selama bertahun-tahun adalah bagian darinya. Guru hanya menerima seorang murid ketika dia unggul dalam selibat, kepatuhan, dan pelepasan keduniawian. Jadi, perasaan erotis itu asing bagi *Aghori Sadhus* ," kata Emma.

"Mengapa mereka membiarkan rambut kusut?"

" *Suku Aghori Sadhu* percaya bahwa rambut gimbal memberi mereka kekuatan mistis. Energi daya kehidupan terletak di kepala, dan rambut kusut melindunginya serta membuat seseorang kuat secara fisik dan mental. Memiliki rambut yang diikat mencegah keluarnya energi daya hidup. Alasan yang paling penting adalah rambut yang kusut memberikan kesan bahwa *Sadhu* adalah penjelmaan Siwa dan memberikan kesaktian seperti yang dimiliki Siwa. Semuanya menganggap rasa takut sebagai hal yang wajar bagi rambut. Oleh karena itu, mereka memilin rambut terurai hingga membentuk bentuk seperti tali. Biasanya butuh waktu sekitar satu tahun untuk menata rambut," jelas Emma.

"Apa tujuan hidup seorang *Aghori Sadhu* ?"

"Sulit untuk mengatakan apa tujuan hidup mereka. Banyak yang mengatakan bahwa *Mukti* atau *Moksha* adalah pembebasan dari kehidupan duniawi. Mereka diam tentang Tuhan. Banyak dari mereka yang atheis," sambil memandang Abe, kata Emma.

"Mengapa mereka berjalan telanjang."

"Para *Aghori Sadhu* benar-benar meninggalkan hal-hal duniawi. Jadi, ketelanjangan adalah tanda ditinggalkannya hak milik. Itu sebabnya mereka tidak menghiasi tubuhnya. Itu adalah tanda kebebasan mutlak, status asli manusia. Ketelanjangan menantang Tuhan, karena Tuhan itu telanjang, dan manusia ingin menjadi seperti Dia, yang dia benci. Melalui ketelanjangan, seseorang tumbuh menjadi dewa dan mencapai semua kekuatan supernatural. Itu meniadakan kuasa Tuhan dan merendahkannya menjadi manusia. Seseorang, ketika telanjang, tidak memiliki rasa malu, keinginan, kecemburuan, kesombongan dan kelesuan serta mengatasi semua hukum manusia dan buatan Tuhan. Orang telanjang mencapai dimensi kehidupan yang berbeda di luar agama, moralitas, dan hukum perdata atau pidana. Tidak ada psikotik, dan penderita skizofrenia di kalangan Aghori, sebuah fenomena yang patut dipelajari. Adat istiadat yang tidak terputus antara lain menjaga jata dan rambut gimbal serta mengolesi tubuh dengan abu. Mengenakan untaian seratus delapan manik *Rudraksha* adalah tindakan suci. Dipakai untuk merasakan kedamaian, kebahagiaan, dan ketenangan. *Rudraksha* adalah benih dari pohon bernama Elaeocarpus Garnitures," kata Emma.

"Bagaimana biasanya mereka disapa, dan di mana mereka tinggal?"

" *Aghori Sadhu* dikenal sebagai *Dhunjwale Baba*. Mereka mistis, magis, dan tidak konvensional. Mereka memegang trisula bermahkotakan tengkorak manusia dan tidak tinggal di kota besar, kecil, dan desa, kecuali ketika mereka menghadiri *Kumbh Mela* atau mengunjungi kuil."

"Bagaimana mereka melakukan perjalanan jarak jauh, seperti dari Himalaya ke Kamakhya," Abe ingin tahu.

"Mereka melakukan perjalanan dengan teleportasi yoga. Karena Aghori Sadhu memiliki *Sushma Sarira* , tubuh halus, mereka berpindah dari satu tempat ke tempat lain dalam hitungan detik. *Sadhu* yang sangat berpengalaman dan senior mampu mengendalikan ruang dan waktu," jelas Emma.

"Apa yang mereka makan."

"Mereka makan apapun yang tersedia, termasuk daging, tapi hanya sekali sehari. Jika makanan tidak tersedia, *suku Aghori* akan kelaparan berhari-hari."

Abe merenungkan apa yang dikatakan Emma. Kehidupan *Aghori Sadhus* sangat menarik karena penolakan terhadap kepemilikan dan kesenangan duniawi memberikan kekuatan dan kekuatan magis. Mereka mengalami keseimbangan batin, perasaan yang jauh lebih luar biasa daripada kebahagiaan dan kegembiraan. Ketelanjangan mereka, keadaan luhur dari proses evolusi manusia, merupakan ekspresi kebebasan, pembebasan dari hasrat dan seks. *Keluarga Sadhu* menjadi cita-cita Abe, karena mereka dapat memahami hidup tanpa tujuan jauh lebih baik daripada orang lain. Ada kerinduan yang tumbuh dalam dirinya untuk menerima segala yang dilakukan *Aghori Sadhu* , menjadi seperti mereka yang *berjata* , berambut gimbal, trisula bertengkorak manusia, berkalung ular kobra di leher, dan berbadan berbalut abu. Bermeditasi Alam Semesta di gua-gua pegunungan Himalaya, mengunjungi Kumbh Melas, dan berendam suci di Sungai Gangga, Godavari dan Brahmaputra menjadi kerinduan yang mendalam. Dia ingin melampaui tubuhnya yang mudah rusak dan memulai perjalanan ke alam keberadaan yang tidak dapat binasa, di luar keyakinan dan keyakinan, kenyamanan dan kebahagiaan, seks dan hasrat, makanan dan makanan lezat, hukum dan peraturan, dewa dan dewa. Dia melukis ribuan gambar dirinya sebagai *Aghori Sadhu* dalam imajinasinya dan mendedikasikan semuanya untuk Grace tercinta. Seorang ateis berevolusi dalam pikiran dan tindakannya, dan Abe berkelana seperti *Aghori Sadhu* di *Sushma Sarira* , di mana pikirannya menyentuh keabadian, keberadaan tanpa esensi.

Dewi Kamakhya

Emma dan Abe menjadi teman baik dalam waktu tiga bulan. Abe melukis potret Emma, yang penyelesaiannya memakan waktu sekitar dua bulan. Wajah dalam gambar itu memiliki banyak ciri-ciri Grace, dan Emma bisa melihat perubahan rumit itu, dan dia tahu itu adalah perpaduan wajahnya dengan wajah Grace. Abe menamai potret itu *Teman Biksu Telanjang*. Abe menandatangani karya seninya: *Selibat*, dan di bawah tanda tangannya, dia menulis *Kepada Emma, temanku*, dan menghadiahkannya kepadanya. Emma sangat senang mendapatkannya, dan dia berjanji pada Abe bahwa dia akan menunjukkan potret itu kepada biksu telanjang, yang dia panggil *Baba*.

Abe memberi tahu Emma bahwa dia mempunyai keinginan tulus untuk melukis potret *Baba*.

"Tetapi *Baba* tidak menyukai publisitas; dia tidak suka seseorang mengganggu kehidupan pribadinya," kata Emma.

"Saya tahu dia adalah seorang yang dikuduskan. Meskipun demikian, saya mempunyai keinginan yang besar untuk melukis potretnya segera setelah saya bertemu dengannya. Dia memiliki kepribadian yang unik, karena dia mirip dengan Siwa. Meski berpenampilan garang, tapi mungkin hatinya baik," kata Abe.

"Saya akan berusaha semaksimal mungkin untuk meyakinkan dia," Emma meyakinkan.

Setelah seminggu berbincang, Abe melihat *Baba* berjalan menuju kuil dari kejauhan, dan Emma berada di sisinya. Baba berhenti berjalan begitu Baba melihat Abe, berdiri sejenak, dan memandang Abe. Abe memperhatikan bahwa rambut *Sadhu* yang kusut berwarna emas, dan tubuhnya tertutup abu. Tali *Rudraksha* dengan seratus delapan manik menyentuh pusarnya. Ketelanjangan Baba sangat menarik, memberinya penampilan yang megah karena Abe belum pernah menemukan kepribadian yang begitu mengesankan. Tiba-tiba *Baba* melanjutkan perjalanannya dan memasuki kuil.

Emma memberi tahu Abe bahwa dia telah menunjukkan potret itu, *Sahabat Biksu Telanjang*, kepada *Baba*, dan Baba melihatnya sejenak dan mengatakan kepadanya bahwa gambar itu surealistik dan simbolis, perpaduan dua orang. Artis itu ingin melihat wanita yang dicintainya dalam diri teman biksu itu. Lebih lanjut ia mengatakan artis tersebut adalah seorang introvert yang cerdas.

Abe merenungkan kata-kata *Baba*.

"Apakah kamu memberitahunya tentang keinginanku untuk melukis potretnya?" tanya Abe.

"Ya. Namun *Baba* mengatakan hal seperti itu belum pernah terjadi sebelumnya. Meski demikian, hal-hal baru bisa saja terjadi di masa depan. Hidup selalu baru, dan dia bebas membuang yang lama."

Keinginan Abe untuk bertemu *Baba* dan melukis potretnya semakin kuat. Pikirannya dipenuhi *Aghori Sadhu,* dan Abe membayangkan bagaimana ia akan melukis sosok berwajah garang dengan rambut gimbal, ular kobra di lehernya, tubuh berlumuran abu, dan ketelanjangannya. Penampilannya menggemparkan, anggun, dan memesona.

Emma memberitahunya bahwa semua biksu lainnya menghormati *Baba*, dan dia tidak pernah muda dalam pikiran dan tindakan. Sebagai lulusan pasca sarjana fisika dari Institute of Science, Bangalore, dan PhD di bidang Fisika Kuantum dari Institut Teknologi India, ia meninggalkan karirnya sebagai profesor dan kekayaan untuk menjadi pengemis untuk menemukan kedamaian dengan Alam Semesta.

"Baginya, keberadaan manusia tidak memiliki tujuan khusus, tidak ada jiwa, tidak ada kehidupan setelah kematian. Evolusi mempunyai tujuan yang terbatas: segala sesuatu mengarah pada *Shunya,* kehampaan, atau kekosongan. Alam semesta akan lenyap, alam semesta lain akan muncul dengan hukum yang sama sekali berbeda, dan ini akan menjadi proses yang berkesinambungan. Pada kemunculan berikutnya, semuanya akan berbeda, dan tidak ada yang bisa memprediksi apa yang akan terjadi. Namun prediksi hanya mungkin berdasarkan sejarah tentang apa yang terjadi dan apa yang terjadi di sini dan saat ini. Tidak ada kebaikan, tidak ada kejahatan, tidak ada Tuhan atau setan."

Kata-kata Emma sangat menginspirasi. Abe menemukan makna baru dalam hidupnya saat disandingkan dengan seorang *Aghori Sadhu*. Rasa hormatnya terhadap *Baba* semakin bertambah, ia ingin berbicara dengannya dan melukis potretnya.

Setelah tiga hari, Abe melihat *Baba* berjalan menuju kuil bersama Emma. Sosoknya yang telanjang, tegap, dan tinggi membuat Abe terpesona. Dia ingin menangkapnya secara utuh dalam potret. Ini akan menjadi upaya pertama siapa pun, dan ini akan menjadi sesuatu yang unik.

Setelah beberapa waktu, Abe melihat Emma berjalan ke arahnya.

"Abe, sang *Baba*, ingin bertemu denganmu. Ikutlah denganku," katanya,

"Di mana dia?" Abe bertanya sambil berjalan bersamanya.

"Dia sedang duduk di bawah pohon beringin, bermeditasi. Saya telah berbicara tentang keinginan Anda untuk melukis potretnya. Dia bilang padaku dia akan mendiskusikannya denganmu," jelas Emma sambil berbelok ke arah sisi kanan kuil. Sebuah pohon beringin besar tersebar di area yang luas, dan Abe melihat *Baba* duduk di bawah pohon dan dia sedang bermeditasi.

Emma dan Abe sampai di tempat *Baba* duduk. Dia sedang berjongkok di tempat tinggi yang dibangun di sekitar pohon. Banyak penyembah dan jamaah berada di sana; beberapa sedang bermeditasi. *Baba* berada di *Padmasana,* posisi lotus dalam yoga, dan matanya terpejam.

Abe dan Emma berdiri di depan *Baba*. Saat sedang duduk di tempat yang tinggi, Abe mengangkat kepalanya sedikit untuk melihat wajahnya.

"Jadi, kamu selibat," tiba-tiba Abe mendengar *Baba* berbicara kepadanya. Matanya masih tertutup.

"Ya, *Baba*," kata Abe.

"Tetapi Anda bukanlah seorang *Sadhu* yang harus hidup selibat. Tetap membujang bertentangan dengan tujuan hidup Anda. Anda perlu berkembang biak; itulah tujuan hidupmu," kata *Baba*.

"Mengapa saya tidak bisa terus membujang?" tanya Abel.

"Pertanyaan itu tidak relevan. Anda berada di dunia ini untuk berkembang biak. Sebagaimana orang tuamu melahirkanmu, kamu juga perlu melahirkan anak-anakmu," kata *Baba*.

Abe memandang *Baba* dan mendapati bahwa dia adalah refleksi yang dalam, namun merasakan kesadaran batin Baba berbicara kepadanya.

"Seseorang yang tidak menciptakan kehidupan baru tidak akan pernah mendapatkan kebebasan. Dia tidak memiliki *Mukti* dan *Moksha*. Dia akan mengalami kelahiran kembali lagi dan lagi sampai dia menciptakan kehidupan manusia. Anda adalah Tuhan Anda dan lakukan tugas Anda. Bahkan seorang selibat pun diharuskan untuk menciptakan keturunannya. Itu adalah tugasnya," jelas *Baba* .

"Aku mengerti, *Baba* ," kata Abe.

Terjadi keheningan yang lama. Abe berdiri diam, dan dia bisa melihat *Baba* bernapas tanpa mengeluarkan suara apa pun, dan dia diam, duduk seperti patung Buddha. Abe mengira *Baba* telah merangkum seluruh Alam Semesta di dalam dirinya, dan cahaya pijar yang dihasilkan dalam proses tersebut menyelimuti Abe.

" *Baba* , aku tidak sanggup menanggungnya," kata Abe lantang.

"Apa?" tanya *Baba* .

"Cahaya yang dipantulkan darimu," jawab Abe.

"Cahaya adalah ciptaan pikiran Anda; itu bukan eksternal, tetapi internal. Anda adalah cahayanya. Bersikaplah tenang, lihat ke dalam diri Anda, dan alami keberadaan Anda. Amati dirimu, lepaskan pakaianmu, dan lihatlah jari kaki, tungkai, paha, alat kelamin, pusar, perut, dada, leher, bahu, rahang, mulut, hidung, telinga, pipi, mata, dahi, dan rambut. Sentuh organ dalam Anda. Mereka bergetar; kamu adalah organmu. Rasakan dan cintai mereka. Sadarilah kamu telanjang seperti bayi yang baru lahir, sifat aslimu. Cintai tubuhmu; nikmati ketelanjangan Anda; menghargai keberadaanmu. Bersyukurlah pada diri sendiri atas perasaan Anda. Menjadi satu dengan Anda dan kendalikan pikiran Anda; berkonsentrasilah padamu karena kamu adalah Gurumu." Abe mendengar *Baba* . Suaranya seperti guntur.

Abe berdiri diam dan menjadi perantara bagi *Baba* . Dia menghilangkan proses berpikirnya dari pikirannya; penalaran menjadi kosong. Kehampaan itu menyenangkan, menggembirakan dan Abe menyadari bahwa dia sendirian, tanpa ditemani. Alam semesta ada di dalam dirinya, dia di dalam alam semesta, seolah-olah keterlibatan kesatuan dengan seluruh kosmos, sebuah pengalaman yang luar biasa, pencerahan dalam kesendirian. Keluasan mengelilinginya, dan dia berevolusi menjadi atom tanpa berat dan massa; suatu besarnya ada di dalamnya. Dia adalah batas, ketidakterbatasan, dan ketiadaan. Ada cahaya abadi, bahkan tidak ada sedikitpun kegelapan, dan dia melakukan perjalanan dengan cahaya melampaui ruang, waktu dan perenungan menuju alam kesadaran, pencerahan. Abe ringan, keberadaannya dalam kesadaran.

Abe mungkin sudah menghabiskan waktu lama seperti itu. Ketika dia membuka matanya, *Baba* tidak ada di sana, dan Emma telah pergi. Dia telah berdiri di sana selama lebih dari sembilan jam tanpa kesadaran akan dunia. Tiba-tiba Abe mengerti apa itu meditasi, dan bahkan pada langkah pertama, dia bisa mengalami trance. Itu mempelajari sifat dari berbagai tahapan yang diakhiri dengan mantra, finalitas refleksi. Dalam empat tahun pelatihan intensif dengan para Jesuit, dia tidak akan pernah mendapatkan pengalaman seperti itu, dan Grace selalu ada dalam pikirannya. Bahkan St Theresa dari Avila atau St Fransiskus dari Assisi mungkin tidak mengalami perasaan diri yang begitu mendalam. Meditasi adalah perjalanan menembus diri; itu adalah pengalaman orang tersebut. Itu berarti mendapatkan kendali atas ego, membuang semua pikiran duniawi dan merangkul ketiadaan. Tujuan utamanya adalah pengosongan diri, pembebasan, *Mukti, Moksha,* dan dunia *Shunya.*

Dua hari kemudian, Emma bertemu Abe dan bertanya: "Bagaimana pengalaman bertemu dengan *Baba* ."

"Sungguh luar biasa, pengalaman mistis. Membawa saya ke alam non-eksistensi adalah perjalanan pertama saya melampaui ruang dan waktu," jawab Abe.

"Hari itu, aku menunggumu selama dua jam, tapi kamu kesurupan; dan berdiri di sana tanpa bergerak, tanpa menyadari apa yang terjadi di sekitar," kata Emma.

"Ya, saya di sana lebih dari sembilan jam," jawab Abe.

"Ini adalah spiritualitas dan meditasi Buddhis. Anda tidak membutuhkan Tuhan untuk menjadi seorang mistikus.*Baba* sangat dipengaruhi oleh agama Buddha, meskipun ia adalah pemuja Siwa. Tindakannya didasarkan pada penemuan diri, menggali diri sendiri, memahami diri sendiri, dan mengetahui diri sendiri. Hal ini dipraktikkan dalam Buddhisme Hinayana oleh guru-guru besar, yang dipelajari Yesus di India," kata Emma.

"Bagaimana Anda menghubungkan Yesus dengan agama Buddha?" Abe bertanya.

"Ada keyakinan kuat bahwa Yesus menjadi biksu Buddha. Ia mempelajari prinsip dan filosofi agama Budha selama berada di India selama kurang lebih dua puluh tahun. Yesus tiba di sini bersama para pedagang ketika berusia dua belas tahun dan belajar di bawah bimbingan guru Buddha dan Hindu. Dia berada di India, sama seperti banyak komunitas Yahudi di sini, terutama di Kashmir dan pesisir Malabar. Para sarjana mengatakan Yesus sudah lama berada di Universitas Nalanda," Emma memberikan pernyataan.

Kemudian, Abe dan Emma duduk di bawah pohon beringin sambil berhadap-hadapan.

"Apakah ada bukti sejarah kunjungan Yesus ke India?" tanya Abe.

"Tidak ada bukti. Bahkan mengenai kehidupan dan zaman Yesus, tidak ada bukti sejarah. Bangsa Romawi, penguasa Palestina, belum menulis apa pun tentang Yesus, meskipun mereka sangat teliti dalam mencatat peristiwa sebenarnya yang terjadi di kerajaan mereka. Tapi ada tradisi yang kuat. Yesus datang ke India untuk mempelajari nilai-nilai, pemikiran, dan ajaran Buddha. Ia menjadi biksu kepala, orang terpenting kedua dalam agama Buddha setelah Buddha," jelas Emma.

"Anda mengatakan bahwa agama Buddha telah mempengaruhi agama Kristen," komentar Abe.

"Ini lebih dari sekedar pengaruh. Kekristenan adalah salinan dari agama Buddha. Sekembalinya ke Palestina dari India, Yesus tidak mengajarkan agama tetapi mempraktikkan cara hidup baru bagi orang Yahudi. Tuhan yang diproyeksikan oleh Yesus dalam Injil Matius sama sekali berbeda dengan Tuhan dalam Perjanjian Lama. Yesus memperlihatkan Allah yang pengasih dan baik hati, Allah yang pemaaf dan memberi semangat. Dalam Perjanjian Lama, Tuhan adalah seorang tiran yang kejam," analisis Emma.

"Dari mana Yesus mendapatkan konsep Tuhan yang pengasih dan baik hati?" Abe bertanya.

"Bagi Yesus, Tuhan adalah simbol kebaikan, kesatuan dan kebaikan, bukan pribadi, bukan entitas. Misalkan Anda membaca *Lalitavistara*, biografi Sang Buddha yang ditulis dalam bahasa Sansekerta segera setelah kematian Sang Buddha; Anda akan mengetahui banyak hal dalam Injil yang dipinjam, disalin, dan diambil oleh para penulis dari *Lalitavistara*. Saya dapat memberi Anda beberapa contoh. Dalam *Lalitavistara*, Sang Buddha dilahirkan dari seorang perawan dan dikenal sebagai Anak Manusia. Sang Buddha memilih murid-muridnya dari masyarakat umum dan melakukan perjalanan ke seluruh India utara. Yesus juga lahir dari seorang perawan. Dia memilih murid-muridnya dari rakyat jelata dan berkelana ke seluruh penjuru tanah Palestina. Sang Buddha hidup lima ratus tahun sebelum Yesus dan melakukan banyak mukjizat, sama seperti mukjizat Yesus. Sang Buddha menyembuhkan orang sakit, memberikan penglihatan kepada orang buta, membantu orang tuli untuk mendengar, dan menyembuhkan orang yang menderita penyakit kusta, dan Yesus juga melakukan hal-hal tersebut. Sang Buddha menyembuhkan orang yang mengalami gangguan fisik dan memintanya untuk berjalan sambil membawa tempat tidur mereka, dan Yesus melakukan hal yang sama. Sang Buddha berjalan di atas perairan Sungai Gangga. Murid-muridnya mengira itu adalah roh yang sedang berjalan. Dan Yesus berjalan melintasi danau Galilea, dan murid-muridnya mengira dia adalah roh," Emma menjelaskan.

"Hebatnya, Injil menyalin banyak peristiwa dan aktivitas Yesus dari kitab suci dan literatur Buddhis; sepertinya," komentar Abe.

"Dalam *Lalitavistara* , ada cerita tentang seorang janda yang mempersembahkan koin kecil di kuil. Dan dalam Injil, menurut Markus, Yesus memuji seorang janda yang menawarinya sebuah koin kecil. Sang Buddha memperbanyak makanan dan memberi makan ribuan orang, dan Yesus melakukan hal yang sama lebih dari satu kali. Masih banyak lagi kejadian serupa yang dilakukan oleh Buddha dan ditiru oleh Yesus. Teologi agama Kristen adalah agama Budha yang diperoleh Yesus ketika berada di India. Konsep dan praktik meditasi, doa, latihan spiritual, puasa, dan penebusan dosa umat Kristiani mula-mula diangkat dari agama Buddha," sambil memandang Abe, kata Emma.

"Dari mana kamu mendapatkan semua informasi ini?" Abel bertanya.

"Saya telah membaca banyak literatur asli Sansekerta, Pali, dan Prakrit. Saya membandingkan ajaran dan mukjizat Buddha dengan ajaran Yesus. Tidak seorang pun dapat menyembunyikan pengaruh Buddha terhadap Yesus, karena hal itu tidak dapat disangkal. Para biksu Buddha hidup dalam penolakan mutlak, mengandalkan sedekah yang diterima dari orang-orang, seperti para biksu di agama Kristen awal. Para biksu Buddha adalah pertapa, cendekiawan, dan filsuf yang hebat. Beberapa sarjana secara bertahap mengangkat Buddha ke posisi Tuhan dalam Buddhisme Mahayana. Hal yang sama terjadi dalam agama Kristen, seperti St. Paulus, yang mengubah Yesus menjadi Kristus, Tuhan. Tapi Buddha dan Yesus tidak pernah mengklaim mereka adalah Tuhan," pernyataan Emma.

Abe menanyakan keberadaan Baba , dan Emma memberitahunya bahwa Baba telah pergi ke Haridwar dan mengunjungi Prayag, Ujjain dan kembali keesokan paginya. Abe memandang Emma dengan heran, dan Emma memberitahunya bahwa *Baba* menggunakan teleportasi, dan dia tidak membutuhkan waktu lama untuk melakukan perjalanan. Emma memberi tahu Abe bahwa Baba telah menyatakan kesediaannya untuk berpose di hadapan Abe untuk dipotret keesokan harinya. Mendengar Abe sangat senang. Ketenangan yang langka muncul di benak Abe; harapan bersemi dalam hatinya, dan dia mengungkapkan antusiasmenya untuk bertemu dengan *Baba* .

Keesokan harinya, Abe mulai melukis potret tersebut. *Baba* duduk di bawah pohon beringin di *Padmasana* . Kedamaian dan keharmonisan terpancar di wajahnya meski ia telah memejamkan mata, dan sepertinya ia sedang bermeditasi mendalam. Namun bagi Abe, matanya terbuka lebar bagaikan mentari pagi di atas Brahmaputra. *Rudraksha-* nya bersinar, dan ular di lehernya berdiri diam. Rambut gimbalnya sangat indah, dan seperempat bulan pertama yang muncul di atas kepalanya bersinar langka seolah-olah dia sedang duduk di bawah syzygy. Aurora itu sangat halus. *Baba* tampak seperti perpaduan antara Siwa dan Buddha.

Setiap hari selama tiga hingga empat jam, Abe bekerja. Emma memberitahunya bahwa Baba sedang mengunjungi kuil Siwa di seluruh India, berbicara dengan Sang Buddha, guru besar agama Buddha lainnya, para Resi Hindu, atau Yesus dari Nazareth pada jam-jam tersebut. Abe melihat *Baba* dalam gambaran virtualnya, mencerminkan kesadarannya, keberadaannya. Tak lain adalah Abe yang bisa melihatnya duduk di samping pohon beringin. Ketika Beliau berjalan mengitari kuil, beliau tetap *adurshya* , tidak terlihat, karena semua orang, kecuali mereka yang dianggap layak oleh *Baba* , dapat melihatnya.

Lukisan itu berlanjut selama berminggu-minggu, dan di waktu senggang Abe, Emma mengunjunginya.

Emma dan Abe berdiskusi panjang lebar tentang Siwa, Shaivisme, Hinayana, Mahayana, kaum Eseni, Nazarene, dan komunitas Kristen asli lainnya di luar filsafat Yunani dan politik Romawi. Abe mendapati pengetahuan Emma tentang sastra Sanskerta, Pali, dan Prakrit serta pemahamannya tentang Siwa, Krishna, Buddha, dan Yesus tidak tertandingi.

"Emma, apa yang paling kamu tidak suka?" Tiba-tiba Abe melontarkan pertanyaan yang melenceng dari tema sentral diskusi mereka.

Dia memandang Abe dan berkata dengan suara rendah: "Saya tidak menyukai fundamentalis dan fanatik agama. Saya tidak menyukai politisi yang tidak memiliki empati dan tidak jujur, kejam, dan kejam. Saya tidak suka orang yang menelantarkan istrinya."

"Jadi sebagian besar pemimpin agama dan politisi termasuk dalam kategori ini," kata Abe.

"Memang," jawab Emma.

"Apa yang kamu yakini, Emma?" Abe bertanya lagi.

"Saya percaya pada kasih sayang, kebaikan, logika, rasionalitas, kesetaraan, empati, martabat dan hak asasi manusia dan hewan," kata Emma.

"Sepertinya Anda ingin mengatakan sesuatu yang lebih," kata Abe.

"Iya, Abe. Saya suka seks; itu adalah percintaan murni dengan seseorang yang sangat saya cintai dan kagumi. Itu adalah kebahagiaan tertinggi, tindakan terindah di dunia ini," kata Emma.

"Apakah bercinta itu tindakan yang indah?" tanya Abel.

"Tentu. Abe, kamu selibat, dan kamu belum pernah mengalaminya. Sungguh menyenangkan jika Anda mencintai seseorang. Dengan cinta, kekaguman datang; dengan penuh kekaguman, penyatuan itu terjadi. Anda dapat berhubungan seks dengan lebih dari satu orang jika Anda mencintai mereka sepenuhnya. Cinta banyak orang mungkin terjadi jika Anda tidak egois. Lihat, Krishna menikmati *raasleela* , percintaan yang tulus dengan banyak *gopika* , para pemerah susu, meskipun dia mempunyai dua istri dan sangat mencintai mereka. Dia sangat mencintai Radha, salah satu pemerah susu. Krishna menjadi Radha, dan dia berpikir bahwa percintaannya dengannya adalah perpaduan sempurna antara tubuh dan jiwa mereka, dan keduanya sangat menghargainya," kata Emma.

"Apakah seks, bercinta, merupakan pengalaman spiritual," tanya Abe.

"Konsep spiritualitas tidak berharga dan palsu karena tidak bisa ada di luar manusia, dan di dalam diri manusia, ia tunduk pada kualitas manusia lainnya. Jika Anda adalah orang baik yang tidak merugikan orang lain, Anda tulus; itu lebih unggul daripada spiritualitas. Seks adalah penyatuan dua individu yang saling mencintai, siap berbagi tubuh dan perasaan terdalam. Persatuan seperti itu menyenangkan, bermakna, dan bertahan lama; tidak ada spiritualitas yang dapat menyediakannya. Hal ini tidak mengharuskan Anda menikahi orang tersebut, karena pernikahan adalah batu sandungan bagi cinta. Anda harus mencintai seperti manusia yang bebas, tanpa keterikatan apa pun, dan pada saat yang sama berkomitmen dan dicintai secara mendalam," tegas Emma.

Abe berpikir sejenak lalu bertanya: "Apakah kamu mencintai dan mengagumi banyak orang?"

"Saya mencintai dan mengagumi Siwa, Krishna, Buddha dan Yesus dari Nazareth. Jika saya bersama Krishna, saya akan meminta Krishna untuk menganggap saya seorang *gopika*, dan bagi Yesus, saya adalah Magdalenanya," kata Emma.

"Meskipun demikian, beberapa di antaranya merupakan tokoh mitos," komentar Abe.

"Ya, Mahabharata dan Alkitab bukanlah kisah nyata. Kebanyakan dari mereka adalah fiktif; kita tidak perlu menganggapnya sebagai fakta. Masalah dimulai ketika masyarakat mempercayai dan menerima mitos sebagai kebenaran dan ilmu magis. Namun karakter imajiner mempunyai sifat verisimilitude karena kita menciptakannya berdasarkan latar belakang pribadi, sosial, psikologis, dan ekonomi. Mereka muncul dari keyakinan, keinginan, ketakutan, kegagalan dan kelemahan kita. Mereka mewakili kita, membela, berbicara dan berjuang untuk kita. Kita menerima mereka sebagai pribadi yang nyata, dan lambat laun mereka tumbuh lebih besar dari kita, menguasai kita, dan berkembang menjadi pahlawan, cita-cita, landasan iman, dan tuhan kita. Mereka mengumpulkan kekayaan, keilahian, dan kekuasaan, yang tidak mungkin dihapuskan. Mereka menentukan nilai-nilai, kebiasaan, peraturan dan hukum kita; berbicara menentang mereka adalah dosa dan kejahatan. Mereka menghukum kita melalui manusia lain, dan hukumannya seringkali mematikan dengan cara dipenggal, ditembak, atau digantung. Manusia berumur sekitar sepuluh lakh tahun, tetapi tidak ada dewa masa kini yang berumur lebih dari lima ribu tahun. Untuk melengserkan para dewa, perlu muncul peradaban lain. Dewa-dewa Mesopotamia, Mesir, dan Yunani yang pernah menjadi faktor paling kuat dan menentukan dalam kehidupan manusia kini menghilang dan terlupakan. Dewa-dewa kita saat ini akan lenyap ketika manusia digital muncul karena para dewa tidak lagi mempunyai peran di dunia baru. Ibadah dan spiritualitas akan menjadi cerita masa lalu." jelas Emma.

"Apakah Baba itu dewa?"

" *Baba* adalah seorang atheis; dia tidak mistis; dia nyata; Saya mencintai dan mengaguminya. Saya tidak pernah bertanya tentang latar belakang atau usianya. Sekarang aku mencintai dan mengagumi satu orang lagi," sambil menatap Abe, kata Emma.

"Kamu mencintaiku, mengagumiku?" Abe melontarkan pernyataan seperti sebuah pertanyaan.

"Tentu saja," jawab Emma.

"Tetapi saya selibat dan sangat mencintai Grace. Saya yakin dia sudah menunggu saya selama sepuluh tahun terakhir," kata Abe

"Semua orang membujang sebelum bercinta pertamanya. Kamu masih bisa sangat mencintai Grace bahkan setelah bersatu dengan orang yang mencintaimu, seperti aku," Emma terbuka dan berani.

"Biarkan aku memikirkannya," kata Abe.

"Berhubungan seks denganmu adalah keinginanku yang paling berharga," kata Emma sambil tersenyum.

Senyumannya mirip dengan Grace. Emma cerdas, rasional, tak kenal takut, dan cerdik seperti Grace dan memiliki banyak kualitas yang sama. Grace adalah bagian lain dari Emma, yang tak terlihat, tak terucapkan, tak terekspresikan, dan tak sadarkan diri. Jika Emma berada di Singuerim, dia akan berperilaku seperti Grace, dan jika Grace bersama *Baba* di Kamakhya, dia akan berperilaku seperti Emma. Namun undangan Emma yang kebetulan menyerbu batin Abe dan memicu konflik internal seperti undangan Grace untuk menginap bersamanya selama satu malam. Tidak ada perbedaan, karena tujuannya sama. Tanpa sentuhan, Grace seolah-olah memeluknya ribuan kali dalam proses berpikir, menggendongnya seperti batu berharga. Emma menunjukkan emosinya secara terbuka, namun Grace secara halus.

Kepribadian Grace yang menawan masih menguasai Abe sepenuhnya. Selama sepuluh tahun sebelumnya, dia telah mencarinya. Ia sadar bahwa ia telah mengikrarkan kaul kesucian dalam Serikat Yesus, dan segera setelah ia meninggalkan Jesuit, janji tersebut menjadi tidak mengikat dan tidak diperlukan lagi. Namun cintanya pada Grace membujuknya untuk terus hidup tanpa melakukan hubungan seksual dengan siapa pun, meski usianya sudah tiga puluh lima tahun. Abe berhari-hari memperdebatkan pro dan kontra atas undangan yang dilontarkan Emma.

Setiap kali dia bertemu Emma, mereka saling perhatian, tersenyum, dan berbagi basa-basi serta cerita. Permintaannya untuk bersatu dengannya tidak mempengaruhi hubungan mereka, karena mereka saling menghormati. Selain itu, Abe mengagumi pengetahuannya tentang Sansekerta, Budha, dan Gita Govindam. Dia menghindari pembicaraan tentang bercinta, meskipun dia memiliki keakraban yang kuat dengan hal itu dan menyukai pemikiran itu. Meskipun demikian, seks telah menjadi sesuatu yang asing dan tidak penting dalam hidupnya karena dia takut kehilangan selibatnya.

Biksu telanjang itu berpose untuk Abe setiap hari tanpa henti. Ia terus bermeditasi sementara Abe melukis. Suatu hari, biksu itu tiba-tiba berkata, matanya seperti matahari di atas kuil Kamakhya: "Seorang yang hidup selibat berarti penyangkalan." Abe memandang biarawan itu; dia sedang duduk diam di *Padmasana*. Abe ragu apakah *Sadhu* itu yang berbicara, karena kata-katanya seperti gemuruh guntur di kejauhan.

" *Baba* , apakah kamu mengatakan sesuatu?" Abe bertanya dengan suara rendah, sambil memegang kuas. Emma berdiri di dekat Abe.

"Setiap manusia mempunyai kekuatan vital tertentu, dan orang yang hidup selibat meniadakan hal tersebut," kata *Baba* . Kata-kata itu langsung masuk ke dalam hati Abe. *Apakah aku meniadakan kekuatan vitalku?* Abe bertanya pada dirinya sendiri.

Emma memandang Abe; matanya terbakar. Abe menyadarinya.

" *Baba* , apakah aku menyia-nyiakan diriku sebagai seorang laki-laki?" tanya Abel.

"Seorang yang hidup selibat tidak pernah menikmati kepenuhan keberadaannya," lanjut *Baba* . Ia tidak menanggapi pertanyaan Abe, melainkan berbicara seperti sedang kesurupan, sedang bermeditasi.

"Saya memiliki keinginan mendalam untuk menikmati kepenuhan hidup saya. Tolong tunjukkan padaku jalannya," kata Abe.

"Jika kamu terus hidup selibat, kamu tidak akan pernah mencapai *Sayujya* , kebebasan dari kelahiran dan kelahiran kembali," *Baba* berbicara dengan anggun. Kata-katanya meyakinkan namun terdengar seperti tsunami dari Teluk Benggala.

"Menghargai *Sayujya* adalah kebutuhan kemanusiaanku, dan aku tidak suka dilahirkan kembali," gumam Abe.

Abe tidak bisa melakukan banyak pekerjaan hari itu karena merasa terganggu dan khawatir. Dia tahu tidak ada jiwa dan kelahiran kembali. Jadi, kata-kata *Baba* mungkin mempunyai konotasi yang berbeda. Abe tidak membahas maksud perkataan *Baba* . Abe menyukai Emma namun tidak ingin membuang selibatnya.

Selama dua belas hari berikutnya, *Baba* tidak berbicara apa pun. Dia sedang bermeditasi. Namun suatu hari, tiba-tiba, dia berkata: "Tanpa melahirkan anak, setelah kematian, jiwamu akan mengembara mencari seorang dewi. Tapi dia akan menolakmu." Abe tahu kata-katanya tidak ada artinya, karena hanya keriuhan belaka. *Baba* mungkin mencoba menciptakan kebingungan, tapi bagaimana dia bisa melakukan itu? Baba seharusnya tidak berbicara tentang jiwa dan kelahiran kembali sebagai seorang ateis.

Selama berhari-hari Abe memikirkan *Baba* . Kadang-kadang, bahkan orang-orang hebat pun mengatakan hal-hal bodoh; Abe secara mental menghibur *Baba* karena dia mungkin membesar-besarkan kata-katanya untuk membuang selibatnya. Namun perkataannya ada benarnya, karena tujuan hidup adalah prokreasi.

Abe sudah menyelesaikan dua bulan melukis potret *Baba* , dan ia senang dengan kemajuan karyanya. Dia yakin bisa menyelesaikannya dalam waktu satu bulan. *Baba* duduk bermeditasi selama beberapa hari, dan Emma berdiri di sampingnya sementara Abe melukis potret itu.

Emma selalu menyemangati Abe dan mengapresiasi kemajuannya. Kata-katanya menenangkan dan penuh perhatian, ditemukan Abe, dan dia berterima kasih atas kehadirannya. Dia tahu karena dialah *Baba* memutuskan untuk berpose untuk potret itu, dan Emma sendirilah yang menjadi alasan untuk mendapatkan kesempatan seperti itu untuk melukis gambar seorang pengemis telanjang.

"Emma, saya selalu berterima kasih atas kebaikan, dorongan, dan meyakinkan *Baba* untuk berpose untuk potret tersebut."

"Itu adalah cintaku padamu, Abe; itu adalah tugasku, dan aku harus melakukannya."

"Saya menghargainya," sambil memandang Emma, kata Abe.

Emma tersenyum. Senyumannya kurang lebih mirip dengan senyum Grace. Dia berbicara seperti Grace, dan resonansi suaranya menciptakan gambaran Grace. Emma secara bertahap berevolusi sebagai Grace.

"Emma, kamu memahamiku lebih dari siapa pun, dan aku semakin mengalaminya selama dua tahun terakhir. Sekarang saya mengalami pengalaman Grace bersama Anda."

"Itu karena kamu secara bertahap mengembangkan cinta dan kekaguman terhadapku. Kasih karunia adalah gambaran terbaik Anda tentang kebaikan, cinta, dan harapan; selama sepuluh tahun terakhir, Anda telah mencarinya. Anda mungkin mengira pencarian Anda sia-sia; karenanya, kamu ingin melihat Grace dalam diriku. Tapi jangan melihat Grace dalam diriku. Saya orang yang mandiri. Misalkan kita bersama, dan jika kamu gagal menemukan Grace dalam diriku, kamu akan kecewa. Bagimu, aku harus menjadi Emma, bukan Grace."

"Kamu benar, Emma; Anda memiliki kepribadian yang unik; Anda berbeda dalam kepekaan, persepsi, nilai, dan penilaian. Anda adalah salah satu kepribadian langka yang pernah saya temui. Jujur dan tulus, Anda menghargai hubungan dan menghargai persahabatan. Saya mengagumi Anda."

"Terima kasih Abe atas pengertiannya. Saya juga menghargainya."

Selama seminggu itu, *Baba* diam. Dia tidak pernah berbicara, namun Abe dan Emma dapat merasakan kesunyian, gumaman meditasi, dan pola pikirnya tentang mereka. Dan suatu hari, *Baba* berkata: "Kamu penakut dan lemah."

Tiba-tiba Abe teringat perkataan Grace bahwa dia adalah seorang introvert.

" *Baba* , itu benar," kata Abe.

"Kamu menolak menerima esensimu," Abe mendengar lagi.

"Kamu benar, *Baba* . Itu telah terjadi pada saya berkali-kali."

"Kamu menampilkan dirimu sebagai orang yang impoten di hadapan seorang wanita."

"Benarkah? Bagaimana menurutmu, Ema?" tanya Abel.

"Ya, Abe. Ada seorang wanita yang mencintaimu, mengagumimu dan mendambakan bersamamu. Tapi Anda pikir Anda adalah orang yang tidak mampu secara seksual," jawabnya.

"Apa yang harus saya lakukan?" Abel bertanya.

"Balas perasaanku padamu. Itu akan bermanfaat bagimu. Anda akan merasakan esensi dan individualitas Anda."

"Tetapi saya tidak mampu meninggalkan selibat saya," kata Abe.

"Kamu memalsukan emosimu dan mengatakan pada wanita yang mencintaimu bahwa kamu bisa menyangkal kebutuhan seksualmu selamanya," tiba-tiba Abe mendengar *Baba* berbicara.

Itu terlalu berat bagi Abe. Dia menggigil karena kecemasan, kesedihan dan keputusasaan.

"Abi, itu benar. Anda tidak bisa meninggalkan perasaan seksual Anda selamanya. Jangan menekan emosimu, dan jangan menghancurkan dirimu sendiri," kata Emma.

"Kamu adalah seorang munafik, kamu mengalami kehancuran emosi," kata *Baba*.

Tiba-tiba Abe meletakkan kuasnya. " *Baba* , itu keterlaluan bagiku. Anda mengatakan yang sebenarnya, tapi saya tidak berani menghadapi kebenaran. Saya memang menderita masalah emosional yang mendalam dan memakai banyak topeng. Hidup membujang ini membunuhku. Aku tidak tahan," seru Abe. Ini adalah pertama kalinya dalam hidupnya dia menangis.

"Abe, bangun. Kamu berpikir keras," kata Emma.

'Emma, itu percakapan yang nyata. Saya tahu ini bukan mimpi; Saya mendengarnya dari benak *Baba* . Dan itu nyata."

"Kamu benar, Abe. Pikiran *Baba* berbicara kepada Anda untuk menyadarkan Anda akan situasi Anda sehingga Anda menjadi berani dan menghadapi kenyataan hidup dengan berani dan tidak pernah bergantung pada nilai-nilai palsu."

"Kamu telah mengatakan yang sebenarnya, Emma. Saya menyadari bahwa selibat dan keperawanan itu palsu. Itu bohong, dan aku tahu itu bohong. Tetap saja, aku tetap berpegang pada kebohongan."

"Selibat dan keperawanan mengembangkan sistem nilai negatif. Konsep-konsep ini adalah produk dari komunitas yang tidak terorganisir dan menindas. Gereja Roma mengebiri ratusan anak laki-laki untuk meneruskan mereka dalam kelompok paduan suara sampai saat ini, dan para pendeta mencemari banyak anak laki-laki. Kebiasaan seperti itu lazim di seluruh Eropa. Ribuan orang yang dikebiri berada di sana sebagai penjaga gerbang atau pelindung harem para khalifah, Maulwi, Imam Mullas, dan rumah tangga Arab di Timur Tengah, Afrika Utara, dan Asia Tenggara. Kaisar Tiongkok dan Jepang serta raja Mughal dan Rajput adalah klien remaja yang dikebiri. Pengebirian terhadap anak merupakan hal yang lazim dalam agama Hindu, Islam, dan Budha untuk dijadikan objek seks bagi orang kaya, orang berkuasa, biksu, sadhu, dan biksu. Selibat adalah pengebirian diri, dipaksa oleh masyarakat dan agama, menghancurkan dan merendahkan martabat manusia. Seluruh hidup manusia terbuang sia-sia atas nama mitos. Penginjak-injak harkat dan martabat manusia dan penaklukan kemanusiaan merupakan pemalsuan sifat manusia, karena hal ini sepenuhnya bertentangan dengan jiwa dan kebebasan manusia. Kita tidak butuh Tuhan, agama, atau raja yang memerintahkan kebiri, menghilangkan kejantanan dan kemampuan prokreasi. Kubur tindakan pengecut ini, agar tidak terulang lagi di kemudian hari," kata Emma. Kata-katanya bergema ribuan kali di benak Abe. Dia memutuskan untuk berubah, namun perubahan itu menyakitkan.

Merenungkan Emma selama berhari-hari bersama memberikan penghiburan bagi Abe. Rasa hormatnya terhadap istrinya semakin bertambah, dan dia menyukai gagasan serta nilai-nilainya.

Abe menyelesaikan lukisan itu dalam waktu tiga bulan. Kanvasnya terbuat dari kain, linen berkepadatan tinggi, dan medianya adalah cat minyak. Genrenya adalah potret; ukurannya sembilan puluh dua cm kali tujuh puluh empat cm. Abe menamai lukisan itu *The Naked Monk* dan menandatanganinya *Selibat*. Ketika Abe melakukan pukulan terakhir dengan kuasnya, *Aghori Sadhu* bangkit dan berjalan menuju kuil. Abe tidak sempat mengungkapkan rasa terima kasihnya kepadanya, dan dia bertanya-tanya bagaimana *Sadhu* bisa mengetahui pekerjaan itu telah selesai. Abe mendiskusikan masalah ini dengan Emma, dan Emma memberitahunya bahwa *Baba* memperhatikan setiap sapuan kuas melalui mata batinnya.

"Abe, pengalamanmu saat *Baba* duduk di hadapanmu hanyalah ilusi," kata Emma.

"Apakah kamu ilusi?" tanya Abel.

"Ya, jika kamu tetap membujang. Tidak, jika kamu melanggar selibatmu."

"Saya ingin menghancurkan penipuan ini."

"Menjadi manusia. Itulah satu-satunya solusi. Tapi Anda berada dalam penjara pilihan Anda; temboknya tebal, kuat dan tinggi. Hanya Anda yang bisa menghancurkannya; ada palu godam di dalam dirimu dan gunakanlah dengan berani."

"Aku akan melakukannya," janji Abe.

Emma bertanya kepadanya mengapa dia terus menandatangani lukisannya *Selibat* , dan Abe menjawab dia telah melakukannya sejak dia meninggalkan Loyola Hall, dan mengubah nama tidak ada artinya.

Emma memberitahunya bahwa potretnya yang berjudul *The Naked Monk* sungguh luar biasa, unik, dan tidak diragukan lagi akan dikenal secara internasional. Abe berterima kasih pada Emma atas kata-kata baiknya.

Selama berhari-hari, Emma mengajak Abe melihat patung-patung di dalam kuil dan di dinding luarnya; itu adalah wahyu baru baginya. Ia mengungkapkan keinginannya untuk mempelajari gaya, tema, dan struktur patung di banyak lokasi yang diukir dari batu granit di dinding candi. Abe menanyakan berbagai aspek pada patung tersebut. Ia menemukan Emma memiliki pengetahuan menyeluruh tentang sejarah candi, mitologi yang melekat pada Siwa dan Shakti, dan relevansi tokoh-tokoh tersebut dengan setiap cerita. Saat ribuan peziarah mengunjungi candi, selalu ada suasana meriah di sekitar Bukit Nilachal, tempat candi itu berada.

Emma memberi tahu Abe bahwa Kamakhya adalah kuil langka dan salah satu kuil paling terkenal, yang didedikasikan untuk dewi Shakti, permaisuri Siwa. Candi tersebut melambangkan cinta Shakti dan Siwa, dimana Siwa rindu untuk bersatu dengan permaisurinya Shakti. Cinta mereka sangat dalam, dan tidak ada yang bisa memisahkan mereka. Shiva sangat mencintai dirinya sendiri sehingga dia bisa mencintai Shakti seperti dirinya.

"Apakah mencintai diri sendiri itu penting untuk mencintai orang lain," tanya Abe pada Emma sambil mengamati patung Siwa dan Shakti.

"Tentu saja, jika Anda tidak mencintai diri sendiri, Anda tidak bisa mencintai orang lain. Sumber cintamu adalah dirimu sendiri; Anda dapat membaginya dengan orang lain ketika Anda sudah kenyang. Anda tidak dapat membagikannya jika Anda tidak dipenuhi dengan cinta atau hampa."

Abe menatap Emma. Dia memperhatikan Emma seperti Grace; dia berbicara dengan meyakinkan dan memiliki kemampuan untuk meyakinkannya seperti Grace. Tapi Grace tidak pernah berbicara tentang seks. Sebaliknya, Emma tak segan-segan membicarakan percintaan, seolah-olah itu adalah bagian tak terpisahkan dari hidup, tak terpisahkan, dan tanpanya, hidup tak lengkap.

"Emma, kamu sangat berterus terang dalam berdiskusi denganku," Abe mencoba menghargainya.

"Karena aku mencintai kamu. Itu mungkin karena saya mencintai diri saya sendiri. Jika aku tidak mencintai diriku sendiri, aku tidak bisa mencintaimu. Akulah Maria Magdalenamu," jelas Emma.

"Jadi, kamu mengatakan kepadaku bahwa aku adalah Yesusmu, dan aku harus mencintai diriku sendiri sebelum aku mulai mencintai kemanusiaan," komentar Abe.

"Kamu benar, Abe. Anda perlu mencintai diri sendiri; hanya dengan begitu kamu bisa mencintai Grace dan aku. Anda takut untuk mencintai diri sendiri; Anda takut bahwa menghargai diri sendiri bertentangan dengan selibat Anda. Buanglah pakaianmu, jadilah Yesusku yang telanjang. Bakar salibmu."

"Bagaimana cara membakar salib ini, dan bagaimana saya bisa mencintai diri saya sendiri?" Abel bertanya.

"Tidak ada yang bisa menyelamatkan dunia melalui salib, sebuah tanda kegagalan dan kekalahan. Salib melambangkan pengorbanan. Abe, melampaui Yesus, mitos-mitos di sekelilingnya dan salib yang memalukan. Anda harus menjadi Yesus yang telah bangkit, telanjang dan bebas dari segala beban. Pertama, mulailah memikirkan diri sendiri, kebutuhan, kepribadian, keinginan, dan lingkungan pribadi Anda. Anggaplah diri Anda sebagai individu terpisah dengan emosi dan perasaan yang membutuhkan perhatian dan dorongan. Ini adalah langkah pertama untuk mencintai diri sendiri. Krishna mencintai dirinya sendiri tanpa hambatan atau batasan sehingga ia bisa mencintai istri-istrinya dan ribuan *gopika* . Cintanya pada Radha bagaikan aliran air Sungai Gangga di Himalaya, yang murni dan kuat, jernih dan menyenangkan. Gita Govindam adalah kisah *raassleela* Krishna dengan *para gopika* di Vrindavan dan di tepi sungai Yamuna. Itu adalah contoh terbaik dari cinta diri dan cinta terhadap orang lain. Abe, cintai dirimu sendiri dan sampaikan cintamu kepada orang lain seperti Krishna. Banyak penganut mistik Kristen yang gagal dalam hal ini karena mereka membenci tubuh mereka dan menganggap keberadaan diri bertentangan dengan kehendak Tuhan. Bagi mereka, tubuh mereka adalah neraka. Bahkan saat mandi, mereka tidak pernah melihat ketelanjangannya. Anda perlu melihat tubuh Anda, menikmati berbagai bagiannya, menyentuhnya, merasakannya dan merasakan kenikmatan dan kegembiraan melihat dan menyentuhnya. Kemudian secara bertahap, Anda akan mulai mencintai diri sendiri. Kamu adalah keajaiban, Abe, dan tubuhmu adalah seni terindah untukmu. Anda mengecatnya dengan berbagai macam warna, memberinya kehidupan, dan menjadikannya hidup dan aktif. Dan ketika Anda menyadari bahwa Anda memiliki cukup cinta untuk diri sendiri, Anda akan membaginya dengan orang lain."

"Sebagai seorang selibat, bagaimana saya bisa melihat tubuh telanjang saya? Bagaimana saya bisa menyentuh alat kelamin saya?" Abe mengungkapkan ketakutannya.

"Abe, setiap bagian tubuhmu adalah dirimu. Amati mereka dengan cermat. Nikmati ketelanjangan Anda. Rasakan saja bentuk dan ukuran alat kelamin Anda. Maka Anda akan bertanya-tanya betapa hebatnya Anda. Kamu akan memahami bahwa tubuhmu begitu rumit, indah, dan berharga, dan secara keseluruhan, mereka membentukmu, itulah Abe," jelas Emma.

Abe menatap Emma. "Saya fokus pada apa yang Anda ceritakan, Emma."

"Abe, perlakukan dirimu sebagai Grace dan cintai dirimu seperti kamu mencintai Grace. Namun Anda perlu membuang Yesus yang mengenakan pakaian itu di dalam diri Anda. Orang yang dibalut salib hanya bisa memberimu kesedihan, kesedihan dan rasa malu. Jadilah seperti Krishna, yang anggun, inkarnasi cinta."

"Emma, itu pengetahuan yang luar biasa; tidak ada yang pernah memberitahuku hal itu."

"Nikmati hal-hal kecil tertentu dalam hidup dan lakukan keadilan terhadap diri sendiri."

"Aku akan mulai melakukannya, Emma."

"Abe, pelatihan Katolikmu sangat memanjakanmu. Bagi umat Katolik, keberadaan Anda penuh dosa. Anda terlahir sebagai orang berdosa, dan tubuh Anda jahat, dan ini merupakan filosofi yang konyol. Ini benar-benar tidak masuk akal. Kelahiran dan kehidupan adalah peristiwa terindah."

"Emma, aku takut untuk berbicara kepada siapa pun tentang hasrat seksualku dan konflik yang aku alami dalam diriku."

"Abe, hasrat seksual adalah perasaan alami manusia. Kekuatan paling vital pada manusia dan semua makhluk hidup lainnya. Tanpa itu, Anda tidak bisa ada. Namun Anda mencoba menekannya dan tidak mendorongnya untuk tumbuh."

"Kamu benar. Latar belakang Katolik saya telah merendahkan martabat saya. Aku takut akan kesuksesanku karena aku khawatir kesuksesanku akan mendatangkan murka Allah, karena kesuksesan itu bertentangan dengan kehendak-Nya. Umat Katolik menginginkan kehidupan yang menyedihkan dimana seks adalah kutukan, kemiskinan adalah anugerah Tuhan, dan penderitaan adalah takdir jiwa. Bagi mereka, hidup hanya di surga, dan apa yang kita jalani di bumi adalah cobaan yang tiada henti untuk persiapan hidup di surga bersama Tuhan."

"Abe, buang semua mitologi, ajaran, nilai, dan dogma yang merusak diri sendiri. Anda adalah manusia yang memiliki martabat berdasarkan keinginan, harapan, dan perasaan Anda. Buatlah tujuan Anda sendiri berdasarkan kesejahteraan manusia. Agama yang berpusat pada Tuhan selalu bersifat menindas dan bersifat patriarkal. Hapuskan mereka dari hidup Anda. Pada hari saya membuang agama Kristen dari hidup saya, saya mulai merasakan arti sebenarnya dan kegembiraan kebebasan."

Abe dan Emma sedang berjalan di dekat *tempat suci kuil*, tempat vagina dewi Shakti dipuja. Ratusan pemuja menganggap wanita, dewi, sebagai kekuatan tertinggi alam semesta.

"Dalam agama Hindu, semua dewa dan dewi adalah manusia yang memiliki emosi manusia. Kekuatan dan kemampuan mereka adalah milik manusia. Namun dalam agama Kristen, manusia adalah makhluk yang menciptakan dosa. Tuhan di surga ada untuk menghakimi, menghukum, menghukum dan memasukkan Anda ke neraka. Bagi orang suci, tubuh manusia itu jahat, dan untuk melepaskan diri dari tubuh, Anda perlu menyiksanya dan menjalani kehidupan yang menyedihkan. Jadi, teologi Kristen menolak tubuh, keinginan dan perasaan manusia. Kecuali seseorang menghilangkan tubuhnya, mustahil masuk surga dan bertemu Tuhan. Seseorang yang tidak stabil secara mental mungkin telah mengembangkan teologi Kristen dan menderita paranoia dan psikopati. Tapi Abe, kamu harus menolaknya."

"Bagaimana itu mungkin?"

"Anda harus menolak surga Kristen, yang membuang kebahagiaan dan kesenangan di bumi. Nilai-nilai surga yang berpusat pada Tuhan telah tertanam jauh di dalam pikiran Anda, dan Anda harus membebaskan diri Anda dari nilai-nilai tersebut. Untuk menikmati hidup, merasakan keindahan keberadaan diri sendiri dan kehadiran orang lain, memiliki empati, bersikap baik terhadap semua bentuk kehidupan dan menyatu dengan Semesta. Menjadikan surga yang berpusat pada bumi tempat jutaan orang hidup dalam cinta dan harmoni; orang bekerja untuk diri sendiri dan orang lain, menciptakan dan mengembangkan serta menikmati musik, seni, sastra, dan film."

"Saya akan mencoba mengalami keberadaan saya, menolak nilai-nilai patriarki, agama yang menindas, dan dosa yang diciptakan oleh Tuhan."

"Sengaja aku membawamu ke sanctum sanctorum agar kamu bisa melihat vagina sang dewi. Menontonnya bukanlah sebuah dosa tapi sebuah perayaan hidup. Seks sangat berharga di kuil Kamakhya, begitu pula di Khajuraho. Abe, seks adalah inti kehidupan," Emma menekankan kata esensi.

"Bahkan sebelum Komuni Kudus pertama saya, saya diajari bahwa bercinta adalah dosa yang paling keji. Sikap seperti itu menimbulkan kebencian terhadap seks. Namun, saya belum tahu apa itu seks pada usia itu," kata Abe.

"Itu karena teologi St. Paul. Dia adalah misoginis terburuk yang bisa Anda temui di mana pun. Dia membenci wanita, menindas mereka dan meminta mereka menjadi budak suaminya. Menurut Paul, perempuan tidak memiliki pilihan seksual dan kebebasan seksual. Bahkan melahirkan anak pun merupakan tindakan berdosa bagi Paulus. Itu sebabnya ibu Yesus dianggap masih perawan, bahkan setelah melahirkan Yesus dan saudara-saudaranya. Agama Katolik membuat orang kelaparan secara seksual, dan banyak pendeta, uskup, Paus, dan biarawan menjadi pelaku dan predator seksual."

"Paulus membentuk agama Kristen, yang hanya berharap pada dosa, dan gerejanya akan runtuh jika tidak ada dosa. Itu sebabnya salib yang melambangkan dosa dan rasa malu menjadi kekuatan terbesar gereja," kata Abe.

"Paul adalah seorang gay. Dia mengatakan ada duri dalam dagingnya terkait perilaku gaynya. Namun tidak ada salahnya menjadi gay jika tidak mencemooh dan membenci perempuan serta perilaku seksualnya. Tapi Paul terlalu terobsesi dengan seks perempuan. Oleh karena itu, dia mengeluarkan hampir semua wanita dari Perjanjian Baru dan dengan paksa dan berhasil mencoba mengenakan sabuk kesucian kepada Maria Magdalena dan Maria, ibu Yesus, dan menyatakan mereka perawan," kata Emma dengan tegas.

"Saya setuju dengan kamu."

"Abe, kamu sudah melihat ratusan *Aghori Sadhus* , biksu telanjang. Anda mungkin pernah melihat pria telanjang di suatu tempat. Tapi pernahkah kamu melihat wanita telanjang?" Dengan mengajukan pertanyaan, Emma menatap Abe.

"Tidak, Emma, aku belum pernah melihat wanita telanjang. Saya belum pernah melihat gambar perempuan telanjang," aku Abe.

"Kamu sederhana, terlalu polos jika aku bisa menggunakan kata-kata itu. Namun tidak ada salahnya menonton wanita telanjang jika wanita tersebut mengajak Anda melakukannya. Anda memiliki banyak sekali hambatan, dan inilah saatnya untuk melepaskan semuanya. Hidup adalah proses yang sederhana, terbuka, membahagiakan, nikmat, menyenangkan, tanpa merugikan orang lain."

"Saya sudah berusia tiga puluh lima tahun tetapi belum pernah merasakan kebenaran mendasar dalam hidup, yang dapat meningkatkan kehidupan," kata Abe.

"Abe, datanglah ke tempatku. Saya akan menunjukkan kepada Anda bagaimana penampilan seorang wanita dewasa dan bagaimana tubuhnya terlihat penuh kemuliaan dan martabat. Dia akan terlihat seperti Yesus yang bangkit dalam ketelanjangannya," kata Emma mengajak Abe.

"Sudah terlambat bagiku, Emma; lagipula, aku takut melihat perempuan telanjang," aku Abe.

"Tidak ada kata terlambat. Tetapi jika Anda tidak keluar dari hambatan Anda, jika Anda tidak memecahkan kepompong Anda, jika Anda tidak menghilangkan rasa takut Anda, Anda tidak akan pernah mencapai tujuan hidup Anda."

"Aku akan datang ke tempatmu. Biarkan aku melihatmu apa adanya."

Setelah keluar dari rumah satu kamar Grace, Abe belum pernah ke apartemen wanita. Dia tahu Emma masih lajang dan tinggal sendirian.

Jembatan Di Atas Hooghly

Keesokan paginya, ketika Abe sampai di kediaman Emma, dia menunggunya di depan pintu. Emma memiliki senyuman di wajahnya yang menghapus ketakutan dan kecemasannya yang tersembunyi. Dia tampak seperti Grace, memancarkan kepercayaan diri dan martabat, dan Abe memiliki keinginan yang berlebihan untuk berdiri di dekatnya untuk merasakan kedekatannya. Namun dia tidak mau menyentuhnya karena dia belum pernah menyentuh wanita selain anggota keluarganya. Dia telah berdiri di dekat Grace berkali-kali dan teringat perjalanan mereka dengan perahu di Mandovi. Dia mungkin menyentuh pipinya dengan dagunya saat perahu menari di atas ombak, tapi dia tidak yakin. Sungguh pengalaman yang mendebarkan, seperti basah kuyup di hujan pertama setelah musim panas. Grace selalu tenang, cantik, dan tak terjangkau dalam penampilan, pribadi, dan niatnya. Emma berevolusi seperti Grace; dia adalah Grace.

"Selamat datang, Abe," kata Emma.

"Terima kasih, Emma," dia membalas salamnya.

Apartemen Emma rapi dan menyenangkan, dengan banyak cahaya dan udara bersih. Dia memiliki beberapa rak berisi buku-buku berbahasa Sansekerta, Pali, dan Inggris di ruang kerjanya dengan komputer dan TV. Semuanya beres, dan lantainya berkilau. Dari balkon, Emma menunjukkan kepada Abe sungai Brahmaputra.

"Sungguh pemandangan yang indah. Brahmaputra itu agung dan ajaib," kata Abe.

"Itu adalah sungai yang besar dan dianggap sebagai dewi. Dia selalu menawan," kata Emma.

"Perahu-perahu itu terlihat mempesona," kata Abe.

"Ratusan wisatawan naik perahu di Brahmaputra. Ini adalah pengalaman yang sangat halus, dan Anda tidak akan pernah melupakannya," jawab Emma.

Abe memandang Emma dan tersenyum. Dia tampak cantik dan memiliki mata agak kehijauan dan rambut emas. Tubuhnya yang ramping dan tinggi bagaikan patung perunggu yang pernah dilihat Abe di kuil Tanjore di Tamil Nadu.

"Berapa lama Anda di India?" tanya Abe.

"Sekitar tujuh tahun. Setelah lulus dalam bahasa Sansekerta dari Universitas Heidelberg, saya awalnya mengumpulkan data untuk studi doktoral saya tentang Gita Govindam. Gita Govindam begitu memperkaya, indah, memesona, dan mencakup segalanya secara estetis. Saya menghabiskan empat tahun di India, mengunjungi berbagai pusat palimpsest Sanskerta, perpustakaan, universitas dan kuil. Itu adalah tahun-tahun yang indah dengan banyak pertemuan dengan pria, wanita, cendekiawan, penulis, penyair, dan aktor. India sangat kaya akan budaya, bahasa, dan tradisi. Manusia adalah aset terbesar India; banyak di antaranya adalah perpustakaan hidup. Tidak ada tempat dimana kita dapat menemukan keberagaman, keterbukaan, keyakinan, antusiasme, kasih sayang dan rasa hormat yang begitu menarik, inspiratif dan dinamis di dunia."

"Bagaimana cara menemukan Gita Govindam?"

"Gita Govindam adalah lagu cinta tertinggi. Ini jauh lebih memperkaya daripada Kidung Agung. Keindahan dan kepenuhan estetisnya, ekspresi emosi manusia secara holistik, dan interaksi simbolis Krishna dengan *para gopika* tidak ada bandingannya. Saya menikmati perasaan yang intens, percintaan tanpa hambatan, dan rasa kemanusiaan. Anda akan menjadi manusia yang diperkaya ketika Anda membacanya."

Jadi, Krishna dan Radha adalah tokoh sentral dalam Gita Govindam, kata Abe.

"Memang. Dalam cinta, Krishna menjadi Radha, dan Radha menjadi Krishna. Dalam pengertian epistemologis, ibarat wujud adalah mengetahui, dan mengetahui adalah wujud. Dalam cinta, kamu menjadi aku, dan aku menjadi kamu. Mereka adalah satu, kepribadian Krishna yang berbeda." jelas Emma.

Abe memandang Emma dan tersenyum. Grace pun berbicara dengan perasaan yang sama, ekspresi yang sama, pola pikir yang sama, dan keterbukaan yang sama.

"Dalam Gita Govindam, penggembala sapi Krishna mencuri pakaian para *gopika* , para pemerah susu, dan para *gopika* mengejarnya dengan ditinggalkan. Menyembunyikan pakaian para *gopika* adalah bentuk interaksi, kebebasan, dan cinta manusia yang paling otentik. Krishan mencintai mereka, dan para *gopika* memuja Krishna. Dalam Rgveda, seseorang dapat membaca perempuan secara berkelompok mencuci pakaian dan berenang di sungai, mengekspresikan kegembiraan dan kebersamaan yang murni. Gita Govindam menceritakan Krishna dan *para gopika* bermain bersama di Yamuna dan Vrindavan, meniru kebahagiaan yang diungkapkan oleh wanita dalam Rgveda. Dalam arti tertinggi, raassleela adalah ekspresi kebebasan, kesetaraan, kebersamaan, dan cinta manusia yang tak tertandingi."

"Mengapa para gopika telanjang?" Abe bertanya.

"Sungai Yamuna dan Vrindavan adalah sandi kehidupan. Krishna adalah sahabat terbaik yang dapat dimiliki seseorang, dan *para gopika* adalah alam; kesederhanaan sifat ketelanjangan mereka. Krishna adalah Purusha, dan *gopika* adalah Prakriti. Ketika Purusha bertemu Prakriti, muncullah kehidupan. *Para gopika* tidak mempunyai hambatan dan mengalami kebebasan total dan kesetaraan dengan Krishna; mereka bisa telanjang di hadapannya dan tidak menyembunyikan apa pun. Krishna merasa menyatu dengan para pemerah susu, dan permainan cinta mereka menunjukkan ketulusan dan kepercayaan."

"Mengapa sebagian orang merasa takut dengan ketelanjangannya," Abe ingin tahu.

"Itu karena mereka sadar akan kurangnya harga diri mereka. Ini adalah ketakutan bahwa mereka akan menjadi objek di hadapan orang lain. Mereka berpikir bahwa pakaian dapat menyembunyikan sikap diam dan malu mereka, sehingga dapat menyelamatkan mereka dari rasa malu dan ketidaknyamanan. Pakaian menutupi orang-orang yang lemah, orang-orang yang berhati gesit, dan orang-orang yang bertakwa. *Suku Aghori Sadhu* tidak takut pada Tuhan, tapi Tuhan takut pada *Sadhu* yang telanjang. Di Eden, Adam dan Hawa telanjang, tidak takut kepada Tuhan. Pada saat orang-orang menolak pakaian, semua agama akan runtuh, dan semua orang akan terbebaskan." orang,"

"Apakah kamu tidak menyukai ketelanjangan?" Abe merasa penasaran.

"Ketelanjangan adalah status asli manusia, ekspresi penentuan nasib sendiri. Ini membebaskan orang dari penindasan dan penaklukan aturan dan hukum masyarakat. Tidak ada yang bisa menghentikan seseorang untuk telanjang. Saya mengambil semua keputusan berdasarkan independensi, yang merupakan hak saya," tegas Emma.

"Apakah itu alasan Anda berada di India?"

"Saya datang ke India untuk melakukan penelitian."

"Mengapa kamu berada di India untuk kedua kalinya?" Abe bertanya.

"Setelah menyelesaikan gelar doktor, saya bekerja di universitas tersebut selama tiga tahun. Kemudian saya melamar proyek penelitian tentang biksu telanjang di India. Dan selama tiga tahun terakhir, saya berada di sini dan beruntung bisa bertemu dengan *Baba*, yang telah membantu saya. Dan aku sangat senang bertemu denganmu," sambil menatap Abe, kata Emma.

"Apakah kamu akan segera menyelesaikan studinya?" Abel bertanya.

"Saya akan menyerahkan studi dalam waktu enam bulan. Nanti saya akan melanjutkan pekerjaan saya di universitas," kata Emma.

Abe tidak pernah menanyakan apa pun tentang dirinya kepada Grace, bahkan satu pun pertanyaan pribadi, dan dia juga tidak pernah menyatakan minatnya untuk mengetahui apa pun tentangnya. Namun Emma berbeda, ia tidak memiliki hambatan dalam mengungkapkan dirinya, dan ia juga merasa bebas untuk bertanya tentang Emma.

Tapi dia mencintai Grace melebihi kata-kata yang bisa diungkapkan. Tapi Emma, dia percaya dan menghormati.

"Abe, kemarin aku bertanya padamu apakah kamu pernah melihat wanita telanjang; kamu membalasku dengan negatif. Anda tetap membujang, dan Anda mengalami ketakutan saat melihat wanita telanjang. Ketakutanmu adalah karena keterbelakanganmu, keragu-raguanmu dalam menerima kenyataan." komentar Emma.

"Kamu benar," jawab Abe.

"Jika kamu bersedia, tidak takut, dan tidak merasa gelisah, aku bisa mengungkapkan diriku kepadamu," kata Emma.

Abe menatap Emma. Dia tampak serius dan serius.

"Aku tidak takut, tidak malu, tidak ragu melihatmu telanjang," jawab Abe.

Kemudian Emma melepas semua pakaiannya. Abe memandangnya tanpa rasa malu. Emma berdiri diam sejenak dan mulai berjalan tanpa bicara. Dia mendekati Abe, dan Abe bisa merasakan napasnya.

"Abe, ini aku, Emma, seorang wanita. saya telanjang; Saya ingin menunjukkan kepada Anda bahwa ini adalah tubuh telanjang seorang wanita, yang tidak jauh berbeda dengan tubuh telanjang seorang pria."

"Ya, Emma, aku bisa melihatnya. Namun dibalik ketelanjanganmu, aku melihat seseorang yang penuh dengan emosi, perasaan, cinta dan kepekaan. Itu kamu."

"Kamu benar, Abe. Saya tidak sendirian dalam ketelanjangan ini; itu hanyalah ekspresi luarku. Orang yang telanjang adalah manusia yang mempunyai martabat, hak, kebebasan dan kesetaraan yang dapat berpikir, mengambil keputusan, dan bertindak sesuai dengan kemauannya. Masyarakat tidak bisa membungkus saya dengan pakaian, hukum buatan manusia dan rubrik yang menindas, jilbab patriarki yang memaksa dan menundukkan perempuan, membuang mereka pada level hewan yang dikurung. Ketika seorang wanita dapat menikmati ketelanjangannya, dia bebas; apakah orang lain menerima, menghargai atau mengutuknya bukanlah urusan saya. Perempuan adalah bagian integral dari masyarakat; dia bukan objek seks tetapi orang yang berpikir dengan harga diri yang memutuskan apa yang harus dia lakukan. Ada kemandirian dalam diri saya; Saya mengundang Anda untuk menunjukkan tubuh saya dalam ketelanjangannya saat Anda mengatasi hambatan dan rasa takut Anda. Ini adalah payudaraku. Ukurannya jauh lebih besar daripada payudara pria normal."

"Saya melihatnya," kata Abe.

"Lihatlah rambut, kepala, hidung, pipi, rahang, tangan dan kakiku. Semuanya hampir sama dengan laki-laki. Pria sepertimu mungkin memiliki otot yang lebih kuat dan tubuh yang lebih besar."

"Ya, otot saya lebih kuat; kaki dan tanganku lebih kuat; tubuhku lebih besar darimu."

"Abe, aku punya vagina. Anda mungkin pernah melihat vagina sang dewi di tempat suci kuil."

"Ya, Emma, saya bisa mengamatinya."

"Abe, kalau kamu tidak merasa tidak nyaman dan enggan, sekarang kamu boleh melepas pakaianmu," permintaan Emma.

Tanpa ragu, Abe melepas bajunya. Sekarang dia telanjang seperti Emma.

"Inilah aku," katanya.

"Selamat, Abe; Saya mengagumi keberanian Anda. Anda telah mengatasi rasa malu Anda. Kamu bisa belajar dengan cepat," kata Emma.

"Terima kasih, Ema."

"Sekarang, silakan berjalan-jalan. Biarkan saya melihat tubuh Anda dari atas ke bawah, depan dan belakang."

Abe mulai berjalan dari satu ujung ke ujung lainnya di dalam ruangan. Dia merasa nyaman, tanpa rasa malu, dan tidak lagi merasa malu. Emma bergerak ke arahnya dan berdiri di belakangnya, dan setelah mengamati selama beberapa menit, dia berkata: "Abe, kamu memiliki tubuh yang kekar. Anda juga terlihat megah dari belakang. Anda memiliki bokong yang besar, tangan yang berbentuk bagus, dan kaki yang kuat. Kamu memiliki tubuh yang sempurna."

"Terima kasih, Ema. Apresiasi Anda sangat berharga bagi saya."

"Sekarang, tolong lihat aku," pinta Emma.

Abe berbalik dan menatap Emma.

"Emma," Abe memanggilnya.

"Abe, kamu sangat tampan. Sekarang, lihat alat kelamin Anda. Lihat, mereka terlihat berbeda dari wanita. Anda memiliki penis dan dua buah zakar, yang menjadikan Anda laki-laki. Tapi sikap, nilai-nilai, perilaku, reaksi dan kata-katamu menjadikanmu seorang laki-laki."

"Saya mengerti," reaksi Abe.

"Abe, kamu adalah Yesusku yang telanjang. Pikirkan tentang Maria Magdalena dan Yesus sebelum mereka menjalin cinta pertama mereka. Keduanya telanjang dalam privasi mereka, saling berpelukan. Mereka mencintai dan menghormati satu sama lain dan persatuan mereka, memenuhi kerinduan, kebersamaan dan persahabatan mereka. Sekarang aku tidak memaksamu untuk memelukku; bercinta denganku. Akulah Maria Magdalenamu; jika kamu memelukku, bercinta denganku, aku akan senang. Tapi kalaupun tidak, aku juga tidak akan merasa sedih," kata Emma sambil tersenyum.

"Emma, izinkan aku memeluk Yang Mulia dulu," kata Abe.

Emma tersenyum lagi.

"Abe, aku mengagumimu. Anda adalah permata langka, satu di antara sejuta. Anda memiliki kemauan yang luar biasa, dan Anda dapat mengendalikan diri sendiri."

"Ya," Abe menegaskan.

"Sekarang, silakan pakai pakaianmu," sambil mengenakan pakaiannya sendiri, kata Emma.

"Terima kasih, Ema. Ini pelajaran yang luar biasa, pengalaman yang sangat berharga," jawab Abe.

"Abe, aku juga menghargainya. Sekarang kamu telah menjadi sahabatku. Kamu selalu berdiri tegak di benakku, dan aku mengagumimu melebihi apa pun."

"Emma, kamu adalah wanita luar biasa dengan hati yang kuat, penuh kasih sayang, dan perhatian. Saya menghargaimu."

Hari itu mereka makan malam bersama, dimasak oleh Emma dan Abe. Mereka makan *Khaar* , olahan daging Assam, kari daging bebek, ikan goreng, dan nasi. Usai makan malam, Abe dan Emma berbagi cerita masa kecil mereka hingga larut malam. Saat ia tertidur dini hari, Emma menutupinya dengan selimut lembut seperti seorang ibu muda yang merawat putranya yang masih remaja.

Abe mengungkapkan keinginannya untuk melukis Brahmaputra yang muncul dari balkon Emma, dan Emma mendorongnya. Dia mulai bekerja keesokan harinya, dan Emma terlibat dalam pekerjaan menulisnya di India's Naked Monks. Sesekali, dia berdiri di depan kuda-kudanya dan mengamati goresan terkecilnya, menggambarkan air biru sungai yang megah dan tepian zamrud dengan rasa ingin tahu dan kagum. Ia senang melihat Abe berkonsentrasi pada lukisannya dan bisa membayangkan betapa megahnya karya tersebut ketika ia menyelesaikannya.

Butuh waktu hampir tiga bulan bagi Abe untuk menyelesaikan pukulan terakhirnya, dan dia menamakannya, *Dewi Assam* dan menandatangani *kontrak Selibat*. Sungai itu tampak tenang; ada beberapa perahu dan feri besar dengan tepi sungai yang berlimpah tanaman hijau. Gambar tersebut mewujudkan antisipasi secara totalitas, tidak hanya terhadap alam tetapi juga terhadap hewan dan manusia; hidup berdampingan itu dinamis. Di sudut gambar, dua sosok perempuan sedang memandang ke arah sungai dari balkon; yang satu berambut hitam menyentuh daun telinganya, dan yang lainnya berambut emas . Mereka berdiri berdekatan dan berpegangan tangan, hanya punggung mereka yang terlihat. Emma tersenyum sambil memandangi sosok perempuan di siluet sungai biru, mengatakan pada Abe bahwa dia sangat menyukai lukisan itu. Lukisan itu dibuat di atas linen, ukurannya tiga ratus empat puluh sembilan cm kali dua ratus sebelas cm.

Berjalan bersama di sudut-sudut kota Guwahati pada malam hari menjadi hal biasa bagi mereka karena mereka menikmati kebersamaan dan menghabiskan banyak waktu di restoran pinggir jalan, menyeruput teh emas Assam. Gaun warna-warni gadis-gadis cantik di Assam membuat mereka terpesona, dan Abe mulai menggambarkan mereka dalam banyak lukisannya yang bertemakan lokasi-lokasi eksotis kota tersebut.

Mereka beberapa kali naik perahu di Brahmaputra pada malam hari, dan Emma suka bermain-main, dan terkadang dia meletakkan telapak tangan kanannya di sungai, yang membajak air seperti ular yang berenang bersama perahu. Saat bermain, Emma terlihat anggun seperti Grace di Mandovi, dan tidak mudah membedakan siapa itu siapa. Abe menyukai kebersamaannya dan berpikir untuk tetap bersamanya dan bepergian sambil mencari Grace. Seringkali, dia merasa sudah bertemu Grace, dan pencarian Grace tidak diperlukan. Orang yang sama tampil berbeda, meskipun perbedaannya tidak terlalu mencolok. Emma adalah Grace, dengan penampilan, perasaan dan tanggapan yang sama. Semuanya sama pada awalnya; pada akhirnya perbedaannya hanya bersifat tangensial. Abe tidak bisa membedakan sungai dari ombaknya dan ombak dari perahu, bahkan Emma dari Grace dan dia dari Emma.

Dataran hijau di kedua sisi Brahmaputra menyatu dengan cakrawala, menjadi satu. Brahmaputra menyatu dengan padang rumput Assam, yang menyatu dengan cakrawala. Abe teringat perjalanannya yang mempesona bersama Grace melintasi sungai Mandovi, dan dia gagal melepaskan perahu dari sungai dan Grace dari kapal atau dia dari Grace. Alam Semesta adalah satu; segala sesuatu yang tampak adalah Alam Semesta dalam keberagaman, dan keberagaman itu melebur menjadi suatu singularitas.

Setelah beberapa hari, Abe memulai pekerjaan baru, dan Emma menjadi subjeknya, saat dia berada di atas perahu, sendirian di sungai, yang bisa berupa Mandovi atau Brahmaputra, karena tepian sungai tidak diperlihatkan. Gambarannya surealistik; bayangannya tampak seperti Grace dari sudut tertentu, tetapi Maria Magdalena dari sudut lain. Abe menamakannya *A Girl in a Boat* dan menyanyikan *lagu Selibat*.

Malam itu, Abe menyerahkannya kepada Emma. "Emma, ini hadiah dariku," katanya.

Emma merasa tercekik oleh emosi. "Terima kasih Abe, Yang Mulia telah menjadi aku, dan kamu adalah Yesusku yang telanjang, yang telah bangkit," katanya.

Dan tiba-tiba, Emma mencium pipinya. Abe terkejut, menciptakan perasaan unik dan mengasyikkan dalam dirinya. Itu sangat memuaskan dan menarik, karena ini adalah pertama kalinya seorang wanita menciumnya. Abe tidak pernah menyangka bahwa ciuman di pipi bisa merangsang, menyenangkan, spektakuler, dan menggembirakan.

"Oh! Emma," dia memanggil namanya dengan penuh semangat.

"Abe, Abe sayang," ulangnya.

"Ini adalah perasaan baru. Begitu lembut dan indah. Saya tidak pernah tahu ciuman bisa membuat saya meledak," kata Abe.

"Itu adalah cara paling halus untuk mengungkapkan cinta seseorang. Coba pikirkan tentang Maria Magdalena, orang yang paling berbudaya di Palestina, terpelajar dan canggih; dia mencium kekasihnya malam itu. Yesus berada dalam kemuliaan penuh setelah kebangkitannya. Yesus dan Maria Magdalena sendirian. Murid laki-laki Yesus bersembunyi di padang gurun, takut untuk tampil di tempat terbuka; tidak ada yang berani menyatakan Yesus adalah gurunya. Maria Magdalena menunggunya dalam kegelapan, sendirian; dia tidak memiliki rasa takut dan melambangkan keberanian. Dia memiliki harapan untuk bertemu kekasihnya. Abe, engkaulah Yesusku, yang telanjang, yang telah bangkit dari sifat takut-takut, rasa malu, hambatan, ketakutan, dan kesepianmu. Kamu selalu terlihat cantik, mulia, dan memikat," reaksi Emma.

"Emma, Maria Magdalenaku," kata-kata Abe lembut dan penuh cinta.

"Tetapi para murid Yesus yang laki-laki mengusir Maria Magdalena dan menyudutkan kekuasaan serta kedudukannya dalam Gereja, dan dia menjadi seorang perempuan yang ditolak. Laki-laki itu menggambarkannya sebagai orang berdosa."

Abe menatap Emma. Dia tersenyum dengan sinar indah Grace yang sama.

Apakah Grace pernah mencium pipinya, dia mungkin melakukannya saat dia tertidur, atau dia mungkin menciumnya dengan lembut saat mereka berada di kapal feri, pergi ke penangkaran burung, saat perahu sedang mengapung di atas ombak; dia mungkin tidak menyadarinya. Tapi berciuman itu manusiawi. Dia melihat dewi Assam di dekatnya, lukisan yang digulung di tangannya; matanya yang kehijauan berbinar, dan rambut emasnya sedikit bergerak ke atas dan ke bawah tertiup angin sejuk dari Brahmaputra.

"Ayo kita jalan-jalan di tepi sungai," ajak Abe pada Emma.

"Aku selalu siap berjalan bersamamu sampai selamanya," jawab Emma.

Ada ratusan turis; Emma dan Abe berjalan-jalan menikmati malam itu. Senja memiliki daya tarik yang unik, mungkin karena kehadiran Emma.

Mereka makan malam dengan hidangan Assam.

"Abe, aku hampir menyelesaikan proyek penelitianku, dan aku akan berangkat ke Belanda dalam waktu seminggu," kata Emma saat mereka berada di restoran.

Abe tidak pernah menyangka Emma akan meninggalkannya secepat itu. Tiba-tiba, dia teringat dia mengatakan kepadanya bahwa dia akan kembali ke negaranya dalam waktu enam bulan. Namun ia merasa tidak tenang dan mengalami kekosongan di hatinya.

"Jadi, proyek penelitianmu sudah selesai," kata Abe.

"Ya, sekarang saya akan melanjutkan tugas kuliah saya."

Abe terdiam beberapa saat. Setelah bertahun-tahun, dia kembali merasa kesepian. Grace meninggalkannya sebelas tahun lalu. Emma akan segera berangkat. Hidup adalah totalitas kesunyian, membentuk lingkaran yang rapat, dan tidak ada jalan keluar darinya. Pada akhirnya, setiap orang menciptakan isolasi mereka seperti tembok penjara tanpa pintu. Tidak ada seorang pun yang bisa menjalani kehidupan orang lain jika Anda sendiri yang melakukan perjalanan Anda.

Malam berikutnya, Emma bertemu Abe dan memberitahunya bahwa dia mengucapkan selamat tinggal kepada *Baba*, dan dia memberkatinya serta mendoakan masa depannya yang gemilang.

"Itu hanya berkat *Baba*; saya dapat menyelesaikan pekerjaan ini. Dia dapat memahami keseriusan penelitian saya, karena dia adalah orang yang berpendidikan tinggi. Seseorang yang dapat bernalar dan bertindak sesuai dengan itu."

"Kamu beruntung, Emma."

"Aku juga beruntung bertemu denganmu, Abe."

Pada keberangkatannya, Abe berangkat bersama Emma ke bandara. Dia mengambil penerbangan ke Delhi dan penerbangan langsung ke Amsterdam.

"Abe, ini bagus; Saya mendapat kesempatan untuk bertemu dengan Anda. Saya menghargai persahabatan Anda. Itu adalah hubungan paling berharga dalam hidup saya," kata Emma.

"Emma, aku juga menikmatinya. Saya senang melanjutkan hubungan ini." jawab Abe.

Lalu tiba-tiba Emma memeluk Abe. Dia bisa merasakan lembutnya di dadanya. Dia begitu dekat dengannya, dan dia mengusap bibirnya ke pipinya. Abe tetap dalam pelukannya selama beberapa menit. Baginya, itu adalah pengalaman pertama dipeluk oleh seorang wanita. Kemudian dia perlahan-lahan meletakkan tangannya di belakangnya, menekannya ke arahnya, dan berkata: "Emma, aku mencintaimu."

Begitu dia mendengarnya, dia menatapnya. Matanya berbinar.

"Abe, aku juga mencintaimu; Aku akan menyimpanmu di hatiku," gumamnya.

"Kamu akan berada di hatiku selamanya," jawab Abe.

"Cari Yang Mulia. Jika kamu tidak menemukannya, atau dia tidak bisa bergabung denganmu, tidak mau berbagi hidupmu, aku akan berada di sana dan selalu senang tinggal bersamamu sampai akhir dunia," kata Emma.

"Emma," Abe memanggilnya lagi.

Dia sekali lagi mencium kedua pipinya. Abe mencium keningnya, ciuman pertama yang ia tanamkan pada seorang wanita. Dan Emma menghormatinya.

Penerbangannya tepat waktu. Abe merasa kesepian, dan kuil Guwahati serta Kamakhya menjadi asing.

Dia berpikir untuk meninggalkan Guwahati setelah dua tahun tinggal di sana. Pertemuan dengan *Aghori Sadhu* dan Emma sangat memuaskan dan memperkaya. Kontribusi mereka terhadap karyanya sangat besar karena ia dapat membuat banyak lukisan kecil dan dua lukisan besar selama di Kamakhya.

Sesampainya di Kolkata, Abe mengadakan pameran beberapa lukisannya; orang dalam jumlah besar menghadirinya. Surat kabar, saluran TV, dan media sosial memberikan ulasan yang bagus, dan kaum Selibat menjadi terkenal. Ia menjual selusin lukisannya dan, dari prosesnya, membuka studio dan pusat pameran yang ia sebut *Galeri Seni Grace-Emma (*GEAG). Studionya berada di seberang Jembatan Howrah yang ikonik di sisi timur sungai Hooghly. Di Kolkata, orang menyebut Abe yang *Selibat* ; atas namanya, ia mulai menyelenggarakan seminar, konferensi, dan pameran untuk memberi manfaat bagi para pelukis muda dan masyarakat. Banyak seniman mengunjungi GEAG untuk mempelajari teknik dan gaya yang digunakan dalam lukisan modern dari masa Selibat. Dalam waktu dua tahun, *Galeri Seni Grace-Emma* menjadi terkenal di Kolkata, ibu kota budaya India.

Segera setelah Abe menetap di Kolkata, ia memulai pekerjaan penting, The *Bridge Over the Hooghly* , di atas linen berkepadatan tinggi, tiga ratus lima cm kali dua ratus tiga belas cm, menggunakan cat minyak. Butuh waktu lebih dari satu tahun bagi Abe untuk menyelesaikan pekerjaannya. Media memberikan ulasan ilmiah tentang lukisan itu, dan banyak orang Bengali mulai berdatangan ke GEAG untuk melihat sekilas *Jembatan Di Atas Hooghly* . Abe tahu bahwa orang-orang Bengali mempunyai selera estetika yang sangat tinggi, dan mereka bisa menikmati keindahan batin dari seni lebih dari siapa pun di tempat lain di dunia. Dalam beberapa bulan, Jembatan Di Atas Hooghly menjadi bagian dari cerita rakyat dan kehidupan budaya Bengali. Laki-laki dan perempuan, pelajar dan guru, pedagang dan pengusaha, polisi dan tentara, merasa bangga dengan lukisan *Selibat* . Abe merasa senang masyarakat Bengal yang canggih dapat menikmati simbolisme yang tersembunyi di balik karyanya.

Di GEAG, ada aula yang didedikasikan untuk lukisan Abe saja. Pencinta seni dari seluruh India mengunjungi *Galeri Seni Grace-Emma* untuk menikmati keragaman, keindahan hakiki, dan nilai tak terbatas dari karyanya. Lambat laun, penikmat seni dari Tiongkok, Jepang, Eropa Barat dan Timur, serta Amerika mulai mengunjungi GEAG. Banyak yang terkagum-kagum dengan lukisan-lukisan tersebut, khususnya *The Naked Monk, The Goddess of Assam,* dan *The Bridge Over the Hooghly.*

Abe mulai menikmati kedamaian dan ketenangan batin. Segera dia memperoleh piano dan memainkan Bach dan Mozart, yang dia lakukan di College of the Jesuits selama tiga tahun. Dia menikmati duduk di depan Piano-nya, yang dia sebut *Dear Grace,* selama sekitar dua jam setiap hari.

Musik menuntunnya untuk membangkitkan emosi manusia yang lembut dan lembut serta melukiskan potret yang paling menawan, dan Kolkata membujuknya untuk menjadi seniman dengan perasaan manusia yang halus.

Dalam waktu lima tahun setelah pembukaan GEAG, Celibate menyelesaikan sejumlah lukisan kecil dan tiga lukisan penting lainnya. Salah satunya adalah potret Emma yang diberi nama *The Flower Girl*, di mana Emma menghiasi rambut dan telinganya dengan bunga berwarna-warni. Matanya yang kehijauan menonjol dan tajam, bibirnya sedikit terangkat, pipinya kerupuk. Gambar itu dipajang di papan poplar dengan cat minyak biji rami. Viskositas cat diubah dengan menambahkan pelarut, dan Abe menggunakan pernis untuk menyeimbangkan kilapnya. Ukuran potret itu tujuh puluh tujuh cm sampai lima puluh tiga cm. Setelah selesai, Abe menyimpannya di kamar tidurnya.

Sementara itu, Abe mendapat undangan dari *Whitworth Art Gallery* untuk memamerkan *The Naked Monk*. Dalam dua hari setelah pameran, ribuan pakar berbondong-bondong melihat karyanya. Hal ini segera menjadi sensasi, dan Celibate serta karya seninya menjadi objek diskusi ilmiah di TV selama seminar dan konferensi. Surat kabar menulis artikel inspiratif tentang *The Naked Monk* dan penciptanya, Celibate.

Emma mengunjungi Abe di Kolkata berkali-kali sejak awal berdirinya GEAG, dan dia menyukai kehadiran Abe, dan Abe juga menikmati kebersamaan dengan Emma. Satu-satunya rasa sakitnya adalah ketidakhadiran Grace yang dicintainya, yang ia rindukan sepanjang masa mudanya. Dia akan merasa bahagia jika Grace ada di sana dan tinggal bersamanya selamanya.

Pada tahun keenam pembukaan GEAG, Abe menggarap karya baru berjudul *The Chess Player* yang bergaya ekspresionis, dan Abe mendapat kesempatan untuk memamerkannya di *Museum Louvre* Paris. Dia menerima telepon dari taipan Teknologi Informasi Tiongkok pada hari pertama dan membelinya dengan harga yang tidak diungkapkan. Sekembalinya ke Kolkata, Abe memulai sebuah karya baru berjudul *The Hug*, yang temanya bermula saat ia masih bersama para Yesuit, dan membutuhkan waktu berbulan-bulan untuk menyelesaikan pekerjaannya . Emma mengatur pameran lukisan itu di *Rijksmuseum* di Amsterdam. Belakangan, Abe memamerkannya di *Galeri Uffizi* di Florence dan *Padro* di Madrid. Emma bepergian bersama Abe ke Belanda, Italia, dan Spanyol, dan Abe merasakan kehadirannya mendukung. Namun dia merasa sedih karena Grace tidak ada di sana untuk melihat kesuksesannya dan berbagi ketenarannya.

Tiba-tiba, saat kembali sendirian ke studionya di Kolkata, Abe merasa resah. Ada kegelisahan dan kekosongan yang tak dapat dijelaskan dalam pikirannya, yang berlangsung selama berhari-hari. Lambat laun ia menjadi murung dan berhenti berbicara dengan karyawannya di studio. Banyak dari mereka yang menjaga hubungan hangat dengannya tetapi terkejut melihat perubahan mendadaknya. Mereka merasa khawatir dengan kesehatannya. Para staf percaya sesuatu yang aneh mungkin terjadi pada Celibate ketika dia mengunjungi Eropa. Mereka semua mengenalnya sebagai orang yang ceria, memberi semangat, dan baik hati yang selalu memikirkan kesejahteraan dan kemajuan mereka.

Namun Abe menderita dalam diam dan tidak pernah berpikir untuk berbagi penderitaan mentalnya dengan siapa pun. Dia berhenti melukis karya baru dan tetap tinggal di apartemennya yang terhubung dengan studio. Ada kesedihan di matanya, begitu persisten dan menyedihkan. Abe berhenti berkorespondensi dengan Emma, dan email-emailnya tetap belum dibaca, bukan karena Emma tidak mencintainya tetapi karena ia tidak dapat membalas cintanya. Dia tidak tahu bagaimana harus bereaksi terhadapnya, karena pikirannya dipenuhi kelesuan dan kemalasan.

Abe kehilangan minat dalam melukis. Mahasiswa seni secara bertahap berhenti datang ke studionya, dan seminar dan konferensi di *Galeri Seni Grace-Emma* semakin sedikit. Meskipun rekening banknya memiliki cukup uang tunai, dan para pekerja mendapatkan gaji secara teratur, mereka gagal mendapatkan kepuasan kerja, dan sekitar dua belas dari mereka meninggalkan studio satu per satu dalam waktu enam bulan. Yang tidak melarikan diri adalah Manajer Galeri Seni, Kurator, dan sekretarisnya. Abe perlahan-lahan berhenti berkomunikasi dengan mereka, dan keheningan menyelimuti studio; GEAG menjadi kuburan keheningan. Manajer berkonsultasi dengan banyak dokter dan spesialis, dan tidak ada yang bisa membantu Abe. Bagi mereka semua, Abe adalah "kasus yang sudah selesai".

Kurator menyaksikan Abe menjadi mudah tersinggung dan cemas serta terus-menerus mengungkapkan rasa bersalah. Abe tidak dapat berkomunikasi dengan sekretarisnya, dan dia menyadari bosnya terus-menerus merasa lelah, dan kelelahan yang parah telah menguasai dirinya. Dia berhenti berbagi dengan dunia luar dan bermain piano bersama selama berjam-jam. Namun dalam waktu tiga bulan, dia tiba-tiba berhenti memainkannya. Abe tidak dapat berkonsentrasi dan bahkan tidak dapat mengingat detail-detail penting dari studionya. Banyak surat dari Eropa dan Amerika yang mengundang Abe untuk memamerkan karyanya masih belum terjawab.

Ada gangguan tidur pada Abe. Dia mengubah pola tidurnya. Selama berminggu-minggu bersama, dia terus terjaga di malam hari dan tidur di pagi hari hingga siang hari. Sulit baginya untuk bersantai pada hari-hari tertentu; pada hari-hari tertentu, dia tidur terus menerus selama dua puluh hingga dua puluh empat jam. Bangun terlalu pagi adalah masalah lain yang dia hadapi. Seringkali, ada mimpi buruk yang menakutkan, dan banyak di antaranya, dia mengalami kecelakaan saat bepergian bersama Grace. Dia menjadi sangat sedih melihat mayatnya selama halusinasi dan menangis keras. Abe kehilangan hasrat seksualnya dan merasa telah berubah menjadi orang aseksual. Sakit kepala, nyeri badan, sakit perut, nyeri sendi, dan kram membuatnya harus terbaring di tempat tidur.

Sekretarisnya berkonsultasi dengan dokter spesialis kesehatan mental. Dokter berpendapat Abe menderita depresi berat yang telah ia derita selama bertahun-tahun. Pakar kesehatan mental menyarankan yang dibutuhkan adalah kasih sayang dan perhatian dari seseorang yang sangat dekat dengan pasien, pelukan, pelukan, dan berbagi. Lebih lanjut dokter mengatakan Abe mengalami kehilangan cinta, kehilangan orang yang dicintai, dan tidak adanya seseorang yang dapat menyalurkan hasratnya. Saat dia mengalami kerusakan yang tidak dapat diperbaiki, dia membutuhkan ungkapan kasih sayang tanpa hambatan dari seseorang yang sangat berharga, seseorang yang dapat memberinya kehangatan pada tubuh, hati, dan pikirannya. Penting untuk membawa Abe kembali ke dunia yang penuh harapan, kegembiraan, kebahagiaan, dan kebersamaan.

Abe membutuhkan bantuan, karena dia mengalami pengalaman yang mengerikan segera setelah kembali dari tur Eropa, psikiater menganalisis. Selain itu, terapis memperingatkan bahwa dia berada dalam depresi stadium lanjut.

Sekretaris mengirim email kepada Emma untuk menjelaskan semuanya, dan Emma mencapai Kolkata dalam waktu tiga hari. Melihat Abe, dia menangis keras dan memeluknya berulang kali, memberitahunya bahwa dia akan sembuh dari penyakitnya sedini mungkin. Dia berkonsultasi dengan dokter terbaik di Kolkata. Mereka mendiagnosis Abe dan membuat skema pengobatan rinci, proses pemulihan, dan rencana rehabilitasi. Emma mulai menghabiskan seluruh waktunya bersamanya.

Dia memainkan piano untuk menarik perhatian Abe, dan butuh sekitar dua minggu baginya untuk mendapatkan konsentrasi pada musik.

Emma mulai memasak makanan Abe dan memberinya porsi kecil dari hidangan favoritnya lima hingga enam kali sehari. Keputusan paling krusial yang diambil Emma adalah tidur dengan Abe di ranjang yang sama. Dia meletakkan tangan kanannya di sekelilingnya sepanjang malam dan menekannya ke arahnya agar Abe bisa tidur nyenyak. Banyak malam, Emma mengizinkannya untuk meletakkan kepalanya di pangkuannya sementara dia duduk di tempat tidur sehingga dia dapat menikmati istirahat yang baik tanpa mimpi buruk. Dia memijat kening, alis, pipi, bibir, rahang, dan hidungnya untuk membuatnya nyaman dan merasakan rasa diperhatikan dan dilindungi ketika pikirannya sedang gelisah dan kacau. Emma menjadi ibu, saudara perempuan, anak perempuan dan kekasih Abe untuk mengangkatnya dari jurang kehilangan dan penolakan.

Setiap pagi, Emma menyiapkan kopi untuk tidurnya dan membantunya menyesapnya untuk menikmati aroma dan rasanya. Dia mulai bermain catur dengannya, memperhatikan papan catur di lemarinya.

Abe tidak dapat berkonsentrasi selama lebih dari lima menit, jadi dia membantunya berjalan, memegang tangannya dan melindunginya dari kemungkinan terjatuh. Dia memberinya mandi air hangat setiap pagi dan mengeringkan rambut dan tubuhnya dengan handuk katun. Dengan membantunya menyikat gigi, mencukur jenggot, menyisir rambut, dan membantunya mengenakan pakaian, Emma menjadi sibuk. Dia menikmati memangkas rambutnya setiap lima belas hari, berbicara dengannya tanpa henti sambil memotong rambutnya, dan mendorongnya untuk berbicara dengannya.

Emma menyanyikan lagu-lagu dalam bahasa Belanda. Ia kerap melantunkan bait-bait Gita Govindam dan menjelaskan cinta terpendam dalam setiap kata-katanya. Dia memberi tahu Abe bahwa dia adalah Krishna-nya, dan dia adalah Radha-nya, dan mereka bernyanyi dan menari di tepi sungai Yamuna.

Dalam waktu enam bulan setelah kedatangan Emma, Abe dapat mengambil langkah kecil saat Emma menggendongnya, dan dia menyadari bahwa kesembuhan Abe mungkin terjadi. Emma selalu berbicara dengannya, bercerita, berbicara tentang lukisannya, pameran di Eropa dan Amerika, dan sanjungan yang diterimanya di mana-mana. Dia membantunya bermain piano; Abe menikmatinya dan senang ditemani.

Dengan mantap, Abe bisa bermain piano tanpa bantuannya. Mengetahui Abe harus melampiaskan emosinya, karena ia tidak boleh menyimpannya dalam pikirannya tanpa ada jalan keluarnya, Emma membantu Abe berbicara dan tertawa terbahak-bahak. Hal itu membuat Abe merasa bebas dan menumpahkan kesedihan, kekhawatiran dan kegelisahannya. Emma tahu Abe perlu berolahraga secara teratur di luar ruangan untuk bernapas dengan benar dan meregangkan otot tanpa rasa sakit dan kram. Dia membawanya ke taman rumahnya dengan kursi roda dan mendorongnya selama berjam-jam sambil berbicara dengannya dan bernyanyi untuknya atau membacakan puisi erotis dari Gita Govindam.

Emma bersama Abe selama hampir delapan bulan, dan dia mulai mengajaknya melakukan perjalanan jauh di Kolkata, setiap hari mengunjungi salah satu monumen terkenal atau tempat menarik. Mereka pergi mengunjungi Victoria Memorial, Kuil Kalighat, Fort William, Planetarium Birla, Museum India, Rumah Induk, Kota Sains, Katedral St. Paul, Istana Istana Marmer, Taman Eden, Kebun Binatang Alipore, dan Perguruan Tinggi St. Mereka berjalan beriringan dan berbincang tentang seni, musik, permainan catur, *Aghori Sadhus*, Kumbh Mela, pameran seni rupa, koloni Belanda di India dan Indonesia, dan masih banyak topik lainnya. Mereka menikmati duduk bersama, mengobrol, dan mengemudi.

Abe dan Emma mengunjungi sejumlah restoran untuk menikmati hidangan Bengali.

Abe sembuh dari penyakitnya dalam waktu sembilan bulan, namun ia masih belum bisa berkonsentrasi membaca, menulis, dan melukis. Emma mulai merekrut staf baru untuk studio dan *Galeri Seni Grace-Emma* dan memberi mereka orientasi menyeluruh selama sebulan tentang sifat tugas di hadapan Abe. Sekali lagi, Abe memulai pekerjaan pendahuluan dengan menyelenggarakan seminar, konferensi, dan pameran. Dalam waktu dua bulan, GEAG menjadi hidup; ratusan wisatawan asing dan lokal mulai mengunjungi pameran seni.

Biksu Prayag Telanjang

Emma ingin memastikan temannya pulih dan bisa melakukan pekerjaannya secara mandiri. Abe terus tidur dalam kenyamanan tangan kanan Emma saat berada di ranjang. Ketika terbangun, dia meletakkan kepalanya di pangkuannya dan menceritakan sejumlah cerita dari cerita rakyat Belanda, Jataka Buddha dari literatur Pali dengan lapisan simbolisme yang rumit, dan Purana mempesona yang ditulis dalam bahasa Sansekerta. Dalam waktu satu tahun setelah kedatangannya, Abe kembali mulai melukis. Emma memberinya ide dan tema untuk membuat lukisan baru. Dia bekerja selama enam bulan untuk menyelesaikan pekerjaannya dan meminta Emma menyebutkan namanya. Dia menyarankan judul: *The Kiss*. Dan Abe menyukainya.

Emma dan Abe terus bermain catur, dan Abe segera mengetahui bahwa dia dapat dengan mudah mengalahkannya dalam lima belas langkah. Emma tidak akan pernah bisa memenangkan pertandingan melawan Abe.

Emma tinggal bersama Abe selama kurang lebih satu setengah tahun, dan selama sebulan terakhir, Abe pulih sepenuhnya dari depresinya. Sudah waktunya bagi Emma untuk kembali ke Amsterdam dan melanjutkan tugas kuliahnya.

"Abe, aku senang sekali kamu sudah pulih sepenuhnya dan bisa berkonsentrasi pada pekerjaanmu di studiomu."

"Emma, itu karena kamu. Cintamu menyelamatkanku dari kematian."

"Jika saya tidak melakukan apa pun untuk Anda, saya akan mati karena depresi. Kamu adalah aku, dan tidak ada kekuatan yang dapat memisahkanku darimu," kata Emma.

"Kamu benar. Cinta jauh lebih dalam daripada jatuh cinta. Saat kita mencintai, kita menjadi orang lain; tidak ada pemisahan," komentar Abe.

"Aku setuju denganmu, Abe. Cinta bukanlah aktivitas luar; itu adalah pekerjaan orang dalam. Itu adalah kebersamaan dua hati, penyatuan dua manusia yang mandiri."

"Emma, setidaknya harus ada dua orang untuk dicintai. Saya mungkin tidak setuju dengan perilaku, sikap, pendapat, dan ideologi orang lain.

Terkadang, saya mungkin mengungkapkan ketidaksetujuan saya dengan kata-kata dan tindakan. Namun dalam cinta, orang lain berada di luar tingkah laku dan tindakannya. Yang saya sukai adalah totalitas orang tersebut."

"Sangat benar. Seseorang mungkin jatuh cinta karena alasan egois, jatuh cinta ketika alasannya terpenuhi, gagal bertemu, dan terkadang tidak ada keuntungan lagi. Di sini yang kurang adalah eksistensi seseorang sebagai pribadi."

"Saya memahami sudut pandang Anda. Jatuh cinta bisa berujung pada putus cinta ketika keinginan Anda bertentangan dengan kenyataan. Jatuh cinta bisa bersifat periferal dan tidak kekal jika gagal mencari orangnya. Selain itu, Anda tidak perlu jatuh cinta pada seseorang untuk mencintai orang tersebut. Tanpa jatuh cinta pun, cintamu pada orang tersebut bisa tumbuh dan berkembang," kata Abe.

"Kamu benar, Abe. Argumen Anda juga mengarah pada kemungkinan lain, yang sama valid dan mungkinnya. Seorang pria atau wanita bisa secara bersamaan jatuh cinta dengan lebih dari satu orang."

"Itu benar, Ema. Tanpa perpisahan apapun, aku mencintai Grace. Aku mencintaimu tanpa batasan, tanpa syarat."

Emma menatap Abe. Abe mengaku untuk pertama kalinya mencintainya dan mencintainya secara total dan tanpa syarat. Kegembiraan yang diberikan pada Emma sungguh luar biasa, dan dia merasakan hatinya meledak karena kebahagiaan.

"Saya sangat mencintaimu. Saya tidak punya kata-kata untuk mengungkapkan kegembiraan saya. Saat aku memikirkanmu, aku merasa kamu ada di dalam diriku. Kamu adalah sensasi yang tiada henti dalam diriku. Jadi, kamu telah menjadi totalitas keberadaanku, Abe sayang."

"Emma, aku sangat senang mendengarnya. Tapi aku juga mencintai Grace; dia tidak dapat dipisahkan, seperti kamu, dan aku tidak dapat menjalani hidup tanpa Grace, masa depan tanpa Grace. Aku juga tidak bisa hidup tanpamu. Misalkan jika Anda menolak saya, saya akan mati karena depresi, dan saya tidak akan dapat melanjutkan hidup."

"Abe, ini perasaan yang tulus, emosi yang nyata, dan kamu bilang begitu. Milikmu adalah cinta sejati. Kamu mencintai Grace dan aku. Kami berdua tidak dapat dipisahkan dari Anda, dan Anda tidak dapat memikirkan situasi di mana salah satu dari kami tidak ada untuk Anda, atau salah satu dari kami menolak cinta Anda."

"Kamu benar. Kalian berdua telah menjadi keberadaanku. Kalian berdua adalah aku." Abe bereaksi.

"Saya bisa merasakannya, merasakannya dan pernah mengalaminya," jawab Emma.

"Sampai hari ini, saya tidak melakukan hubungan seksual dengan Anda, dan saya tidak pernah memikirkannya. Namun saya memiliki keinginan yang kuat untuk berhubungan seks dengan Grace tetapi tidak ingin menyinggung perasaannya. Saya tidak ingin merendahkan martabatnya; Saya tidak suka mempertanyakan kesetaraannya. Saya sering mencoba mengatakan kepadanya bahwa saya senang berhubungan seks dengannya, tetapi saya tidak melakukannya karena saya merasa dia mungkin akan menentangnya, karena itu merupakan pelanggaran terhadap kebebasannya. Saya menghormati wanita, privasi mereka, dan kemampuan independen mereka dalam mengambil keputusan, dan saya menghargai serta menghormati Anda dan Grace. Perilaku seperti itu saya pelajari dari orang tua saya, yang mengakui kebebasan saya. Saya tetap membujang, bukan karena Grace atau karena Anda. Itu adalah pilihanku, keputusan.

"Tapi Abe, apa reaksimu kalau aku bilang aku mencintai orang lain sama seperti aku mencintaimu, dan aku punya keintiman seksual dengan orang itu?"

"Emma, aku tidak akan ikut campur dalam kehidupan pribadimu. Saya tidak pernah menanyakan apakah Anda sudah menikah atau sedang jatuh cinta dengan seseorang atau apakah Anda masih perawan. Itu adalah kehidupan pribadi Anda, dan saya tidak berhak menanyakan pertanyaan seperti itu. Saya telah menerima Anda sebagai individu yang berjuang untuk aktualisasi diri dan orang yang memiliki kemampuan dan kebebasan dalam mengambil keputusan. Aku mencintaimu karena aku mengagumimu, karena kamu adalah orang yang mandiri, dan aku merasakan keberadaanmu di dalam diriku. Demikian pula, saya tidak tahu apa pun tentang Grace. Kami tinggal bersama selama sembilan bulan, tidur di ranjang yang sama, bekerja bersama, berbagi makanan, mengunjungi berbagai restoran, dan pergi piknik dan berenang. Aku tidak pernah menyentuhnya, tapi aku mencintainya melebihi kata-kata yang bisa dijelaskan. Aku tahu dia juga mencintaiku. Dia menjauh dariku karena dia punya alasan yang sah. Bahkan tanpa memberitahuku alasannya, dia bebas untuk pergi, yang merupakan otonominya. Anda telah mengatakan kepada saya bahwa dia mungkin telah mencari saya selama sembilan belas tahun terakhir. Dengan cara yang sama, saya mencarinya. Jika dia menikah atau mempunyai anak, itu tidak mempengaruhi saya. Cintaku padanya melampaui kebebasannya. Saya suka Rahmat; itu saja. Dan aku mencintai Emma, itu saja. Aku mencintai kalian berdua tanpa syarat apapun."

"Tidak ada aturan bahwa seseorang hanya boleh melakukan hubungan seksual dengan satu orang. Monogami bertentangan dengan psikologi dan biologi manusia. Secara alami, homo sapiens menikmati keintiman seksual dengan banyak orang dan Krishna, dan para *gopika* adalah contoh terbaiknya. Dalam Mahabharata, anak Kunti mempunyai nenek moyang yang berbeda-beda. Kuil Khajuraho dan Kamakhya adalah contoh utama pria dan wanita yang memiliki lebih dari satu pasangan seksual. Namun cinta juga melampaui seks; itu adalah penyatuan hati, tidak selalu penyatuan alat kelamin. Semua aturan adalah buatan manusia, dan Anda dapat melanggarnya sesuka hati. Oleh karena itu, aturan hubungan monogami dimaksudkan untuk dilanggar, karena tidak sesuai dengan sifat manusia. Penelitian membuktikan bahwa sebagian besar manusia yang hidup, baik yang menikah maupun yang belum menikah, memiliki banyak pasangan seksual," analisis Emma.

"Konsep perselingkuhan adalah kebohongan pada diri sendiri. Tapi saya bahkan tidak peduli," kata Abe.

"Seorang pria atau wanita bisa menjalin hubungan intim dengan lebih dari satu orang. Intim tidak selalu berarti seksual. Mungkin ada hubungan non-seksual, intim, dan tidak dapat dipisahkan, seperti hubungan Anda dan saya, karena kami tidak pernah berhubungan seks."

"Emma, kamu selalu menginspirasiku untuk berpikir. Ya, hubungan intim dengan lebih dari satu orang adalah mungkin. Dan kami berdua telah membuktikannya. Bagi saya, cinta antara orang-orang yang terlibat dalam hubungan seperti itu adalah tulus dan mendalam. Selama beberapa tahun terakhir, aku tidak bisa tidak memikirkan tentang hidup tanpamu. Hubungan bergantung pada bagaimana orang memahami hakikat dan makna kebersamaan mereka."

"Seorang wanita bisa mencintai lebih dari satu pria dalam waktu bersamaan. Persoalan muncul ketika kita memikirkan institusi pernikahan. Namun pernikahan tidak penting untuk prokreasi, kelanjutan umat manusia, atau perawatan dan perlindungan anak. Kita mungkin tidak hanya sekedar menikah, karena mengikat dua orang dalam pernikahan dapat mengakibatkan hilangnya kebebasan pribadi, kesetaraan, dan kesempatan yang sama. Terkadang, pernikahan adalah izin untuk melakukan kekerasan, penindasan, dan penaklukan. Ini bisa menjadi hukuman penjara bagi banyak orang atau pertanda penderitaan, kesedihan, penolakan dan kesedihan. Selingkuh dan bunuh diri adalah bagian dari pernikahan yang gagal. Sebagai sebuah institusi, perkawinan telah kehilangan makna, tujuan dan kebutuhannya. Hal ini telah terjadi pada umat manusia selama lima ribu tahun terakhir. Namun, selama beberapa abad, monogami telah menjadi pilar pernikahan, meskipun pasangan melakukan hubungan seks tanpa orang lain tanpa sepengetahuan pasangannya. Pernikahan, seperti halnya agama, sedang sekarat, dan tidak dapat bertahan lama. Anda tidak bisa memenjarakan emosi, kebutuhan, dan kerinduan manusia untuk waktu yang lama. Selama jutaan tahun, manusia hidup tanpa pernikahan, dan di masa depan, manusia akan mampu hidup lebih lama dari pernikahan," jelas Emma.

"Punya satu istri, satu suami merupakan fenomena baru. Hubungan suami-istri tidak wajar dan merupakan kutukan bagi peradaban dan kemajuan umat manusia," kata Abe.

Emma memandang Abe, dan matanya bersinar seperti lampu minyak di kuil Kalighat. "Love you, Abe," ucap Emma mendekati Abe dan mencium pipinya.

"Aku sayang kamu, Emma sayang. Hidup hanya sekali, dan aku membutuhkan seluruh hidupku untuk mengungkapkan cintaku dan memberitahumu bahwa aku berterima kasih padamu. Anda adalah Yang Mulia, dan Yang Mulia adalah Anda."

"Engkau adalah Abe-ku, Yesusku yang telanjang, yang ditemui Maria Magdalena di kuburan pada tengah malam. Akulah Magdalena; dia sendiri yang berani berdiri bersamanya bahkan di tengah malam di kuburan. Para murid, Petrus dan Yakobus, Matius dan Filipus, Andreas dan Yohanes serta yang lainnya, adalah pengecut. Maria Magdalena memberi tahu mereka bahwa Yesus telah bangkit dari kematian. Tapi mereka tidak mempercayainya, tapi dia bersikeras agar mereka ikut dengannya. Setelah bertemu langsung dengan Yesus, mereka mengusir Maria Magdalena dari gereja dan mencapnya sebagai penjahat, pendosa, dan pezina. Mereka membuat hukum untuk Gereja, memanipulasi segalanya, dan memupuk patriarki yang kuat seperti Islam. Aku membagimu dengan Grace, yang belum pernah kulihat, tapi aku yakin aku mencintainya karena aku melihatnya di dalam dirimu. Dia dan saya tidak dapat bersaing satu sama lain, dan Grace serta saya membentuk satu kesatuan dalam diri Anda. Selain itu, kami adalah orang dewasa. Dari Anda, saya jadi tahu bahwa Grace adalah orang yang murah hati dan luar biasa. Dia penuh cinta. Cintanya seperti cinta Radha, karena dia tidak pernah iri pada istri Krishna, tidak pernah iri pada *gopika* lain. Sungguh hubungan yang luar biasa. Krishna adalah orang yang memiliki visi agung dan hati yang penuh kasih sayang, dan Radha serta para *gopika* membalasnya. Dalam proses itu, Krishna menjelma menjadi Radha dan gadis pemerah susu lainnya, dan mereka berevolusi menjadi Krishna. Itulah arti cinta yang hakiki. Itulah sebabnya Gita Govindam menjadi pola dasar dan analisis cinta yang tertinggi, dan tidak ada psikolog yang dapat menjelaskan makna, kedalaman, dan keindahan cinta dengan kata-kata yang begitu jelas dan menyentuh hati."

Abe mendengarkan Emma dengan penuh perhatian. Ia merasa setiap kata meyakinkan, penuh makna, dan datang dari hati yang tulus dan jujur. Tiba-tiba Abe bangkit dari sofa, mendekati Emma dan memeluknya. Untuk pertama kalinya dalam hidupnya, dia memeluk seorang wanita. Dia menekannya ke dadanya, merasakan jantungnya yang berdenyut.

"Emma, aku terlalu mencintaimu," katanya sambil mencium pipinya. Untuk pertama kalinya, dia mencium seorang wanita. Abe merasa menyenangkan, perasaan yang luar biasa, jauh lebih intens daripada mendengarkan Bach atau bermain catur dengan Grace.

"Terima kasih, Ab."

"Emma, sayangku, kamu telah menjadi kekasihku, seperti Yang Mulia. Aku mencintainya, dan aku mencintaimu. Tidak ada pertanyaan siapa yang harus dipilih, karena saya telah memilih kalian berdua."

"Aku mencintaimu, Abe."

Emma senang bersama Abe, dan dia tidak ingin Abe melepaskan tangannya. Biarkan dia memeluknya sampai selamanya, pikirnya. Emma tidak pernah bisa mengingat pengalaman indah seperti itu dalam hidupnya. Dia pikir itu seperti percintaan antara Krishna dan Radha di tepi Sungai Yamuna.

"Emma," Abe memanggil namanya

"Krishna, Krishna yang kukasihi," serunya pelan.

"Radhe, Radhe sayangku," jawabnya.

Lama sekali mereka berdiri disana, menikmati kebersamaan.

Abe pergi ke bandara bersama Emma, dan sekali lagi, dia memeluk dan mencium pipinya.

Abe mendapat undangan dari Metropolitan Museum of Art, New York, dalam waktu tiga bulan untuk menampilkan *The Kiss* . Banyak orang mengunjungi Museum untuk melihat *The Kiss* , dan kritikus seni mengapresiasinya, dan Abe menjadi selebriti internasional di dunia seni. Emma bertemu Abe di New York, dan mereka bepergian bersama ke seluruh Amerika dan mengunjungi beberapa sekolah seni dan galeri; Abe menyampaikan beberapa ceramah tentang pengaruh AI pada Seni Modern.

Abe mengundang Emma untuk mengunjunginya di pameran *The Kiss* di Mumbai. Namun ia mengungkapkan ketidakmampuannya untuk hadir karena ia sedang menyelenggarakan serangkaian seminar tentang *Aghori Sadhus* di universitas tersebut. Sebaliknya, dia berjanji akan mengunjunginya di Kolkata dalam tiga bulan, segera setelah pameran Mumbai pada bulan Januari. Abe kembali ke Kolkata dari Amerika, di mana dua pertunjukan diselenggarakan, terutama untuk artis muda

Pameran Mumbai dilaksanakan pada minggu pertama bulan Januari tahun dua ribu dua puluh dan Abe melakukan penerbangan ke Mumbai pada hari sebelumnya. Ia menyukai Galeri Seni yang berstandar internasional, dengan fasilitas modern yang sangat baik. Selalu ada antrean para ahli seni, penikmat, dan penggila seni untuk menonton *The Kiss* . Semua orang kagum pada kesederhanaan, simbolisme, dampak mendalam, keindahan luar biasa, daya tarik abadi, dan rasa estetika unik dari lukisan tersebut. Abe merasa senang dan menelepon Emma beberapa kali untuk mengabarkan tentang sambutan tanpa hambatan yang diterima masyarakat terhadap karya tersebut. Dia memposting beberapa foto ekspresi wajah pemirsa di WhatsApp untuk Emma dan mengatakan kepadanya bahwa tema yang dia sarankan menghasilkan daya tarik yang tak terpadamkan.

Namun kunjungan Anasuya Jain menghancurkan kedamaian Abe. Dia merasa sedih; dia tidak bisa bertemu muka dengan muka ketika dia datang tetapi hanya melihatnya sekilas saat memasuki limusinnya untuk berangkat. Dari Direktori Industri Jain dan informasi terkait lainnya yang ia kumpulkan di internet, Abe menyimpulkan Anasuya Jain adalah Grace.

Namun meyakinkan pikirannya agak melelahkan, karena Grace, yang tinggal bersamanya di perkampungan kumuh Singuerim dekat Benteng Aguada di Goa, adalah seorang yatim piatu, seorang pekerja kasar, meskipun dia cerdas.

Abe mengulangi komunikasinya sekali lagi. Tepatnya, dan dia telah menyatakan keinginannya untuk membeli lukisan itu untuk koleksi pribadinya, dan dia siap membayar berapa pun jumlahnya untuk itu. Abe sudah mengetahui Anasuya Jain adalah seorang industrialis kaya di Mumbai yang mewarisi banyak kekayaan dari mendiang ayahnya. Dia juga menciptakan sejumlah besar aset setelah mengambil alih jabatan Ketua industrinya. Sangat dihormati karena ketulusan, kejujuran, sikap ramah pekerja dan inisiasinya, Anasuya Jain dianggap sebagai permata di milenium baru India.

Anasuya Jain telah membuat janji dengan Abe, dan waktu yang diberikan padanya adalah pukul empat sore. Abe mencoba menenangkan pikirannya karena mengira Anasuya Jain bisa jadi Grace. Abe teringat saat-saat yang dihabiskannya bersama Grace di Goa, hari-hari paling memikat dalam hidupnya. Selama dua puluh tahun sebelumnya, dia sering memikirkannya setiap hari. Matanya yang indah, wajahnya yang menawan, sikapnya yang ramah, kata-katanya yang penuh kasih, serta tindakan kepedulian dan dukungan memenuhi pikirannya, dan itu menjadi bagian integral dari keberadaannya. Bagi Abe, Grace adalah suaranya, detak jantungnya, dan hati nuraninya. Dia hidup untuknya, memiliki harapan terus-menerus untuk bertemu dengannya suatu hari nanti dan menjalani hidup bersamanya. Grace adalah segalanya bagi Abe; hatinya menangis untuknya, dan pencariannya tiada akhir.

Dia ingat lagu-lagu film Hindi yang merdu yang dia nyanyikan hari demi hari untuk menghormatinya; dia mengingatnya dan tak henti-hentinya melafalkannya di dalam hatinya ketika dia merasa kesepian dan sedih. Kenangan jelas tentang permainan catur bersama Grace membelai dan memeluk pikirannya. Dia bisa mengenang setiap gerakan yang mereka berdua lakukan di papan catur. Berdiri di samping pantry dan makan dari penggorengan adalah hal yang sangat menyenangkan bagi Abe. Perasaan euforia jatuh cinta dan keinginan agar perasaan itu terbalas membuatnya tertarik untuk menunggu fajar baru. Kehadirannya di mana-mana adalah keseluruhan hidup Abe, dan dia sangat menikmati setiap detik yang dihabiskan bersamanya. Kasih karunia adalah hidup dan nafasnya. Dan selama dua puluh tahun terakhir, dia hidup untuk Grace, berharap Grace akan muncul di hadapannya suatu hari nanti. Dan hari itu telah tiba, namun ada kegelisahan yang tidak bisa dipahami dalam benaknya, dan tanda-tandanya membuatnya bingung.

Grace membingungkan, membingungkan, tak terduga, dan sekaligus memesona. Dia menunggu lama sekali untuknya. Jika Anasuya Jain adalah Grace, dia akan memeluk dan menciumnya; dia akan menekannya ke dadanya karena dia ingin merasakan jantungnya berdebar-debar. Dia ingin bertanya padanya: "Grace, kemana kamu pergi?" Dan dia senang menatap matanya dan mengatakan kepadanya: "Grace, aku mencintaimu; bersamaku sampai selamanya." Dia ingin mengangkatnya dalam pelukannya, menggendongnya berjam-jam bersama, merasakan keberadaannya, kesatuannya dengan dia. Dia mencoba bermain catur dengannya, dan dia akan melakukan skakmat dengannya dengan ksatria atau uskupnya. Dia tahu dia adalah pemain catur yang lebih baik; dia memperhitungkan setiap gerakannya dengan baik dan memainkannya dengan elegan. Mengalahkan Grace adalah tugas yang sulit. Tapi dia membiarkannya menang sehingga dia akan merasa bahagia. Emma juga mungkin melakukan hal yang sama. Dia tidak akan pernah bisa memenangkan pertandingan melawannya. Emma mungkin sengaja kehilangan demi dia, yang mungkin merupakan psikologi wanita yang sedang jatuh cinta, saat dia mengosongkan dirinya demi orang yang dicintainya. Tapi dia mencintai Grace, dan dia juga mencintai Emma.

Sangat menarik untuk mengembangkan persahabatan dengan Emma; dia seperti Grace, dan Grace seperti Emma. Namun keduanya unik, penuh perhatian, cerdas, dan rumit. Grace meninggalkannya; Emma tetap bersamanya.

Tiba-tiba ponselnya berdering. "Tuan, selamat malam. Saya Manajer hotel. Nona Anasuya Jain ada di sini. Bolehkah kami datang?"

"Ya, silakan," jawab Abe. Perasaan penuh harap menyelimuti Abe. Lalu, ada Anasuya. Dia mengenakan sari, tinggi, ramping, menawan dan anggun. Keduanya saling memandang selama beberapa detik.

"Abe, itu kamu?" Kata-katanya penuh dengan emosi yang mendalam.

"Grace, Grace sayang," dia berbicara lembut dan lembut.

"Abe, Abe sayang," panggilnya seperti kicauan burung.

Mereka duduk di sofa saling berhadapan.

"Di mana kamu menghilang, Grace?" Dia bertanya.

"Aku ingin menanyakan pertanyaan yang sama padamu, Abe," jawabnya

"Aku mencarimu ke seluruh dunia," katanya.

"Saya juga. Saya kembali ke Singuerim setelah dua hari dari Mumbai, dan saya pikir Anda akan berada di sana. Tidak ada tetangga kami yang tahu kemana Anda pergi. Saya mencari di Benteng Aguada, di pantai Singuerim, di Calangute, di Panaji, dan di seluruh Goa, berulang kali. Saya sering bepergian ke seluruh India selama bertahun-tahun bersama. Dan kamu membuatku marah," kata Grace seperti membacakan puisi.

"Grace, aku mencarimu malam itu di pantai. Saya pikir Anda sedang mempermainkan saya. Saya menghabiskan sepanjang malam di sana."

Grace memandang Abe dengan rasa sakit yang tidak diungkapkan, dan Abe memperhatikan Grace tampak sama. Matanya berbinar, dan suaranya bergema dengan ketulusan dan kejujuran.

"Abe, aku sudah memberitahumu berkali-kali, dengan kata-kata yang berbeda, secara halus kamu harus menunggu beberapa saat, dan aku akan kembali jika aku meninggalkanmu, dan bersama-sama kita akan membuat masa depan."

"Ya, Grace, pikiranku sangat ingin bertemu denganmu, dan aku mulai mencarimu di tempat lain. Daripada berkeliaran di seluruh India, saya seharusnya tetap tinggal di rumah kami."

"Sudah kubilang aku memimpikan sahabat terbaik dalam hidupku, dan kamu adalah pasangannya. Dan saya pikir Anda mengerti maksud kata-kata saya," katanya.

"Grace, sayangku, kekagumanku padamu membuatku marah. Hal ini tidak memungkinkan saya untuk berpikir secara meyakinkan dan mengevaluasi peristiwa-peristiwa dalam hidup kami. Saya gagal memahami makna yang lebih dalam dari kata-kata, gerak tubuh, dan tindakan Anda," kata-kata Abe jujur namun penuh kesedihan.

"Abe, aku harus pergi ke Mumbai, sesuai janjiku pada orang tuaku, aku akan pulang ke rumah setelah satu tahun percobaanku. Di Wharton, profesor saya mengilhami saya untuk menjalani satu tahun pelatihan lapangan dalam situasi yang sangat tidak menyenangkan untuk menjadi tangguh, mempelajari perilaku manusia secara langsung, mempersiapkan diri untuk memperoleh keterampilan baru, dan memikul tanggung jawab yang lebih tinggi. Dan saya menerima tantangannya. Ketika saya kembali dari Amerika, saya memberi tahu orang tua saya bahwa saya akan pergi ke suatu tempat, tinggal bersama kelompok masyarakat termiskin, melakukan pekerjaan kasar setiap hari selama satu tahun, dan mencari nafkah dengan kerja keras saya. Tidak memiliki rekening bank, tidak ada jaminan dan perlindungan sosial adalah keputusan saya, dan tinggal di suatu tempat tanpa fasilitas dasar apa pun, adalah ide baru. Orang tua saya tidak pernah tahu di mana saya berada, karena saya telah mengatakan kepada mereka untuk tidak mencari saya dan mencoba menghubungi saya."

"Saya tidak pernah menyadarinya. Saya pikir Anda adalah seorang gadis dari daerah kumuh, yatim piatu, dan tidak berpendidikan. Tetap saja, saya mengagumi ketajaman mental, kecanggihan, kemampuan merasionalisasi dan menganalisis, keterbukaan, dan kedewasaan Anda. Saya menyukai cinta, perhatian, kehadiran, perhatian, dan ketulusan Anda. Saya tidak menginginkan kekayaan apa pun; Aku hanya menginginkanmu, dan aku jatuh cinta padamu, Yang Mulia daerah kumuh Singuerim."

"Itulah niatku; kamu tidak boleh mengetahui siapa aku saat aku bersamamu," jawab Grace.

"Grace, kamu adalah orang paling dewasa yang pernah saya temui, seorang individu dengan martabat tertinggi, keberanian tertinggi, keanggunan mutlak, pesona tak terlihat, cinta tak terbatas, dan kepercayaan tak terbayangkan."

Grace menangis seolah hatinya hancur berkeping-keping. Abe memandangnya, dan dia mencoba yang terbaik untuk mengendalikan emosinya sendiri.

"Aku tidak ingin memberitahumu secara terbuka aku mencintaimu. Aku selalu mempercayaimu dan mengagumimu. Aku bangga bertemu denganmu, dan kamu bisa menjadi pasangan hidupku," sambil menyeka air matanya. kata rahmat.

"Grace, perasaan yang sama ada di hatiku. Saya menghargai setiap hal kecil yang kami lakukan bersama di Singuerim sejak hari pertama dan seterusnya."

"Bertemu denganmu di terminal bus Calangute adalah sebuah kesempatan. Tetapi bahkan pada pandangan pertama, saya mengembangkan ketertarikan dengan Anda dan ingin membantu Anda. Itu sebabnya aku mengundangmu ke tempatku untuk bermalam. Namun kamu terkejut saat sampai di tempat tinggalku dan merasa ngeri saat mengetahui aku tinggal sendirian. Ketika saya meminta Anda untuk tidur di tempat tidur saya, itu mengejutkan Anda. Tapi kepercayaanku padamu seperti batu. Saya berharap Anda akan berangkat keesokan paginya. Lalu, Anda ingin tinggal bersama saya selama tiga hari lagi dan mendapatkan uang untuk pengeluaran dan ongkos bus Anda. Keputusanmu mengejutkanku ketika kamu memberitahuku bahwa kamu ingin tinggal bersamaku setelah empat hari; Aku merasa ngeri, meskipun aku menyukaimu. Aku mencoba meyakinkanmu bahwa tinggal bersamaku bukanlah pilihan terbaik. Saya berasumsi bahwa ada pekerjaan yang menunggu Anda di Mumbai, dan saya akan senang jika Anda bergabung dengan pekerjaan Anda; dan ketika saya kembali ke Mumbai, saya dapat menghubungi Anda dan melanjutkan persahabatan kita. Tapi kamu ingin terus tinggal bersamaku. Abe, hari-hari itu adalah hari-hari terbaik dalam hidupku. Aku selalu menghargai kenangan yang membantu cintaku tumbuh dan kepercayaanku padamu berkembang. Dan aku memutuskan kamu akan menjadi pasangan hidupku. Saya ingin melepas cincin dari jari telunjuk saya pada hari Anda menerima saya."

"Grace, berkali-kali aku ingin memberitahumu bahwa aku mencintaimu, dan aku ingin tinggal bersamamu sebagai pasangan hidupku."

"Tapi kenapa kamu tidak memberitahukannya? Setiap hari, saya menunggu kabar dari Anda; kamu ingin menghabiskan seluruh hidupmu bersamaku. Aku tahu hatimu merindukanku, tapi kamu diam saja. Terkadang, kata-kata yang diucapkan dapat menenun keajaiban, jalinan kehidupan yang paling indah. Dapat menghilangkan keraguan, kekhawatiran, kesedihan, kegelisahan, dan ketidakpastian serta mendatangkan kegembiraan, kebahagiaan, dan kebersamaan. Abe, aku ingin sekali memelukmu, mencium bibirmu, dan berhubungan seks denganmu. Aku ingin memberitahumu aku mencintaimu, dan kamu dipersilakan untuk tinggal bersamaku selamanya. Tapi aku bodoh dalam memberimu ujian terakhir. Dengan kata yang jelas, saya seharusnya memberi tahu Anda bahwa saya akan kembali dari Mumbai, dan kemudian kami akan tinggal bersama selamanya." Kata-kata Grace pecah. Dia menangis tersedu-sedu karena kesedihan yang mendalam.

"Grace, aku bodoh. Seharusnya aku memberitahumu bahwa aku mencintaimu lebih dari hatiku; kau adalah segalanya bagiku."

"Abe, bertemu denganmu adalah suatu kebetulan, tetapi memilihmu bukanlah suatu kebetulan; itu adalah sebuah pilihan. Bahkan pada penampilan pertamamu, aku menyukaimu, dan kamu muncul di hadapanku seperti dewa Yunani. Kamu menawan di hatiku dan menciptakan emosi yang membingungkan dan riak yang memesona dalam diriku. Saat kamu mulai tinggal bersamaku, aku sadar kamulah orang yang aku cari sejak remaja. Saya menyukai kedekatan Anda dan sering kali suka berdiri dekat dengan Anda dan merasakan aroma harum tubuh Anda serta kehangatan lengan Anda. Anda berulang kali merobek selaput dara saya dalam mimpi saya, dan saya menghargai rasa sakit dan sensasi terbakar yang indah itu. Aku sangat mencintaimu, dan aku bermimpi untuk bersamamu selamanya. Saya mengagumi kematangan emosi Anda, perilaku bermartabat, rasa hormat yang tak tergoyahkan yang ditunjukkan kepada orang lain, serta cinta dan kepercayaan Anda kepada saya. Tapi aku ingin mengenalmu secara mendalam, aku memilihmu sebagai pasangan hidupku di hatiku, tapi kepalaku menyuruhku untuk mengevaluasi kembali kamu, apakah kamu bisa menungguku, tetap sendiri, dan menderita untukku. Beberapa wanita secara tidak sadar ingin menjauh dari pria yang mereka cintai untuk merasakan sakitnya perpisahan dan bertemu dengannya di masa depan. Saya ingin mengingat Anda, pikiran, dan keinginan saya dan mengangkat Anda sebagai pasangan hidup saya saat Anda tidak ada. Tapi pada akhirnya, aku yang gagal, bukan kamu, Abe sayang, dan pilihanku lenyap."

Abe merasakan hatinya hancur, dan dia menangis di alam bawah sadarnya. Penderitaannya tidak bisa diungkapkan dengan kata-kata. Abe menceritakan kepada Grace tentang perjalanannya dengan truk ke Pune, kehidupannya bersama para Yesuit, dan sumpahnya akan kemiskinan, kesucian, dan kepatuhan. Ia berbagi pengalamannya dalam kerja komunitas di Serikat Yesus, tentang para pengungsi Muslim, para perempuan dan anak-anak dari Ahmedabad, para korban pogrom yang diorganisir oleh orang-orang fanatik. Ia menguraikan perjalanannya hingga Himalaya, mengunjungi banyak kuil, dan berpartisipasi dalam *Kumbh Melas* di Nashik, Ujjain, Haridwar dan Prayag.

Dia berbagi dengan Grace pengalamannya dengan Emma, pertemuan dengan *Aghori Sadhus* , dan bantuan yang dia terima dari Emma untuk melukis potret biksu telanjang. Dia bercerita tentang banyak lukisannya, *The Naked Monk* , *The Bridge over the Hooghly* , *The Goddess of Assam* , *The Woman Chess Player, The Flower Girl, A Woman in a Boat, The Hug* and *The Kiss* , pembukaan studionya di Kolkata, dan *Galeri Seni Grace-Emma* . Grace menunjukkan antusiasme yang sangat besar untuk mengetahui semua cerita itu.

Abe menceritakan bagaimana dia melukis Perawan Maria untuk para Yesuit, menutupi kepala Grace dengan selendang biru. Ia dengan gamblang menjelaskan pamerannya di Amsterdam, Madrid, Manchester, Florence, Paris, Washington DC, dan New York. Abe menceritakan kepadanya tentang depresi yang dialaminya selama dua tahun karena ketidakhadiran Grace dalam hidupnya dan perhatian, cinta, dan perlindungan yang ia terima dari Emma. Grace mendengarkannya seolah dia sedang mendengarkan kisah cinta paling mempesona yang pernah ada.

Hampir di semua karyanya, dia melukisnya, kata Abe. Mencari wajah cantiknya di seluruh pelosok India menjadi bagian dari rutinitasnya, dan saat melukis, ia membawa gambaran cantiknya di dalam hatinya. Saat mendengarkannya, Grace tersenyum dan tertawa sesekali; kadang-kadang, ada air mata di matanya.

Grace memberi tahu Abe bahwa dia telah mencarinya setiap hari selama dua puluh tahun terakhir, meskipun dia sibuk dengan Jain Industries. Kakak laki-lakinya, satu-satunya saudara kandung, meninggalkan keduniawian dan menjadi *Digambar Sanyasi*, seorang biksu Jain telanjang. Dia menerima CEO Jain Industries, yang dikosongkan oleh kakaknya. Sepeninggal ayahnya, ia menjadi Ketua pada tahun dua ribu sepuluh; dia mengakuisisi dua hotel lagi, satu rumah sakit super khusus, jaringan supermarket, dan dua perusahaan teknologi informasi.

"Apa yang saya pelajari di Wharton dan Goa, saya berlatih menghadapi orang sambil bekerja. Pengaruh Anda terhadap saya sangat luar biasa sepanjang waktu; kejujuran dan integritas Anda membuat saya seperti obor dalam krisis. Ingatan membantu saya maju dengan kekuatan; kenangan itu menerangi jalanku dan membujukku untuk berjalan ke depan. Ingat, kami biasa berjalan dalam cahaya redup dari halte bus Singuerim menuju rumah kami. Perjalananku selama dua puluh tahun terakhir adalah seperti itu, dan cahayamu membantuku, meski terkadang tidak begitu terang. Ingatanmu adalah sumber kehangatan. Tapi itu membuatku terpisah karena kamu tidak bersamaku sebagai orang sungguhan. Saya membangun tembok di sekeliling saya untuk kebangkitan Anda, dan saya tidak punya jalan keluar. Oleh karena itu, hal-hal tersebut membuat saya kesakitan, kesedihan, penderitaan, dan patah hati ketika bahan bakarnya habis seluruhnya."

"Grace, kita tetap hidup karena kenangan; jika tidak ada kenangan, tidak ada yang perlu dibakar untuk mendapatkan energi."

"Komputer saya memiliki ribuan email yang dikirimkan kepada Anda. Setiap hari selama sembilan belas setengah tahun terakhir, saya menulis surat kepada Anda, dan saya tidak pernah merasa lelah karena surat-surat itu ditujukan kepada Anda. Ada rasa haus yang tak terpuaskan untuk berkomunikasi, bertemu, berpelukan, mencium, dan menjalani hidup bersama. Saya telah mendengar tentang *Selibat* berkali-kali tetapi tidak pernah tahu bahwa dia adalah Abe yang saya cintai. Saya mengirimi Anda komunikasi terpental karena saya tidak mengetahui ID email Anda karena semuanya ada di abe@mybeloved.com. Meskipun demikian, saya senang; Saya mencoba berkomunikasi dengan Anda."

"Yang Mulia, sayangku, aku menundukkan kepalaku di hadapanmu; hatiku meledak, dan seluruh keberadaanku penuh denganmu. Saya tidak membutuhkan apa pun lagi karena saya senang."

Mereka mengobrol berjam-jam tanpa menyadari bahwa waktu sudah berlalu, dan saat itu sudah pukul empat pagi.

"Aku sayang kamu, Abe tersayang."

"Grace, kamu mempunyai hati yang penuh cinta, telinga terbuka untuk mendengarkan, dan tangan bersedia untuk memegang. Kamu memelukku dengan kasih sayang yang tak terbatas, itu sudah cukup bagiku."

"Aku adalah kamu, Abe, dan kamu adalah aku."

Tiba-tiba Abe memperhatikan cincin di jari telunjuknya. "Grace, kamu masih memiliki cincinnya."

"Ya, Abe, itu akan tetap ada sampai akhir hidupku."

"Kenapa, Grace?" Meski ada gejolak kesedihan di benaknya, Abe tetap bertanya.

"Abe, aku baru berumur empat puluh lima tahun. Aku telah menunggu kedatanganmu saat kamu muncul di terminal bus Calangute, kekasih dalam hidupku, sahabat abadiku, pangeran impianku, skakmatku, dan pahlawan dalam lagu film Hindi-ku. Namun di komunitas kecil kami, seorang perempuan tidak bisa tetap melajang setelah berusia empat puluh lima tahun. Pilihannya ada dua: menikah dengan duda atau menjadi biarawati. Aku tidak bisa membayangkan menikahi siapa pun kecuali kamu, Abe. Enam bulan sebelum aku berumur empat puluh lima tahun, aku memutuskan untuk menjadi seorang biarawati, karena tidak ada pilihan lain, dan aku mengucapkan kaul keperawanan, yang akan menjadi penjagaku sampai kematianku. Saya telah mencari orang yang kuat untuk mengelola Jain Industries sebagai Ketuanya, dan minggu lalu, saya dapat menemukannya. Jain Industries akan menjadi industri publik, karena saya telah meninggalkan segalanya. Dengan mengenakan pakaian putih, menutup mulut dan hidung, serta mengemis makanan dan sedekah, saya akan berjalan tanpa alas kaki ke seluruh India bersama sekelompok biarawati. Kami akan mengunjungi kuil dan biara karena saya telah menerima cara hidup baru saya. Tidak ada penderitaan atau kesedihan, tidak ada kesedihan atau kebahagiaan, tidak ada keterikatan atau penolakan. Saya telah menjadi satu dengan Semesta. Sekalipun atheis, saya terikat pada rubrik tertentu, dan saya tidak bisa melanggarnya. Sebelum bergabung dengan biarawati lain, saya ingin membentuk dua Yayasan, satu untuk mendidik anak-anak miskin dari daerah kumuh dan yang kedua, Yayasan Seni atas nama Anda. Saya memutuskan untuk mengembangkan Galeri Seni ini dengan membeli beberapa lukisan terbaik di dunia. Saya akan menggunakan kekayaan saya untuk tujuan ini. Kalau kamu jual *The Kiss*, aku senang membelinya," sambil menatap Abe, kata Grace.

Ada keterkejutan, kegelisahan dan kesedihan di wajah Abe. Itu merupakan pukulan telak, dan dia mengalami gejolak emosi yang tidak dapat dijelaskan. Belum pernah dalam hidupnya dia merasakan ledakan perasaan batin yang ribuan kali lebih kuat daripada apa yang dia alami ketika Grace meninggalkannya pada pagi yang menentukan di Singuerim atau depresi yang dia alami di studionya di Kolkata. Tiba-tiba Grace menjadi orang asing baginya, tidak bisa dijangkau dan tidak bisa didekati. Dia kehilangan dia sepenuhnya, dan tidak ada kemungkinan untuk mendapatkannya kembali.

"Grace, aku menghadiahkan *The Kiss* padamu," janji Abe. Tapi kata-katanya menjerit.

"Abe, saya siap membayarnya karena saya punya cukup uang, dan saya ingin menghabiskan kekayaan pribadi saya untuk tujuan yang baik sebelum mengenakan gaun putih, mencukur kepala, dan melepas sandal."

Abe tidak tahu harus berkata apa lagi. Dia tanpa emosi. "Grace, ini adalah hadiah. Surat-suratnya akan siap dalam waktu enam jam."

"Terima kasih, sahabatku dan tersayang, Abe tercinta."

"Grace, kamu mampu mencintai selamanya, tapi sekarang kamu telah membuat dirimu menderita kesedihan yang tak terduga, karena kehampaan telah menyelimuti cintamu."

"Abe, kamu sangat menderita selama dua puluh tahun terakhir karena aku. Saya minta maaf. Mohon maafkan saya. Selamat tinggal, Abe sayang," sambil bangkit, kata Grace.

"Selamat tinggal, Grace."

Saat itu sudah jam tujuh pagi. Sepanjang hari, Abe bekerja untuk mendaftarkan Surat Wasiat. Abe menghadiahkan *Ciuman itu* kepada Anasuya Jain. Semua lukisan lainnya, studio, *Galeri Seni Grace-Emma*, semua properti bergerak dan tidak bergerak serta rekening bank yang ditransfer Abe atas nama Emma. Abe memasukkan surat wasiat itu ke dalam amplop, menyegelnya, dan mengirimkannya atas nama Emma ke alamatnya di Amsterdam.

Setelah menerima dokumen tersebut, Emma segera mencapai Mumbai dan mencari Abe di seluruh India selama dua puluh tahun berikutnya. Pada tahun dua ribu empat puluh, dia melihat seseorang yang mirip Abe memimpin rombongan *Aghori Sadhus* di Prayag *Kumbh Mela*. Dia telanjang, berambut gimbal panjang, tampak berlumuran abu dan memakai tali Rudraksha. Trisula menembus tengkorak manusia di tangan kirinya, dan seekor ular kobra di lehernya.

Emma berteriak "Abe" dan berlari mengejarnya; dia menyusulnya dan berdiri di hadapannya, merentangkan tangannya. Jantungnya berdebar kencang saat Semesta berhenti, dan dia menatap wajahnya sejenak. Tiba-tiba, dia mendengar dia memanggil "Emma".

Dia menangis dan memeluknya sekuat tenaga untuk mencegahnya menjauh lagi. Dia menarik dirinya ke dekat hatinya karena keinginannya untuk memilikinya begitu kuat sehingga dia melupakan segala sesuatu dan lingkungan sekitarnya. Dia tahu baunya, akrab dan tajam, dan lidahnya menjilat abu dan keringat yang menutupi tubuhnya. Otot-ototnya kuat, dan tubuhnya memancarkan cahaya langka dan berkelap-kelip seperti bintang dalam syzygy gelap, yang telah dilihatnya ratusan kali saat memberinya mandi setiap hari selama berbulan-bulan selama depresinya. Dia mengetahui setiap bagian fisiknya dan yakin bahwa biksu tak berpakaian yang dipeluknya tidak lain adalah Yesus yang telanjang.

Tentang Penulis

Varghese V Devasia

Varghese V Devasia adalah penerima PENGHARGAAN AUTHOR OF THE YEAR 2022 untuk novel debutnya, WOMEN OF GOD'S OWN COUNTRY, yang dipersembahkan oleh Ukiyoto Publishing. Dia adalah mantan Profesor dan Dekan di Tata Institute of Social Sciences Mumbai dan Kepala Tata Institute of Social Sciences Kampus Tuljapur. Dia adalah Profesor dan Kepala Sekolah di Institut Pekerjaan Sosial MSS, Universitas Nagpur, Nagpur.

Beliau memperoleh Certificate of Achievement in Justice dari Harvard, Diploma in Human Rights Law dari National Law School of India University Bengaluru, Graduation in Philosophy dari Sacred Heart College Shenbaganur, MA in Social Work dari Tata Institute of Social Sciences, Mumbai, MA in Sociology dari Universitas Shivaji Kolhapur, LLB, MPhil dan PhD dari Universitas Nagpur.

Ia telah menerbitkan lebih dari sepuluh buku referensi akademis di bidang Kriminologi, Administrasi Pemasyarakatan, Victimologi, Hak Asasi Manusia, Keadilan Sosial, Penelitian Partisipatif dan banyak artikel di jurnal nasional dan internasional yang ditinjau oleh rekan sejawat. Ia adalah penulis antologi cerita pendek, A Woman with Large Eyes, terbitan Olympia Publishers, London, dan novel, Amaya The Buddha, terbitan Ukiyoto Publishing, Hyderabad. Dia telah menulis novel Malayalam, Daivathinte Manasum Kurishu Thakarthavante Koodavum, diterbitkan oleh Mulberry Publishers, Calicut. Dia tinggal di Kozhikode, Kerala.

Email: *vvdevasia@gmail.com*

www.ingramcontent.com/pod-product-compliance
Lightning Source LLC
LaVergne TN
LVHW041701070526
838199LV00045B/1151